Demian
Die Geschichte einer Jugend

von

Emil Sinclair

Demian

die Geschichte einer Jugend

von

Emil Sinclair

S. Fischer Verlag
Berlin
*

차례

데미안

데미안

D
e
m
i
a
n

나는 내 안에서 우러나오는 대로 살고자 했을 뿐이다.
그것이 왜 그토록 어려웠을까?

내 이야기를 하려면 한참 전으로 돌아가야 한다. 가능하다면 내 유년 시절의 첫해로, 아니 그보다 더 멀리 조상들이 살던 시절로까지 거슬러 올라가야 한다.

작가들은 소설을 쓸 때 마치 자신이 신이라도 되는 듯 인간사를 완벽하게 살피고 이해할 수 있는 척하며, 신이 직접 설명하는 것처럼 모든 것을 애매한 구석 없이 묘사하곤 한다. 내게는 작가들이 지닌 그런 능력이 없다. 하지만 내 이야기를 소중히 여기는 마음만은 그 어떤 작가가 자신의 소설을 아끼는 마음보다 더 크다. 왜냐하면 내 이야기는 나 자신, 즉 한 인간에 관한 것이기 때문이다. 만들어진 인물, 있을 법한 인물, 이야기 속이 아니면 존재할 것 같지 않은 이상적 인물이 아니라 진짜 살아 있는 고유한 인간 말이다. 그러나 오늘날 진짜 살아 있는 인간이 무엇인지에 대해 우리가 아는 바는 확실히 과거에 비해 미흡하다. 그러다 보니 제각각 자연의 시도로 생겨난 소중하고 고유한 인간들을 대량으로 쏘아 죽이기까지 한다. 만일 우리가 한번 살다 죽으면 그만인 인간이라 총 한 방으로 세상에서 말끔히 제거되는 존재라면, 이런 이야기를 하는 행위도 아무 의미 없을 것이다. 하지만 모든 사람은 그 자신일 뿐 아니라 세상의 현상들이 교차하는 유일하고 매우 특별하며 모든 면에서 중요하고 경이로운 지점이다. 세상의 현상들은 이 지점에서 반복 없이 단 한 번만 교차한다. 그렇기 때문에 모든 인간의 이야기는 중요하고 영원하며 신성하다. 또 그렇기 때문에 살아서 자연의 의지를 따르는 한, 인간은 누구든 경이로운 존재이며 주목받을 가치가 있다. 각각의 인간 안에서 영혼은 형상이 되고, 각각의 피조물은 괴로워하며, 각각의 구원자가 나타나 십자가에 못 박힌다.

오늘날 인간이 무엇인지 아는 사람은 드물다. 그러나 인간이 무엇인지 느끼는 사람은 많고, 그들은 그 덕분에 더 홀가분히 죽을 수 있다. 나 역시 이 이야기를 다 쓰고 나면 홀가분한 마음으로 죽을 것이다.

나는 나 자신을 지식인이라 여기지 않는다. 나는 탐구자였고 지금도 여전히 그렇다. 하지만 더 이상 별과 책에서 지혜를 구하지 않고, 대신 내 피 속에 흐르는 가르침에 귀 기울이기 시작했다. 내 이야기는 유쾌하지 않다. 지어낸 이야기처럼 달콤하고 조화롭지도 않다. 내 이야기에는 더 이상 자신을 기만하고 싶지 않은 모든 이들의 삶처럼 어리석음과 혼돈, 광기와 꿈의 맛이 난다.

모든 인간의 삶은 자신을 찾아가는 길이고, 그 길을 가려는 시도이며, 그 길에 대한 암시다. 이제까지 어떤 인간도 온전히 자기 자신이었던 적은 없었다. 하지만 어떤 이는 어리석게, 어떤 이는 똑똑하게 각자 최선을 다해 자신의 본모습을 찾으려고 노력한다. 모든 사람은 죽는 날까지 자기 출생의 흔적들, 태고시대의 점액과 알껍데기를 지니고 다닌다. 어떤 이는 인간이 되지 못한 채 개구리나도마뱀, 개미로 머문다. 상반신은 사람이고 하반신은 물고기인 자도 있다. 이들은 모두 자연에 의해 인간이 되라고 던져진 존재다. 우리는 공통된 근원인 어머니가 있고, 모두가 같은 심연에서 나왔다. 누구든 심연에서 던져진 하나의 시도이므로 저마다 고유의 목표를 향해 나아간다. 우리는 서로를 이해할 수 있다. 그러나 각자가 해석할 수 있는 대상은 자기 자신뿐이다.

1
두 세계

내가 열 살 때 마을의 라틴어 학교에 다니며 겪은 일로 이야기를 시작하겠다.

그 시절을 생각하면 어두운 길과 밝은 길, 집과 탑, 시계 종소리와 사람들의 얼굴, 편안하고 안락한 방들, 비밀로 가득 차 유령에 대한 깊은 공포가 느껴지는 방들처럼 다양한 향기가 밀려온다. 그 향기는 내 안에서 아픔 그리고 행복에 겨운 떨림과 함께 피어오른다. 좁고 따뜻한 공간의 냄새, 토끼와 하녀들의 냄새, 가정상비약과 말린 과일 향기가 난다. 두 세계가 그곳에 뒤엉켜 있었고, 양 극단에서 낮과 밤이 생겼다.

한 세계는 부모님이 계신 집인데 다른 쪽의 세계보다 훨씬 좁았다. 실제로는 나의 부모님만이 있는 세계였다. 나는 이 세계에 대해 잘 알았다. 어머니와 아버지, 사랑과 엄격함, 모범과 교육을 의미하는 곳이었다. 온화한 빛, 맑음과 깨끗함이 이 세계에 속했으며, 부드럽고 다정한 대화와 깨끗이 씻은 손, 깔끔한 옷들, 도덕이 이곳에 있었다. 이곳에서는 아침마다 찬송가를 불렀고, 크리스마스를 축하했다. 미래를 향해 곧게 뻗은 선과 길로 이루어진 이 세계에는 책임과 의무, 양심의 가책과 고백, 용서와 바른 결심, 사랑과 존경, 성경 말씀과 지혜가 있었다. 이 세계에 속해 있는 한 우리의 미래는 확실하고 순수하며 아름답고 조화로울 것이 틀림없었다.

　반면에 또 하나의 세계는 역시 우리 집 한가운데에서 생겨났지만 완전히 다른 세계였다. 냄새와 말도 달랐고, 약속이나 요구하는 내용도 달랐다. 이 두 번째 세계에는 하녀와 떠돌이, 유령 이야기와 추잡한 소문이 있었다. 도살장과 감옥, 주정뱅이와 잔소리꾼 아낙, 새끼를 낳은 암소, 다리가 부러진 말이 있었고, 강도와 살인, 자살에 대한 이야기도 있었다. 기괴하고 솔깃하고 무섭고 불가사의한 일들이 다채롭게 일어났다. 그 아름답고도 끔찍하며 거칠고 잔인한 모든 일은 가까운 도로나 바로 옆집 등 주변 어디에나 있었다. 어디에서나 경찰과 부랑자 들이 뛰어다녔고, 술꾼들은 마누라를 때렸다. 저녁이면 공장 일을 마친 젊은 아가씨들이 시끄럽게 쏟아져 나왔고, 늙은 여자들은 마법을 걸어 사람을 병들게 할 수도 있었다. 숲에는 도적 떼가 살았으며 방화범은 경찰에게 붙잡혔다. 이 난폭한 두 번째 세계는 도처에서 솟아나 그 냄새를 풍겼지만 어머니와 아버지가 계신 우리 집만은 침범하지 못했다. 매우 다행스러운 일이었다. 우리 집에 평화와 질서와 고요함이 있고, 책임감과 양심, 용서와 사랑이 있다는 사실이 기뻤다. 나머지 다른 것들, 시끄럽고 요란하며 어둡고 거친 것들도 주변에 있었지만, 거기서 한 발짝만 뛰면 놀랍게도 그곳을 벗어나 바로 어머니에게 갈 수 있었다.

그런데 정말 이상하게도 이 두 세계는 서로 가깝게 맞닿아 있었다. 예를 들어 우리 집 하녀 리나는 거실에서 열리는 저녁 예배 시간이면 문가에 앉아, 깨끗이 씻은 손을 매끈하게 편 앞치마 위에 얹고 밝은 목소리로 우리와 함께 찬송가를 불렀다. 그럴 때 리나는 아버지와 어머니, 밝고 참된 세계에 사는 우리 모두의 완벽한 일원이었다. 그런데 예배가 끝나고 바로 부엌이나 헛간에서 내게 머리 없는 난쟁이 이야기를 해주거나, 작은 푸줏간에서 이웃 여자와 말다툼을 벌일 때 리나는 전혀 다른 사람이었고, 다른 세계에 속했으며, 신비로움에 감싸였다. 모든 사람이 그러했고 대체로 나 자신도 마찬가지였다. 물론 나는 밝고 참된 세계에 속했고 우리 부모님의 자식이었지만, 내 눈과 귀가 향하는 곳이면 어디에나 다른 세계가 있었다. 비록 낯설고 괴이했으며 그 안에서 끊임없이 양심의 가책과 공포를 느꼈지만, 나 역시도 그 다른 세계 안에서 살고 있었다. 심지어 가끔은 금지된 세계에서 사는 것이 가장 좋았던 적도 있었다. 밝은 세계로 돌아가야 하며 그게 유익한 일이라는 걸 알면서도 오히려 그곳이 덜 아름답고 지루하고 따분한 세계라는 느낌이 들기도 했다. 때때로 나는 내 목표가 아버지와 어머니처럼 되어서 밝고 순수하게, 훌륭하고 조화롭게 사는 것임을 깨닫는다. 하지만 그렇게 되려면 갈 길이 멀었다. 학교에서 얌전히 앉아 공부해야 하고 크고 작은 시험을 치러야 했다. 또 그 길은 꼭 다른 어두운 세계 곁이나 그 속을 통과하도록 나 있어서 자칫하면 그곳에 머물거나 빠져버릴 수도 있었다. 그렇게 다른 세계로 가서 길을 잃은 아들에 관한 이야기들이 있었다. 나는 그런 이야기들을 열심히 읽었다. 그런 이야기에는 언제나 아버지에게로, 선한 세계로 돌아오는 모습이 감명 깊고 훌륭하게 그려져 있었다. 나는 그것만이 옳고 선하고 바람직한 행동이라고 분명히 느꼈다. 하지만 악한 자들, 길 잃은 자들 사이에 벌어지는 일들이 훨씬 더 흥미진진했다. 솔직하게 말해도 된다면, 가끔은 길 잃은 아들이 뉘우치고 제 길로 돌아가는 것이 아쉬웠던 적도 있었다. 그렇긴 해도 그런 솔직한 마음에 대해서는 입에 올리지 않았고 생각도 하지 않았다. 그런 마음은 그저 어떤 예감이나 가능성으로 감정의 저 밑바닥에 존재할 뿐이었다. 나는 상상 속에서 악마가 변장을 하거나 혹은 변장하지 않은 모습으로 길 아래쪽이나 놀이공원 또는 술집에 있는 모습을 쉽게 떠올릴 수 있었지만, 우리 집에서 우리와 함께 있는 모습은 전혀 떠올릴 수 없었다.

내 누이들도 밝은 세계에 속했다. 성품 면에서 누이들은 아버지와 어머니를 나보다 더 많이 닮았으며, 더 뛰어나고 예의 바르고 실수가 적었다. 누이들도 결점과 나쁜 버릇이 있었지만 별로 심각하진 않았다. 악마에 닿아 쩔쩔매며 고통스러워하는, 어두운 세계에 훨씬 더 가까이 있는 내 경우와는 달랐던 것이다. 부모님과 마찬가지로 누이들도 소중히 여기고 존경해야 할 대상이었다. 누이들과 다투고 나서 스스로를 양심에 비추어볼 때면 잘못했고 문제를 일으켰고 사과를 해야 하는 쪽은 언제나 나였다. 내가 누이들을 화나게 하는 것은 부모님, 즉 자애롭고 권위 있는 존재를 화나게 하는 것과 같았기 때문이다. 비밀이 있으면 누이들보다 차라리 거리의 불량배들과 함께 나누는 편이 더 나았다. 날이 화창하고 양심에 아무 거리낌이 없는 날에는 누이들과 함께 놀고, 그들에게 착하고 예의 바르게 굴며, 밝고 고귀한 빛 속에 있는 나 자신을 보는 것이 즐거웠다. 천사가 바로 그런 모습이 아니겠는가! 그것이 우리가 아는 최상의 상태였다. 크리스마스와 행복을 떠올리게 하는 경쾌한 소리와 깨끗한 향기에 둘러싸인 천사, 그 모습으로 있는 것이야말로 달콤하고 멋진 일이었다. 아, 그렇게 좋은 날들은 왜 그리도 드물었는지! 나는 유익하며 해롭지 않은, 우리에게 허락된 놀이를 할 때조차 누이들에게 너무 열정적이고 거칠게 굴었다. 이는 다툼과 사고로 이어졌다. 화가 치밀어 심술을 부리고 있노라면, 말하고 행동하는 와중에도 내 말과 행동이 얼마나 부도덕한지 뼈저리게 느껴질 정도였다. 그 뒤에는 곧 후회와 뉘우침의 어둡고 씁쓸한 시간이 찾아왔다. 그다음 용서를 비는 고통스러운 순간을 넘기고 나면 다시 밝은 빛줄기가 비추어, 조화롭고 조용하며 감사에 찬 행복이 몇 순간 또는 몇 분 동안 지속되었다.

나는 라틴어 학교에 다녔다. 시장 아들과 수석 삼림 감독관 아들이 나와 같은 반이어서 가끔 우리 집에 놀러 왔다. 거칠긴 해도 선하고 허락된 세계에 속한 아이들이었다. 한편 나는 이웃이 아니었다면 보통은 무시했을, 공립학교에 다니는 이웃 아이들과도 가깝게 지냈다. 내 이야기는 그들 중 한 아이와 있었던 일로 시작한다.

열 살 무렵의 어느 한가한 오후였다. 나는 이웃에 사는 아이 둘과 여기저기 쏘다니고 있었다. 그때 우리 쪽으로 한 덩치 큰 녀석이 다가왔다. 재단사의 아들로 공립학교에 다녔으며 열세 살쯤 먹은 힘세고 난폭한 소년이었다. 녀석의 아버지는 술꾼이었고 온 가족의 평판이 나빴다. 나는 프란츠 크로머라는 그 아이를 잘 알고 두려워하고 있었기에 그렇게 마주치게 된 것이 달갑지 않았다. 그 애는 벌써부터 어른 티를 내며 젊은 공장 노동자들의 걸음걸이와 말투를 흉내 냈다. 우리는 크로머가 이끄는 대로 다리 옆 강둑으로 내려가 첫 번째 아치 아래로 세상의 눈을 피해 몸을 숨겼다. 불룩 튀어나온 다리 벽과 느리게 흘러가는 강물 사이의 좁은 강둑은 쓰레기와 돌덩이, 녹슨 철사가 얽힌 뭉치, 그 밖의 잡동사니로 뒤덮여 있었다. 거기서는 심심 찮게 쓸 만한 물건들을 찾을 수 있었는데, 우리는 프란츠 크로머의 지시에 따라 길바닥을 뒤져 찾아낸 것들을 그 애에게 보여주어야 했다. 그러면 크로머는 그것을 주머니에 쑤셔 넣거나 물속으로 던져버렸다. 그 애는 납이나 놋쇠, 양철로 된 물건이 있나 눈여겨보라고 했고, 그런 것들은 모두 주머니에 넣었다. 뿔로 만든 낡은 빗도 집어넣었다. 나는 크로머와 함께 있는 것이 무척 불안했다. 아버지가 알면 함께 어울려 다니지 못하게 할까 봐서가 아니라 프란츠 크로머에 대한 두려움이 컸던 것이다. 그래도 크로머가 나를 끼워주고 다른 아이들과 똑같이 대해준 것은 기뻤다. 이번이 첫 만남인데도 마치 오랫동안 그래왔던 것처럼, 그가 명령하면 우리는 복종했다.

마침내 우리는 땅바닥에 앉았다. 크로머는 강물에 침을 뱉었는데 그 모습이 어른처럼 보였다. 그 애는 잇새로 침을 뱉어서 원하는 곳 어디든 맞힐 수 있었다. 얘기가 시작되자 저마다 온갖 대담한 행동과 짓궂은 장난에 대해 자랑을 늘어놓았고, 찬사가 오갔다. 나는 가만히 있었다. 크로머가 내 침묵을 눈치채고 화를 내면 어쩌나 두려웠다. 친구 둘은 처음부터 내게서 등을 돌려 크로머의 편에 서 있었다. 나는 여기서 외톨이였다. 내 옷이나 행동이 그들에게 반감을 불러일으킬 거라는 생각이 들었다. 라틴어 학교에 다니고 부유한 아버지를 둔 나를 크로머가 좋아할 리 없었고, 다른 두 명도 그런 생각을 떠올린 순간 나를 단념하고 돌아서 버렸을 거라는 확신이 들었다.

두려운 나머지 결국 나도 말을 꺼냈다. 엄청난 도둑질을 지어내 스스로 그 이야기 속 주인공이 되었다. 밤에 길모퉁이 방앗간 옆 과수원에서 친구와 함께 사과 한 자루를 몽땅 훔쳤다고 말했다. 그것도 보통 사과가 아니라 순수 레네트와 골트파르메네 같은 최상급 품종이었다. 이 이야기로 순간의 위기를 모면해야겠다는 생각에 나는 서슴없이 말을 지어냈다. 이야기를 너무 빨리 끝내서 혹시라도 더 나쁜 상황에 말려들까 봐 나의 온 능력을 총동원했다. 내 이야기는 이랬다. 둘 중 한 명이 망을 보는 사이 다른 한 명은 나무에 올라가 사과를 따서 아래로 던졌다. 그런데 사과를 담은 자루가 너무 무거워 자루를 열고 반을 덜어내야 했는데, 30분 후 다시 과수원에 가서 나머지 사과도 가져왔다.

이야기를 마쳤을 때 나는 약간의 박수갈채를 기대했다. 끝으로 가며 이야기에 열을 올리다 보니 내 상상력에 스스로 도취되었다. 두 친구는 크로머가 어떻게 나올지 지켜볼 뿐 아무 말도 하지 않았다. 그때 크로머가 실눈을 뜨고 나를 뚫어지게 쳐다보더니 위협적인 목소리로 이렇게 묻는 것이었다.

"정말이야?"

"그럼." 내가 대답했다.

"실제로 있었던 일이 맞아?"

"응, 실제로 있었던 일이야."

속으로는 두려워 숨이 막힐 지경이었지만 나는 주장을 굽히지 않았다.

"맹세할 수 있어?"

나는 겁이 났지만 곧바로 그렇다고 대답했다.

"그럼 하느님께 맹세한다고 말해!"

나는 그대로 말했다.

"하느님께 맹세해."

"그럼 됐어."

그리고 크로머는 돌아앉았다.

나는 그것으로 모두 잘 마무리됐다고 생각했다. 곧 프란츠 크로머가 일어나 집으로 돌아가려 하자 기분이 좋아졌다. 우리가 다리 위에 이르렀을 때 나는 이만 집에 가봐야 한다고 겁먹은 목소리로 말을 꺼냈다.

그러자 프란츠 크로머가 웃으며 대꾸했다.

"그렇게 서두를 거 없잖아. 길도 같은데."

크로머는 계속해서 천천히 걸었고 나는 감히 달아날 엄두를 내지 못했다. 그런데 크로머는 정말로 우리 집 쪽으로 가고 있었다. 집에 다 와서 현관문과 그 문에 달린 두꺼운 놋쇠 손잡이, 창에 비친 햇살과 어머니 방의 커튼을 보자 나는 깊은 숨을 토해냈다. 집에 돌아왔다! 집, 밝고 평화로운 세계로 돌아와서 얼마나 행복한가!

황급히 문을 열고 안으로 들어가 다시 문을 닫으려는데 프란츠 크로머가 문을 밀고 함께 들어왔다. 빛이라고는 마당에서 들어오는 것이 전부인 서늘하고 어두운 현관에서 크로머는 내 팔을 붙들고 선 채 조용히 말했다.

"그렇게 서두르지 말랬지, 너!"

겁에 질려 크로머를 쳐다보았다. 내 팔을 쥔 크로머의 손아귀는 강철같이 단단했다. 나는 크로머의 의도가 무엇인지, 나를 못살게 굴려는 건 아닌지 헤아렸다. 그리고 생각했다. 내가 지금 소리를 지르면, 그것도 아주 크고 격렬하게 지르면 누군가 위층에서 급히 내려와 나를 구해줄 수 있을까? 하지만 나는 소리 지르지 않기로 했다.

내가 물었다.

"왜? 원하는 게 뭐야?"

"별거 아니야. 그냥 뭘 좀 물어보려고. 다른 애들은 들을 필요 없는 거라서."

"그래? 좋아, 뭘 더 얘기해줘야 하는데? 알다시피 난 위층으로 올라가 봐야 해."

그러자 크로머가 조용히 속삭였다.

"길모퉁이 방앗간 옆 과수원이 누구 건지 알지?"

"아니, 몰라. 방앗간 주인 거겠지."

크로머가 내 몸에 팔을 둘러 바짝 끌어당겼다. 나는 아주 가까이에서 크로머의 얼굴을 들여다봐야만 했다. 사악한 눈과

심술궂은 미소를 띤 그 얼굴에는 잔인하고 강력한 기운이 넘쳐났다.

"그래, 꼬마야. 나는 과수원 주인이 누군지 알아. 오래전부터 사과를 도둑맞았다는 것도 알고 있고, 그 주인이 누가 과일을 훔쳤는지 알려주는 사람에게 2마르크를 주겠다고 한 것도 알고 있어."

나는 소리쳤다.

"맙소사! 말하지 않을 거지?"

하지만 크로머에게 의리를 호소해봤자 소용없을 것 같았다. 이 소년은 다른 세계에 속해 있었고, 그런 소년에게 배신은 죄가 아니었다. 나는 확실히 그렇게 느꼈다. 다른 세계 사람들은 이런 일에 있어서 우리와 같지 않았다.

"말하지 않을 거냐고?" 크로머가 웃었다. "이봐 친구, 내가 2마르크짜리 동전을 만들 수 있는 화폐 위조자라도 된다고 생각해? 나는 가난뱅이인 데다 너처럼 부유한 아버지도 없어. 2마르크를 벌 수 있는 방법이 있다면 반드시 벌어야만 해. 어쩌면 과수원 주인이 돈을 훨씬 더 많이 줄지도 모르지."

크로머가 갑자기 나를 놓아주었다. 우리 집 현관에서는 더 이상 평화롭고 안전한 냄새가 나지 않았고, 내 주변의 세계도 무너져 내렸다. 프란츠 크로머가 나를 범인으로 신고하면 사람들이 그걸 아버지에게 이를 것이고, 어쩌면 경찰이 찾아올지도 모른다. 나는 끔찍한 소동이 일어날까 봐 두려웠다. 내가 겪게 될 온갖 추하고 위험한 일들이 떠올랐다. 내가 훔치지 않았다는 사실은 아무 의미가 없었다. 훔쳤다고 맹세까지 해버렸으니까. 하느님, 맙소사!

눈물이 차올랐다. 돈을 주고 프란츠 크로머에게서 벗어나야겠다는 생각에 필사적으로 주머니를 뒤졌다. 주머니에는 사과도 주머니칼도 아무것도 없었다. 그때 시계가 생각났다. 멈춰버린 낡은 은시계였지만 '그냥 그대로' 지니고 다니던 터였다. 할머니에게 물려받은 것이었다. 나는 얼른 시계를 꺼냈다.

"프란츠, 잘 들어, 날 신고하면 안 돼. 제발 그러지 마. 내 시계를 줄게. 자, 봐. 미안하지만 이거 말고는 아무것도 없어. 너 가져. 은시계이고 세공도 훌륭해. 한 가지 작은 흠이 있긴 하지만 수리하면 될 거야."

크로머는 빙긋 웃으며 큰 손으로 시계를 받아 들었다. 나는 크로머의 손을 보며 그 손이 얼마나 내게 잔인하고 적대적인지, 어떻게 내 삶과 평화를 잡아채려 하는지 느낄 수 있었다.

"은으로 만든 거라⋯." 내가 쭈뼛거리며 말했다.

"낡아빠진 은시계로 뭘 어쩌라고! 네가 직접 가서 고쳐!" 그는 경멸에 차서 소리쳤다.

"프란츠, 잠깐만!" 나는 그가 가버릴까 봐 두려움에 떨며 외쳤다. "시계 가져가야지! 진짜 은으로 만든 거야, 정말이라고! 내가 가진 건 그게 전부야."

크로머는 조롱하듯 차가운 눈으로 나를 바라보았다.

"넌 내가 누구한테 가려는지 알고 있구나. 아니면 난 경찰에 신고할 수도 있어. 잘 아는 경찰이 있거든."

크로머가 가려고 돌아섰다. 나는 크로머의 옷소매를 잡아당겼다. 그냥 가도록 내버려 둘 순 없었다. 그렇게 가버린 다음 일어나게 될 모든 일을 견디느니 차라리 죽는 편이 나았다.

나는 불안해하며 쉰 목소리로 애원했다.

"프란츠, 어리석은 짓 하지 마! 그냥 장난이지? 그렇지?"

"그래, 장난이야. 하지만 너한테는 비싼 장난이 되겠군."

"내가 어떻게 하면 되는지 말해줘, 프란츠! 뭐든지 할게!"

크로머는 실눈을 뜨고 나를 살펴보더니 다시 웃음을 터뜨렸다.

"바보처럼 굴지 마!" 크로머가 착한 척하며 말했다. "너도 나처럼 답을 알고 있잖아? 2마르크를 벌 수 있는 기회가 생겼는데, 너도 알다시피 나는 부자가 아니라서 그런 기회를 날려버릴 수 없어. 하지만 너는 부자인 데다 시계까지 갖고 있지. 그러니 내게 2마르크를 주기만 하면 모든 게 잘 해결되는 거야."

논리는 이해가 갔다. 하지만 2마르크라니! 내게 2마르크는 10마르크나 100마르크, 1000마르크와 마찬가지로 손에 넣을 수 없는 큰돈이었다. 나는 돈이 없었다. 어머니가 보관하고 있는 저금통이 하나 있기는 했다. 삼촌이 집에 방문하거나 해서 5페니히와 10페니히 동전을 몇 개씩 주면 그 안에 저금하곤 했다. 그것 말고는 한 푼도 없었다. 그 당시는 아직 용돈을 받지 않을 때였다.

"한 푼도 없어." 나는 풀이 죽어 말했다. "돈은 전혀 없다고. 하지만 돈 말고는 다 줄게. 인디언 책이랑 병정 인형도 있고 나침반도 있어. 나침반을 갖다 줄게."

프란츠 크로머가 뻔뻔하고 사악한 입술을 씰룩거리더니 바닥에 침을 뱉었다.

"헛소리 그만해!" 크로머가 명령조로 말했다. "그 따위 쓰레기는 너나 가져! 나침반이라니! 잘 들어. 여기서 계속 열 받게 하지 말고 돈을 가져와!"

"없어, 한 푼도 없다고. 돈을 구할 방법이 없어!"

"아무튼 내일 2마르크를 가져와. 학교 마치고 길 아래 시장 옆에서 기다릴게. 그걸로 끝이야. 안 가져오면 어떻게 되는지 두고 봐!"

"알았어. 그런데 대체 돈을 어디서 구하지? 아, 돈이 없으면…"

"너희 집에 돈 많잖아. 네가 알아서 해. 그럼 내일 학교 끝나고 보자. 그리고 말해두는데, 돈을 안 가져오면…"

프란츠 크로머는 무시무시한 눈빛으로 내 눈을 바라보고는 또다시 침을 뱉더니 그림자처럼 사라져버렸다.

나는 위층으로 올라갈 수 없었다. 내 삶은 엉망이 되었다. 이 대로 뛰쳐나가 다시는 돌아오지 말까, 아니면 물에 빠져 죽어 버릴까 하는 생각이 들었지만 그저 모두 막연한 상상일 뿐이었다. 나는 계단 맨 아래 어둠 속에서 몸을 잔뜩 웅크려 앉은 채 불행에 휩싸여 있었다. 리나가 바구니를 들고 땔감을 가지러 내려오다가 거기서 울고 있는 나를 발견했다.

나는 식구들에게 말하지 말라고 부탁하고는 위층으로 올라 갔다. 유리문 옆에 아버지의 모자와 어머니의 양산이 격자 옷 걸이에 걸려 있었다. 그 물건들에서 가정의 온화한 기운이 흘 러나왔다. 나는 마치 방탕한 아들이 집에 돌아와, 예전에 살던 방을 보고 그 냄새를 맡듯이 간절하고 감사한 마음으로 그 물건들을 반겼다. 하지만 그 모든 것은 더 이상 나의 것이 아니라 아버지와 어머니의 밝은 세계 속에 있는 것이었다. 반면에 나는 죄의식에 가득 차 낯선 물길 속으로 깊이 가라앉았고, 모험과 범죄에 얽혀들어 적에게 협박당하며 위험과 공포, 수치스러움 말고는 아무것도 기대할 수 없었다. 모자와 양산, 튼튼하고 오래된 사암 바닥, 복도 수납장 위에 걸린 큰 그림, 거실에서 들려오는 누이들의 목소리, 이 모든 것이 그 어느 때보다 사랑스럽고 다정하고 즐거워 보였다. 그것들은 이제 위로도 평온도 아니었고 그저 큰소리로 나를 꾸짖는 것만 같았다. 이 모든 것은 더 이상 내 것이 아니었기에 나는 그 즐겁고 고요한 분위기를 공유할 수 없었다. 내 발에는 발판에 닦아도 떼어낼 수 없는 오물이 묻어 있었고, 집이 속한 세계가 알지 못하는 그림자를 달고 있었다. 전부터 이미 나는 많은 비밀을 간직해왔고 두려움에 떨고 있었다. 하지만 그것은 내가 오늘 집으로 가져온 것에 비하면 그저 장난과 놀이에 불과했다. 운명이 나를 쫓아오며 내게로 손을 뻗었다. 어머니는 그 손아귀에서 나를 지켜줄 수 없었고 그런 사실을 알아서도 안 되었다. 내가 저지른 죄는 도둑질일까, 아니면 거짓말일까(하느님께 거짓 맹세를 하지 않았던가!)? 어느 쪽이든 상관없었다. 내 죄는 이것인가, 저것인가의 문제가 아니었다. 악마에게 손을 뻗은 것 자체가 죄였다. 내가 왜 따라갔을까? 왜 나는 아버지의 말보다도 크로머의 말에 더 고분고분하게 굴었을까? 뭐하러 도둑질 이야기는 지어냈을까? 뭐하러 죄를 지은 것이 무슨 대단한 일이라도 되는 양 떠벌렸을까? 이제 악마가 내 손을 잡았고 적은 바로 등 뒤에 있었다.

순간 나는 내일이 두렵다기보다 지금 내 길이 계속 아래로 곤두박질쳐 어둠 속으로 끌려가고 있다는 확신에 모든 것이 끔찍했다. 나의 잘못으로 새로운 죄를 잇달아 저지르게 되리라는 것, 누이들 옆의 내 모습과 부모님에게 하는 내 인사와 입맞춤이 거짓일 거라는 것, 가족들에게 밝힐 수 없는 운명과 비밀을 지니게 되었다는 것이 뚜렷이 느껴졌다.

아버지의 모자를 보자 문득 내 안에 희망과 믿음이 생겨났다. 아버지에게 모든 것을 털어놓는 것이다. 아버지의 결정과 처벌을 받아들이고 아버지를 내 조언자 겸 구원자로 만드는 것이다. 전에도 자주 그랬듯이 힘들고 쓰라린 시간을 견디고 진심으로 뉘우치며 용서를 빌기만 하면 될 것 같았다.

그러한 믿음이 얼마나 달콤하게 느껴지던지! 얼마나 근사하고 유혹적이던지! 하지만 다 소용없는 일이었다. 나는 내가 그러지 못하리라는 걸 알고 있었다. 지금 비밀로 하고 있는 잘못을 나 혼자서 해결해야 한다는 것도 알고 있었다. 어쩌면 현재 나는 기로에 서 있고, 이 시간부터 영원토록 악한 세계에 속해서 나쁜 사람들과 비밀을 공유하고 그들을 의지하고 따르며 그들과 똑같은 사람이 되어야만 할지도 모른다. 이제 나는 남자답고 영웅인 척 굴었던 것에 대한 결과를 감수해야 했다.

안으로 들어섰을 때 아버지는 내 신발이 젖었다며 잔소리했다. 다행히 젖은 신발 때문에 아버지는 더 나쁜 일을 알아채지 못했다. 나는 꾸중을 들으면서 속으로 다른 잘못에 대해서도 함께 야단맞는 것이라고 여겼다. 그때 문득 내 안에 새롭고 묘한 느낌이, 가시가 잔뜩 박힌 사악하고 날카로운 느낌이 스쳤다. 내가 아버지보다 우월하다는 생각이 들었던 것이다! 잠시 동안이긴 해도 진실을 모르는 아버지가 우습게 보였고, 젖은 신발에 대한 꾸지람도 내게는 사소한 일처럼 여겨졌다. '만일 아버지가 알게 된다면!' 하는 생각이 들었는데, 마치 살인을 고백해야 하는 상황임에도 훔친 빵에 대해서만 심문을 받는 죄인이 된 느낌이었다. 추하고 불쾌한 느낌이었지만 강렬하고 몹시 매혹적이었다. 그리고 이 느낌은 다른 어떤 생각보다 더 단단히 내 죄와 비밀 그리고 나 사이에 유대관계를 형성했다. 프란츠 크로머가 지금쯤 이미 경찰에 나를 신고했을지도 모른다는 생각이 들었다. 폭풍우가 내 쪽으로 몰려오고 있는데도 나는 여기서 어린아이 취급이나 받고 있다니!

이제까지 이야기한 경험들 가운데 이 순간이야말로 가장 중요하고 기억에 오래 남을 부분이다. 아버지에 대한 신성한 마음이 처음으로 깨졌고, 어린 시절 내가 의지했던 기둥에 최초의 균열이 생긴 순간이었다. 그 기둥은 누구나 자신의 본모습을 찾기 전에 반드시 허물어버려야 하는 것이었다. 우리 운명 속의 본질적 방향은 이 보이지 않는 경험들로 이루어진다. 이런 파괴와 균열은 다시 치유되고 회복되어 잊히겠지만, 가장 깊숙이 자리한 비밀의 방에서는 여전히 살아남아 피를 흘린다.

이 새로운 느낌에 나는 곧 두려움을 느꼈다. 당장이라도 엎드려 아버지의 발에 입 맞추며 용서를 빌고 싶었다. 하지만 본질적인 것에 대해 사죄할 수는 없었다. 그것은 어린아이도 현명한 어른만큼 충분히 느끼고, 알고 있는 점이었다.

나는 지금 내 상황이 어떤지, 내일 어떻게 할지에 대해 생각했어야 했지만 잘되지 않았다. 저녁 내내 나는 달라진 거실 분위기에 적응하는 데만 매달렸던 것이다. 벽시계와 탁자, 성경책과 거울, 책장과 벽에 걸린 그림이 모두 내게 작별을 고했다. 나는 차갑게 식어가는 마음으로 나의 세계, 나의 사랑스럽고 행복한 삶이 과거가 되어 내게서 떨어져 나가는 모습을 지켜보아야 했다. 그리고 밖에 있는 어둡고 낯선 세계에 새롭게 뿌리내려 단단히 매달려 있는 나 자신을 느꼈다. 나는 처음으로 죽음을 맛보았고 그 맛은 썼다. 죽음은 탄생이고 놀라운 변화에 대한 근심과 공포이기 때문이다.

마침내 침대에 눕고 나니 얼마나 기쁘던지! 잠자리에 들기 전 마지막으로 겪은 연옥의 고통은 저녁 예배였다. 식구들은 내가 좋아하는 찬송가를 불렀다. 하지만 나는 같이 부르지 않았다. 음정 하나하나가 내게는 쓰디쓴 울분과 독이었다. 아버지가 축복을 빌 때도 함께 기도하지 않았다. 아버지가 "…우리모두와 함께하소서!"라고 기도를 마쳤을 때는 일종의 경련이 일어나 나를 가족의 고리에서 떨어뜨려 버렸다. 하느님의 은총이 가족 모두와 함께했지만 나하고는 더 이상 함께하지 않았다. 자리를 뜰 때 나는 춥고 몹시 지쳐 있었다.

침대에서 따뜻함과 안락함에 포근히 몸을 맡긴 것도 잠깐, 내 마음은 또다시 두려움에 빠진 채 길을 잘못 들어 이미 벌어진 일 주변을 걱정스럽게 서성이고 있었다. 어머니는 여느 날처럼 내게 잘 자라고 인사했다. 내 방에서는 여전히 어머니의 발소리가 들렸으며, 어머니가 들고 있는 촛불 빛이 문틈으로 새어 들어왔다. 이제 어머니가 다시 들어온다면, 뭔가를 감지한 어머니가 내게 입을 맞추고 용기를 북돋아 주듯 부드럽게 무슨 일이 있느냐고 묻는다면, 나는 울 수 있고 내 목에 걸려 있던 덩어리는 녹아 없어질 것이다. 어머니를 얼싸안고 모든 것을 털어놓으면 모든 게 해결되고 나는 구원받으리라! 문틈이 이미 어두워졌는데도 나는 한참 더 귀를 기울이며 그렇게 되어야 한다고, 반드시 그래야 한다고 생각했다.

나는 다시 당면한 문제로 돌아와 적의 눈을 들여다보았다. 한쪽 눈을 찌푸리고 입에는 잔인한 웃음을 머금고 있는 적의 모습을 똑똑히 보았다. 그를 바라보며 피할 수 없는 운명이라는 느낌에 잠식당하는 동안 적은 점점 커지고 추해졌으며 사악한 눈은 악마처럼 번득였다. 내가 잠들 때까지 그는 내 곁에 가까이 있었다. 하지만 꿈에서는 그 모습도 오늘 있었던 일도 나오지 않았다. 대신에 나는 부모님과 누이들과 함께 휴일의 평화로움과 찬란함에 둘러싸여 배를 타고 있는 꿈을 꾸었다. 한밤중에 잠에서 깼을 때도 여전히 그 행복한 꿈의 여운이 남아 햇볕 아래 빛나던 누이들의 흰 여름옷을 볼 수 있었다. 그러고는 낙원에서 도로 현실로 떨어져 사악한 눈을 지닌 적과 다시 마주 섰다.

아침에 어머니가 방으로 급히 들어오며 늦었는데 왜 아직 침대에 있느냐고 외쳤다. 그런데 내가 아파 보였는지 어디 불편하느냐고 다시 물었다. 그 순간 나는 먹은 것을 토하고 말았다.

그러고 나니 속이 좀 후련했다. 나는 몸이 좀 안 좋을 때 아침 내내 카밀러(유럽산 국화과의 약용식물 ─ 옮긴이) 차를 옆에 두고 마시며, 침대에 누운 채 어머니가 옆방을 치우는 소리, 리나가 현관에서 밖에 있는 푸줏간 주인과 나누는 말소리를 듣는 게 무척 좋았다. 학교에 가지 않고 보내는 오전 시간은 매혹적이고 마법 같았다. 장난치듯 방 안으로 들어오는 햇살도 교실의 초록색 커튼으로 떨어지는 햇살과는 달랐다. 하지만 오늘은 이마저도 느낄 수 없었고 전부 거짓으로 들렸다.

그래, 죽을 수만 있다면! 하지만 나는 전에도 자주 그랬듯이 조금 아팠을 뿐이었다. 이 정도로는 아무것도 해결되지 않는다. 아픈 것은 수업을 빼먹을 핑계는 될 수 있어도 11시에 시장에서 기다리겠다는 크로머에게서 나를 지켜주지는 못했다. 게다가 어머니의 자상함도 오늘은 위안은커녕 그저 거슬리고 괴로울 뿐이었다. 나는 곧 다시 잠든 척하며 생각에 잠겼지만 모두 소용없었다. 나는 11시까지 시장으로 가야 했다. 결국 나는 10시에 조용히 일어나 많이 나아졌다고 전했다. 보통 이런 경우에는 다시 침대에 눕거나 오후 수업을 받으러 학교로 가야 했다. 나는 학교에 가겠다고 말했다. 내겐 계획이 있었다.

돈 없이 크로머를 만나러 갈 수는 없었다. 나는 내 소유의 작은 저금통을 손에 넣어야만 했다. 그 안에 돈이 충분치 않다는 것을, 모자라도 한참 모자란다는 것을 알고 있었지만 돈이 들어 있기는 했다. 아무것도 없는 것보다는 조금이라도 무언가 있는 편이 나았다. 그것으로 크로머를 달래기는 해야 할 것 같았다.

양말만 신고 살금살금 어머니 방으로 들어가 탁자에서 저금통을 집어 들었다. 기분이 좋지 않았다. 어제만큼 끔찍하진 않았지만 심장이 마구 뛰어 숨도 못 쉴 지경이었다. 계단을 내려와 저금통이 잠겨 있다는 것을 알았을 때도 여전히 가슴이 뛰었다. 저금통을 부수고 여는 일은 쉬웠다. 얇은 양철 막대를 떼어내기만 하면 되었다. 하지만 이게 나의 첫 번째 도둑질이라는 걸 떠올리니 양철 막대를 떼어내면서 마음이 쓰라렸다. 이때껏 사탕이나 과일을 슬쩍해본 적은 있었지만 지금 이 행동은 비록 내 돈이긴 해도 도둑질이 분명했다. 나는 크로머와 그의 세계에 한 발짝 더 가까이 다가간 것 같았고, 그렇게 착실하게 한발 한발 아래를 향해 내려간다는 느낌과 함께 문득 반항심이 일었다. 악마가 날 데려가게 내버려 두자, 이제 더는 되돌아갈 길도 없잖아. 나는 초조하게 돈을 꺼내 세어보았다. 소리로는 저금통이 꽉 찬 것 같았는데 막상 손에 쥔 돈은 형편없이 적었다. 65페니히(1마르크는 100페니히에 해당한다 – 옮긴이)였다. 나는 저금통을 마루 밑에 숨긴 뒤 돈을 단단히 움켜쥔 채 여느 때와는 완전히 다른 내가 되어 문을 열고 집을 나섰다. 위층에서 누군가 나를 부르는 것만 같아 빨리 달렸다.

　아직 시간이 많이 남아 있었다. 나는 이제껏 본 적 없는 구름 아래를 걸어다녔다. 전과는 달라 보이는 거리를 이리저리 헤매며, 나를 지켜보는 집들과 의심의 눈초리를 보내는 사람들 곁을 지나쳤다. 문득 예전에 친구 하나가 가축 시장에서 1탈러(1마르크의 세 배에 해당한다 – 옮긴이)짜리 동전을 주웠던 일이 생각났다. 나도 그런 발견을 할 수 있도록, 내게도 기적을 내려달라고 하느님께 기도하고 싶은 심정이었다. 하지만 나는 더 이상 그럴 자격이 없었다. 설령 돈을 줍더라도 저금통은 본래 모습으로 돌아갈 수 없을 것이다.

프란츠 크로머가 멀찍이서 나를 보고 있었다. 크로머는 무심한 척하며 느릿느릿 다가왔다. 나와 가까워지자 따라오라는 신호를 하고는 한 번도 뒤돌아보지 않고 조용히 걸어갔다. 슈트로가를 따라 내려가 작은 다리를 건너고, 변두리 주택가 옆 공사장 앞에 멈춰 섰다. 작업 중이 아닌 공사장에는 문도 창도 없는 벽들만 썰렁하게 서 있었다. 크로머는 주변을 둘러보더니 문이 설치될 공간을 통해 안으로 들어갔다. 뒤따라가자 벽 뒤로 간 크로머가 나에게 오라고 손짓했다. 그리고 손을 내밀었다.

"가져왔지?" 그가 차갑게 물었다.

나는 꼭 쥔 손을 주머니에서 꺼내 크로머의 손바닥에 돈을 쏟아놓았다. 크로머는 마지막 5페니히 동전의 쨍그랑 소리가 가시기도 전에 돈을 모두 세었다.

"65페니히네."

크로머가 나를 바라보았다.

"응." 나는 기어들어 가는 목소리로 대답했다. "그게 내가 가진 전부야. 너무 적다는 건 알아. 하지만 그게 다야. 더 이상은 없어."

"네가 좀 더 똑똑한 녀석인 줄 알았는데." 크로머는 자못 부드럽게 타이르는 투로 나무랐다. "신사들끼리 일 처리는 제대로 해야지. 정확한 액수가 아니면 한 푼도 받지 않겠어. 자, 푼돈은 가져가! 다른 사람, 너도 누군지 알 테지만 그 사람은 돈을 깎으려고 하지 않을 거야. 전부 줄 거라고."

"하지만 더 이상은 가진 게 없어! 그게 내 저금통에 있던 전부라고."

"그건 네 문제지. 하지만 난 널 괴롭히고 싶지 않아. 내게 갚을 돈이 아직 1마르크 35페니히 남았군. 언제 줄 거야?"

"틀림없이 줄게, 크로머! 지금은 모르겠고 곧 돈이 좀 더 생길 거야, 내일이나 모레쯤. 아버지한테 말할 수 없다는 건 너도 알잖아."

"그건 내가 상관할 바 아니야. 난 널 괴롭히려는 게 아니란 말이야. 난 오늘 12시 전에라도 얼마든지 돈을 받을 수 있어. 나는 가난하거든. 넌 좋은 옷을 입고 나보다 푸짐한 점심을 먹잖아. 그렇지만 아무 말 않고 좀 더 기다려줄게. 내일모레 오후에 내가 휘파람을 불면 정확한 금액을 가져오는 거다. 내 휘파람 소리 알지?"

크로머가 휘파람을 불었다. 전에 여러 번 들어본 소리였다.

"응, 알아." 내가 대답했다.

크로머는 나를 전혀 모른다는 듯 가버렸다. 우리의 관계는 거래였을 뿐 그 이상은 아무것도 아니었다.

세월이 흘렀지만 지금도 크로머의 휘파람 소리를 다시 들으면 무서울 것 같다. 그날 이후로 나는 그 소리를 자주 들었고 끊임없이 듣게 되리라고 예감했다. 휘파람 소리는 어디에서나 들렸다. 놀거나 공부하거나 생각을 할 때도 항상 들려와 나를 꼼짝 못 하게 만들었고, 그때부터 그 소리는 내 운명이 되고 말았다. 따뜻하고 오색찬란한 가을날 오후, 내가 좋아하는 우리 집작은 정원에 나와 있으면 신기하게도 어릴 적 놀이가 다시 해보고 싶어지곤 했다. 그럴 때면 아직은 착하고 자유로우며 순수하고 아무 걱정 없던 시절로 돌아가 지금보다 더 어린 아이인 척 굴곤 했다. 하지만 어디에선가 크로머의 휘파람 소리가 들려오면 맥이 끊기고 상상 속 놀이는 엉망이 되고 만다. 매번 듣는 소리인데도 들을 때마다 끔찍하고 당황스러웠다. 그러면 나는 날 괴롭히는 사람을 따라 불쾌하고 혐오스러운 곳으로 가서 사정을 낱낱이 해명하고, 돈을 가져오라고 독촉당해야 했다. 그때의 일은 고작 몇 주간 지속되었지만 내게는 몇 년, 아니 영원한 일처럼 여겨졌다. 도저히 돈을 구할 방법이 없을 때는 리나가 식탁 위에 놓아둔 시장바구니에서 5페니히나 10페니히짜리 동전을 훔쳤다. 크로머는 매번 내게 속아서 마땅히 받아야 할 돈을 못 받고 있다고, 내게 그 돈을 빼앗겨 불행해졌다고 비난과 조롱을 퍼부었다. 살면서 고통이 그렇게까지 가슴에 차올랐던 적은 거의 없었다. 그보다 더 큰 절망과 더 심한 억압에 짓눌렸던 적도 없었다.

나는 저금통에 장난감 동전을 채워서 제자리에 갖다 두었다. 아무도 저금통에 대해 묻지 않았다. 하지만 그런 상황은 언제라도 닥칠 수 있었다. 크로머의 잔인한 휘파람 소리보다 어머니의 조용한 발걸음 소리가 훨씬 두려웠던 적이 많았다. 혹시 저금통에 대해 물으러 오는 것은 아닐까?

돈 없이 악마를 만나러 가는 일이 잦아지자 크로머는 다른 방법으로 나를 괴롭히고 이용하기 시작했다. 나는 크로머를 위해 일해야 했다. 크로머는 아버지를 도와 짐 꾸러미를 배달하곤 했는데 내가 그 일을 대신 해야 했다. 아니면 10분 동안 한 발로 뛰기, 지나가는 사람의 옷에 종이쪽지 붙이기처럼 어려운 일을 시키곤 했다. 나는 꿈에서도 그런 고초를 계속 겪었다. 악몽을 꾸느라 땀에 흠뻑 젖기 일쑤였다.

얼마 동안 나는 몸이 아팠다. 자주 토했고 약한 오한에 시달리다가 밤에는 땀이 나며 열이 올랐다. 어머니는 뭔가 잘못되었다는 것을 느끼고 나를 더욱 다정하게 대했지만 그럴수록 나는 괴롭기만 했다. 어머니를 믿고 속마음을 털어놓을 수 없었기 때문이다.

한번은 어머니가 이미 잠자리에 든 내게 초콜릿 한 조각을 갖다 주었다. 몇 년 전만 해도 말을 잘 들은 날 저녁이면 잠자리에서 그런 달콤한 선물을 받곤 했다. 그때처럼 어머니가 침대 옆에 서서 내게 초콜릿 한 조각을 내밀었다. 나는 마음이 너무 아파 간신히 고개만 저을 수 있었다. 어머니가 어디가 안 좋으냐고 물으며 내 머리를 쓰다듬었다. 나는 무심결에 내뱉고 말았다. "싫어! 싫어! 아무것도 필요 없어." 어머니는 초콜릿을 침대 옆 탁자에 놔두고 갔다. 다음 날 어머니가 내게 무슨 일이 있었는지 물었지만 나는 못 알아들은 척했다. 하루는 어머니가 나를 의사에게 데려갔다. 의사는 진찰 후 매일 아침 찬물로 씻으라는 처방을 내렸다.

그 시절 내 상태는 미친 것이나 다름없었다. 우리 집의 조화로운 평화 한가운데서 나는 유령처럼 조심스럽고 고통스럽게 지냈다. 가족들과 삶을 공유하지 못했고 한시도 내 처지를 잊어본 적이 없었다. 이런 내 모습을 보며 툭하면 화를 내며 꾸짖는 아버지에게 나는 마음의 문을 닫고 차갑게 대했다.

2
카인

나를 시련에서 구원해준 것은 전혀 예기치 않았던 방향에서 찾아왔다. 그와 동시에 새로운 무언가가 내 삶으로 들어와 지금까지 계속 영향을 미치고 있다.

얼마 전 우리 라틴어 학교에 새로운 학생이 들어왔다. 우리 시로 이사 온 부유한 과부의 아들로, 옷소매에 상을 당했을 때 다는 검은 리본을 달고 있었다. 나보다 높은 학년이었고 나이도 몇 살 더 많았지만 그 애는 다른 아이들에게 그랬듯이 곧 내 눈에도 띄었다. 이 범상치 않은 학생은 실제보다 훨씬 더 나이 들어 보였고 소년다운 구석이라곤 전혀 없었다. 우리 어린아이들 사이에서 그는 어른처럼, 아니 신사처럼 낯설고 완벽하게 행동했다. 인기가 있는 건 아니었다. 몸싸움은 물론 놀이에도 끼는 법이 없었다. 다만 선생님 앞에서 자신 있고 확신에 찬 목소리로 말한다는 점이 아이들 마음에 들었을 뿐이다. 그의 이름은 막스 데미안이었다.

어느 날 무슨 이유인지는 몰라도 다른 반이 널찍한 우리 교실에서 함께 수업을 받게 되었다. 합반 수업은 가끔 있는 일이었는데 이번에는 데미안의 반과 함께였다. 아래 학년인 우리 반은 성경 수업을 받았고, 위 학년인 데미안의 반은 작문을 했다. 선생님이 카인과 아벨에 대한 이야기를 우리 머릿속으로 밀어 넣고 있는 동안, 나는 묘하게 마음을 사로잡는 데가 있는 데미안의 얼굴을 계속 흘끔흘끔 넘겨다보았다. 데미안은 골똘히 생각에 잠긴 채 밝고 총명하며 단호한 얼굴을 과제물 위로 숙이고 있었다. 과제를 하고 있는 학생이 아니라 연구에 집중해 있는 학자 같았다. 사실 나는 데미안을 바라보며 기분이 좋았다기보다 오히려 어떤 반감이 일었다. 너무 뛰어나고 차갑게 보였다. 약이 오를 만큼 지나치게 자신만만했고, 눈은 조롱과 슬픔을 약간 머금은 채(아이들이 결코 좋아하지 않는) 어른스러운 빛을 띠고 있었다. 그러나 좋고 싫은 문제와는 별개로 나는 데미안에게서 눈을 뗄 수 없었다. 하지만 정작 그가 나를 바라보면 깜짝 놀라 시선을 거두었다. 그 당시 데미안이 어떤 학생으로 보였는지 지금 와서 생각해보면, 그 애는 모든 면에서 다른 아이들과 달랐다고 말할 수 있을 것이다. 자기만의 특별한 개성을 갖고 있었고 바로 이 점 때문에 눈에 띄었다. 그런데 정작 데미안은 눈에 띄지 않기 위해 노력했다. 마치 자신의 정체를 숨긴 채 시골 학생들과 어울려 지내며 그들과 똑같아 보이려고 애쓰는 왕자처럼 굴었다.

그날 학교에서 집으로 돌아가는 길에 데미안이 내 뒤에서 걸어왔다. 다른 아이들이 사라지자 데미안이 나를 따라잡고 인사를 건넸다. 비록 학생다운 말투를 흉내 내긴 했지만 인사할 때조차 어른스럽고 깍듯했다.

"우리 잠깐 같이 걸을까?" 데미안이 다정하게 물었다.

나는 우쭐한 기분으로 고개를 끄덕였다. 그러고는 내가 어디 사는지 알려주었다.

"아, 거기?" 데미안이 미소를 지었다. "그 집 알아. 대문에 이상한 게 붙어 있어서 내 눈을 끌었거든."

그 이상한 것이 무엇인지 언뜻 알아채지 못한 나는 데미안이 나보다 더 우리 집을 잘 아는 듯 보여 깜짝 놀랐다. 그것은 출입문 아치의 이맛돌(아치형 벽돌 구조물의 가운데에 끼워서 균형을 맞춰주는 돌 – 옮긴이)에 새겨진 일종의 문장紋章이었다. 세월이 흐르면서 이제는 평평하게 닳았고 여러 번 덧칠이 되어 있었다. 내가 아는 한 그 문장은 우리 집안과 아무런 관련이 없었다.

"그건 나도 잘 몰라." 내가 수줍게 대꾸했다. "새나 뭐 그 비슷한 모양 같은데 아주 오래됐지. 우리 집이 예전엔 수도원의 일부였다고 들었어."

"그럴 수도 있겠구나." 데미안이 고개를 끄덕였다. "자세히 봐봐! 그런 것도 가끔은 흥미로울 수 있거든. 내 생각엔 작은 매인 것 같아."

우리는 계속 걸었다. 나는 왠지 어색한 기분이 들었다. 그때 데미안이 갑자기 재미있는 생각이 떠오른 듯 웃음을 터뜨렸다.

"오늘 우리 반이 너희 반 수업 시간에 같이 있었잖아." 데미안이 활기찬 목소리로 말했다. "이마에 표식을 지닌 카인에 관한 이야기 맞지? 재미있었어?"

아니, 학교 수업 중에는 흥미로운 것이 거의 없었다. 하지만 마치 어른과 이야기하는 느낌이 들어서 감히 그렇게 말할 수 없었다. 나는 그 이야기가 매우 재미있었다고 대답했다.

데미안이 내 어깨를 툭 쳤다.

"나한테는 꾸며댈 필요 없어, 친구. 사실 그 이야기는 참 이상해. 수업 시간에 나오는 다른 이야기들보다 훨씬 더 이상한 것 같아. 물론 선생님은 신과 죄 따위의 평범한 내용만 다루고 많은 이야기를 하지는 않았어. 하지만 내 생각에는…."

그는 잠시 말을 멈추더니 미소를 지으며 물었다.

"그런데도 수업 시간에 들은 이야기가 재미있어?"

데미안은 계속해서 말했다.

"그래, 그런 것 같네. 카인의 이야기를 완전히 다르게 해석할 수도 있어. 우리가 배우는 것들은 대부분 의심의 여지 없이 정확하고 옳지만, 선생님의 설명과는 다른 시각으로 바라볼 수도 있거든. 그러면 보통은 이해가 훨씬 더 잘 돼. 예를 들어 이마에 표식을 지닌 그 카인에 대한 이야기도 선생님의 설명만으로는 이해가 잘되지 않을 거야. 그렇지 않니? 어떤 이가 말다툼을 벌이다가 자기 형제를 죽이는 일은 당연히 일어날 수 있어. 그가 겁에 질려 잘못을 인정하는 것도 있을 법한 일이야. 그런데 비겁한 행동을 한 사람에게 특별한 표식을 상으로 주었다는 건 정말이지 너무 이상해. 그를 보호해주는 한편 다른 사람들에게는 공포감을 일으키는 표식을 말이야."

"네 말이 맞아." 나는 그 주제에 흥미를 느끼기 시작했다. "하지만 그 이야기를 달리 어떻게 해석할 수 있어?"

데미안은 내 어깨를 치고 다시 입을 열었다.

"아주 간단해! 표식이 존재했다는 것, 거기서 이야기가 시작되는 거야. 옛날에 한 사내가 있었는데 사람들은 그자의 얼굴에 있는 무언가를 보고 겁을 먹었지. 감히 그 사내를 만지지도 못했어. 사람들에게 경외심을 불러일으켰거든. 그 사내와 그 자식들이 말이야. 아마도, 우표의 소인과 같은 표식이 이마에 찍혀 있었다는 것은 사실이 아닐 거야. 삶에서 그렇게 명확한 것은 많지 않거든. 오히려 명확히 알아보기 힘든 기이한 것, 사람들에게 익숙하지 않은 좀 더 영적이고 대담한 무언가가 있었겠지. 그 사내한테는 힘이 있었던 거야. 사람들은 그런 사내 앞에서 주춤거렸어. 그 사내는 '표식'을 지녔던 거지. 사람들은 각자의 생각대로 그 표식을 묘사했을 거야. '사람들'은 자신이 편하게 느끼고 옳다고 여기는 것만 원하는 법이거든. 카인의 족속들도 '표식'을 지녔으므로 두려움의 대상이었어. 따라서 사람들은 그 표식에 대해 있는 그대로가 아니라 정반대로 설명했어. 사람들은 이 표식을 지닌 자들이 두렵다고 말했어. 물론 그들은 실제로 두려운 자들이었어. 용기와 자기들만의 특성을 지닌 자들은 언제나 사람들을 불안하게 만드는 법이지. 용감하고 특별한 종족이 주변을 돌아다니는 것이 사람들은 몹시 불편했어. 그래서 그 종족에게 별명을 붙이고 그들에 대한 이야기를 꾸며냈어. 그들에게 앙갚음을 하고 그동안 겪은 모든 공포에 대해 조금이라도 보상을 얻어내려고 말이야. 이해가 돼?"

"응, 그러니까 카인이 나쁜 사람이 아니었을 거란 말이지? 그리고 성경에 쓰인 모든 이야기는 원래 전혀 사실이 아니고?"

"그렇기도 하고 그렇지 않기도 해. 아주 오래전 이야기들은 항상 진실을 담고 있지만 반드시 옳게 기록되어 전해지는 건 아니거든. 간단히 말해 카인은 좋은 사람이었는데, 사람들이 단지 그가 두렵다는 이유로 그에 대한 이야기를 꾸며냈을 거야. 카인의 이야기는 그냥 떠도는 소문일 뿐이었지. 하지만 카인과 그의 자식들이 일종의 '표식'을 지녔고 보통 사람들과 달랐다는 점만은 명백한 사실이야."

나는 너무 놀라 어안이 벙벙했다.

"그럼 살인에 대한 이야기도 전혀 사실이 아니라고 생각해?" 내가 호기심에 사로잡혀 물었다.

"아니! 그건 분명한 사실이야. 강자가 약자를 죽였지. 진짜 자기 형제를 죽였는지는 의심해볼 수 있어. 하지만 그건 중요하지 않아. 결국 모든 인간은 형제니까. 그러니 강자가 약자를 죽인 걸로 해두자고. 어쩌면 영웅적인 행동일 수도 있고 아닐 수도 있어. 어쨌든 다른 약자들은 이제 완전히 겁에 질려 불만을 쏟아냈지. 그때 누군가가 '당신들도 그를 죽여버리면 될 거 아니오?'라고 물었어. 그러자 약자들은 '우리는 겁쟁이라 그럴 수 없소'라고 하지 않고, '그럴 수 없어요. 그에겐 표식이 있으니까. 하느님이 그에게 표식을 내려주었단 말이오!'라고 대답했어. 거짓말은 그런 식으로 시작된 게 틀림없어. 이런, 내가 널 못 가게 붙들고 있었구나. 그럼 잘 가!"

데미안은 넋이 빠진 나를 홀로 남겨둔 채 모퉁이를 돌아 알트가로 갔다. 데미안이 가고 나서 나는 그에게 들은 모든 말이 하나도 믿기지 않았다! 카인이 고귀한 인간이고, 아벨이 겁쟁이라니! 카인의 표식이 용감함과 특별함의 징표라니! 어리석으며 불경스럽고 사악한 말이었다. 그럼 사랑하는 하느님은 어디 있었다는 거지? 하느님이 아벨의 제물(〈창세기〉에 따르면 하느님은 농부 카인과 목동 아벨이 바친 제물 중 아벨의 제물만 받아들였다 - 옮긴이)을 받지 않았고 아벨을 사랑하지도 않았단 말인가…? 아니야, 멍청하긴! 어쩌면 데미안이 나를 놀리려고, 난처하게 만들려고 그런 것인지도 모른다. 데미안은 지독하게 똑똑하고 말도 잘하지 않는가. 하지만 그렇다 해도… 이건 아니야….

어쨌든 나는 성경 이야기든 그 밖에 어떤 이야기든 그렇게 곰곰이 생각해본 적이 한 번도 없었다. 그리고 프란츠 크로머를 몇 시간 동안, 저녁 내내 까맣게 잊었던 것도 처음이었다. 나는 성경에 나오는 그 이야기를 집에서 다시 읽어보았다. 짧고 명확한 이야기였다. 그 속에서 특별하고 비밀스러운 의미를 찾으려는 것은 말도 안 되는 시도였다. 데미안의 말이 맞다면 모든 살인자는 하느님에게 선택받은 자라고 주장할 수 있을 것이다! 터무니없는 소리였다. 다만 모든 것이 자명하다는 듯, 쉽고 간단하게 그런 이야기를 설명해낸 논리만은 훌륭했다. 더구나 그런 눈빛으로!

물론 나 자신에게도 뭔가 문제가 있었다. 실은 전혀 제정신이 아니었다. 나는 밝고 깨끗한 세계에 살았던 아벨과 같은 유형의 인간이었다. 그러나 지금은 '다른' 세계에 깊숙이 갇힌 채 아래로 떨어져 가라앉아 버렸다. 하지만 근본적으로 내가 할 수 있는 일은 그리 많지 않았다! 그래서 이제 어떻게 될 것인가? 그 순간 문득 어떤 기억이 떠올라 숨이 멎을 것만 같았다. 지금의 내 괴로움이 시작되었던 그 우울한 저녁에 아버지가 함께 있었다. 나는 잠시간 아버지뿐 아니라 그의 밝은 세계와 지혜까지 한 번에 꿰뚫어본 듯 무시했었다! 그렇다, 그때 나는 내가 카인이며 표식을 지녔다고 상상했다. 그때 그 표식은 치욕이 아니라 용감함과 특별함의 징표였다. 악행을 저지르고 불행을 겪으면서도 나는 아버지보다, 선하고 경건한 자들보다 우월하다고 느낀 것이다.

그 일을 겪을 당시에는 이렇게 명확한 형태의 사고를 하지는 못했다. 하지만 이 모든 것이 당시 내 감정 속에 들끓고 있었다. 고통스럽지만 동시에 뿌듯함도 안겨주는 묘한 충동의 감정이었다.

기억해보면 겁 없는 종족과 겁쟁이들에 관한 데미안의 이야기는 얼마나 괴상했던지! 카인의 이마에 새겨진 표식에 관한 해석은 또 얼마나 희한했던지! 그런 말을 할 때 독특하고 어른스러운 데미안의 눈은 놀랍도록 반짝였다. 그리고 내 머릿속으로 이런 희미한 생각이 스쳐갔다. 데미안 자신이 카인과 같은 존재가 아닐까? 자신이 카인과 닮았다고 느끼지 않았다면 왜 카인의 편을 들겠는가? 왜 눈에 그런 힘이 들어 있었겠는가? 겁은 많지만 하느님을 기쁘게 하는 '다른' 경건한 이들에 대해 왜 그토록 냉소적으로 말했겠는가?

나는 이 생각들에 결론을 낼 수 없었다. 이런 생각들은 돌멩이가 되어 샘으로 떨어졌고, 그 샘은 내 어린 영혼이었다. 꽤 오랫동안 카인과 살인, 표식에 관한 이 주제는 삶에 대해 인식하고 의심과 비판을 할 때마다 내 생각의 출발점이 되었다.

나는 다른 아이들도 데미안에게 관심이 많다는 것을 깨달았다. 카인에 대해 나눴던 이야기를 아무에게도 말한 적이 없는데도 아이들은 데미안에게 흥미를 느끼는 듯 보였다. 적어도 '새로운 학생'에 대한 온갖 소문이 떠돌기 시작했다. 그 소문들을 지금까지 다 기억하고 있다면 그것으로 데미안에 대해 좀 더 낱낱이 파악하고 조명할 수 있었을 것이다. 내가 기억하는 첫 번째 소문은 데미안의 어머니가 큰 부자라는 것이었다. 데미안 모자가 교회에 다니지 않는다는 소문도 있었다. 어떤 이는 그들이 유대교도일지 모른다고 했지만 비밀리에 이슬람교를 믿고 있을 수도 있었다. 게다가 막스 데미안의 체력에 관한 꿈같은 이야기도 떠돌았다. 반에서 가장 힘센 녀석이 싸움을 걸었는데 데미안이 거절했다. 겁쟁이라고 놀려대자 데미안은 그 녀석의 코를 납작하게 만들어버렸다. 그 자리에 있었던 아이들의 말에 따르면, 데미안이 한 손으로 녀석의 목을 잡고 얼굴에서 핏기가 가실 때까지 조였다는 것이다. 결국 녀석은 슬며시 달아났는데 며칠 동안 팔을 쓸 수가 없었다고 했다. 심지어 어느 날 저녁에는 데미안이 죽었다는 말도 떠돌았다. 잠깐 동안의 소문이었지만 다들 진짜라고 주장하며 실제로 믿을 정도였다. 하나같이 손에 땀을 쥐게 하는 놀라운 이야기였다. 그러다 얼마 동안은 잠잠했다. 하지만 오래지 않아 또 새로운 소문이 생겨났다. 소문을 들은 아이들이 전해준 이야기로는 데미안이 여자애들과 친하게 어울려 버릇해서 '다 알고 있다'는 것이었다.

　그러는 사이 프란츠 크로머와 얽힌 내 문제는 피할 수 없는 길로 치닫고 있었다. 나는 그에게서 해방되지 못했다. 가끔 크로머가 며칠 동안 나를 조용히 내버려 둘 때조차 나는 그에게 묶여 있었다. 꿈에서 크로머는 그림자처럼 내게 붙어 다녔고, 나의 상상력은 크로머가 실제로 내게 하지 않았던 일도 꿈속에서는 하도록 내버려 두었다. 꿈에서 나는 그의 완벽한 노예였다. 꿈을 자주 꾸었던 만큼 현실보다 꿈속에서 보내는 시간이 더 길었던 나는 그 그림자 같은 녀석에게 힘과 생명을 빼앗겼다. 특히 자주 꾸었던 꿈은 크로머가 내게 함부로 대하며 침을 뱉고 나를 무릎으로 짓누르는 장면이었다. 심하게는 나를 점점 더 나쁜 범죄로 이끌었으며, 거기서 그치지 않고 내게 막강한 영향력을 행사하여 강제로 죄를 짓게 만들었다. 이 꿈들 중 내가 반쯤 정신이 나간 채 깨어났을 정도로 끔찍했던 것은 아버지를 죽이는 꿈이었다. 크로머가 칼을 갈아 내 손에 쥐여주었다. 우리는 가로수 뒤에 서서 누군가를 기다리고 있었다. 누구를 기다리는 건지 나는 알지 못했다. 이윽고 한 사람이 우리 쪽으로 다가왔다. 크로머가 내 팔을 꽉 잡고 저 사람이니 가서 찌르라고 했다. 그 사람은 바로 내 아버지였다. 거기서 나는 잠을 깼다.

이 일과 관련하여 나는 카인과 아벨에 대해 생각했지만 데미안에 대해서는 별로 생각나지 않았다. 놀랍게도 데미안이 내게 다시 다가온 것은 역시 꿈에서였다. 그 꿈에서 나는 또다시 학대와 폭력에 시달리고 있었는데 이번에 나를 무릎으로 짓누른 사람은 크로머가 아니라 데미안이었다. 정말 새로운 상황이었으며 큰 충격이었다. 크로머에게 당할 때는 괴롭고 싫었는데 데미안이 그 행동을 하자 나는 기꺼이 받아들였다. 왠지 두려우면서도 기쁜 마음이었다. 그런 꿈을 두 번 꾸고 난 뒤에는 크로머가 다시 꿈의 자리로 돌아왔다.

무엇이 꿈속의 일이고 무엇이 현실의 일인지 더 이상 정확히 구별할 수 없게 된 지 오래였다. 어쨌든 프란츠 크로머와 나의 악연은 계속 이어졌다. 슬쩍한 돈으로 그 아이에게 빚진 돈을 전부 갚고 나서도 관계는 결코 끝나지 않았다. 아니, 이제 크로머는 내가 저지른 도둑질을 다 알고 있었다. 매번 내게 돈이 어디서 났는지 물었던 것이다. 그럴수록 나는 크로머의 손아귀에 더욱 꽉 잡혀버렸다. 크로머는 툭하면 아버지에게 모든 것을 말해버리겠다고 협박했다. 그럴 때면 두려움과 함께 아버지에게 처음부터 모두 털어놓지 못한 것에 깊은 후회가 들었다. 하지만 그렇게 비참한 기분 속에서도 모든 일을 후회했던 것은 아니다. 적어도 항상 후회하며 지내지는 않았다. 때로는 어차피 그렇게 됐을 거라는 생각이 들기도 했다. 운명에서 벗어나려 해봤자 소용없는 일이었다.

부모님도 이런 상황 때문에 적잖이 괴로웠을 것이다. 나는 낯설고 기이한 생각에 사로잡힌 채 아무 허물 없이 지냈던 가족과 더 이상 조화롭게 지내지 못했다. 그런 한편 잃어버린 낙원을 찾아가듯 가족에게로 돌아가고 싶다는 불타는 열망을 느끼기도 했다. 어머니에게만큼은 나쁜 아이가 아니라 아픈 아이로 받아들여졌지만, 내가 실제로 어떤 상황에 처해 있는지는 누이들의 태도로 잘 알 수 있었다. 나를 대하는 누이들은 너무 사려 깊어서 오히려 짜증 날 정도였다. 그들은 내가 무언가에

홀려 있다고 여겼다. 그런 상태의 나를 비난하기보다 불쌍히 여겨야 한다고, 내 안에는 분명히 악마가 들어 있다고 누이들은 생각하고 있었다. 그들이 나를 위해 올리는 기도가 예전과 다르다는 것을 알았지만 모두 부질없게 느껴졌다. 가끔 나는 고통에서 벗어나 사실을 제대로 고백할 수 있기를 간절히 바랐지만, 아직도 아버지나 어머니에게 모두 정확하게 설명할 마음의 준비가 안 되었다는 것 또한 잘 알고 있었다. 그들은 내 고백을 다정하게 들어주고 상냥하게 대해주며 안쓰러워하겠지만, 나를 완전히 이해하지 못한 채 그 모든 일을 일종의 실수라고 생각할 것이다. 사실은 운명이었는데도 말이다.

대부분의 사람들은 아직 열한 살도 안 된 아이가 그렇게 느낄 수 있다는 사실을 믿지 못할 것이다. 그런 이들에게는 내 이야기를 들려줄 마음이 없다. 내 이야기는 인간에 대한 이해가 깊은 사람들을 위한 것이다. 감정의 일부를 생각으로 전환하는 법을 배운 어른들은, 아이에게 그런 생각이 있다는 것을 알지 못하니 그런 경험 또한 있을 리 없다고 결론짓는다. 하지만 삶에서 내가 그때처럼 치열하게 경험하고 괴로워했던 적은 거의 없었다.

비 오는 어느 날 골칫거리 크로머가 나를 성문 앞 광장으로 불러냈다. 나는 그곳에 서서 빗물에 젖은 검은 밤나무에서 가끔씩 떨어져 내리는 축축한 잎들을 발로 뒤적이고 있었다. 돈은 없었지만 크로머에게 뭐라도 주기 위해 케이크 두 조각을 챙겨 왔다. 어딘가 구석진 곳에 서서 가끔은 아주 오랫동안 크로머를 기다리는 데 익숙해진 지도 꽤 되었다. 나는 그 상황을 돌이킬 수 없는 일로 받아들였다.

드디어 크로머가 왔다. 이날은 오래 머물지 않았다. 내 옆구리를 두어 번 쿡쿡 찌르더니 웃으며 케이크를 받아 들었다. 심지어 젖은 담배까지 한 개비 권하며(하지만 나는 받지 않았다) 평소보다 다정하게 굴었다.

헤어지면서 크로머가 말했다.

"아 참, 잊을 뻔했네. 다음번엔 네 큰누나를 데려와. 이름이 뭐지?"

나는 도저히 이해가 되지 않아 아무 대답도 못 했다. 그저 놀란 표정으로 크로머를 바라보았다.

"못 알아들었어? 네 누나를 데려오라고."

"알아들었어, 크로머. 하지만 그건 안 돼. 그럴 수 없어. 누나도 절대로 같이 오려고 하지 않을 거야."

또다시 짓궂은 장난을 시작했다는 생각이 들었다. 크로머는 자주 그런 수작을 벌였다. 무언가 불가능한 일을 요구해서 나를 두려움에 빠뜨리고 모욕을 주어 결국 자신과 거래할 수밖에 없도록 만들었다. 그러면 나는 돈이나 다른 물건으로 벌충해야 했다.

하지만 이번에는 달랐다. 내가 거절했는데도 심술을 거의 부리지 않았다.

크로머는 담담했다.

"뭐, 생각해봐. 네 누나와 만나고 싶어서 그래. 한 번이면 돼. 그냥 네가 누나랑 같이 산책하고 있으면 내가 나타날 거야. 내

일 휘파람을 불 테니까 그때 다시 의논하자."

크로머가 가고 나자 그가 원하는 것이 무엇인지 퍼뜩 떠올랐다. 아직 한참 어렸지만 나는 소년과 소녀가 좀 더 크면 어떤 비밀스럽고 불건전하며 금지된 행동을 함께하기도 한다는 소문을 어렴풋이 알고 있었다. 그러니까 이제 내가 해야 하는 일이… 문득 나는 그것이 얼마나 터무니없는 요구인지 깨달았다! 그 즉시 절대 누이를 데려오지 않겠다고 굳게 결심했다. 하지만 앞으로 어떤 일이 생기고 크로머가 어떻게 복수할지에 대해서는 감히 생각도 하지 못했다. 새로운 고난이 시작되었다. 지금까지 겪은 고통으로는 충분하지 않은 것이다.

나는 우울한 기분으로 주머니에 손을 넣고 텅 빈 광장을 가로질렀다. 새로운 고통, 새로운 노예살이!

그때 나를 부르는 깊고 활기찬 목소리가 들렸다. 화들짝 놀라 달리기 시작했다. 누군가 뒤쫓아 와 뒤에서 손으로 부드럽게 나를 붙잡았다. 막스 데미안이었다.

나는 붙들린 채로 가만있었다.

"너였어?" 나는 안절부절못하며 말을 이었다. "놀랐잖아!"

나를 바라보는 데미안의 눈빛은 어느 때보다 어른스럽고 사려 깊었으며 마치 나를 다 꿰뚫어 보고 있는 듯했다. 첫 만남 이후로 우리는 오랫동안 서로 이야기를 나눈 적이 없었다.

"미안." 데미안은 예의 바르면서도 단호한 목소리로 말했다. "그래도 그렇게 놀랄 것까진 없잖아."

"응, 뭐 그럴 수도 있지."

"그렇지. 그런데 말이야, 너한테 아무 짓도 하지 않았는데 네가 그렇게 움찔하면 상대방은 곰곰이 생각하게 될 거야. 놀라서 호기심이 생기지. 상대방은 네가 이상할 정도로 깜짝 놀랐다고 여기고 겁에 질렸을 때나 그러는 거라고 생각하게 돼. 겁쟁이는 항상 두려움을 품고 있어. 하지만 내 생각에 넌 겁쟁이가 아니야. 그렇지 않니? 아, 물론 영웅도 아니지. 네가 두려워하는 물건이 있을 테고 두려워하는 사람도 있겠지. 하지만 그러면 안 돼. 아니, 절대로 사람을 두려워해선 안 돼. 나를 두려워하는 건 아니지? 그렇지?"

"응, 전혀."

"그래, 좋아. 그럼 어떤 두려운 사람들이 있는 거야?"

"몰라… 그냥 내버려 둬. 나한테 원하는 게 뭐야?"

데미안은 나와 발을 맞춰 걸었다. 내가 그 상황을 모면하려고 빨리 걷기 시작했기 때문이다. 옆에서 쳐다보는 그의 시선이 느껴졌다.

데미안이 다시 말하기 시작했다.

"나는 좋은 뜻으로 그러는 거야. 아무튼 날 겁낼 필요는 없어. 너와 실험을 하나 해보고 싶은데, 재미있는 실험이야. 아주 유익한 것을 배울 수 있어. 잘 들어! 나는 독심술이라는 기술을 자주 시도해. 마법을 쓰는 것은 전혀 아니지만 어떻게 그리되는지 모르는 사람에게는 정말 신기해 보이지. 그것으로 사람들을 깜짝 놀라게 할 수도 있어. 자, 이제 한번 시도해보자. 나는 너를 좋아하거나 너에게 관심이 있어서 네가 속으로 어떤 생각을 하는지 알고 싶어. 그러기 위해 나는 이미 첫걸음을 내디뎠지. 네가 나 때문에 놀라서 겁을 먹었거든. 따라서 너에게 두려위하는 것이나 두려워하는 사람이 있는 게 틀림없어. 그 두려움은 어디서 온 걸까? 그 누구도 두려워할 이유가 없는데 말이야. 누군가가 두렵다면 그것은 네가 그 누군가에게 너 자신을 지배할 권력을 허락했기 때문이지. 예를 들어 네가 어떤 잘못을 저질렀는데 누군가 그 사실을 아는 경우, 그 사람은 너에 대한 권력을 쥐게 돼. 이해하지? 아주 명쾌해. 그렇지 않니?"

나는 힘없이 데미안의 얼굴을 바라보았다. 여느 때와 같이 진지하고 똑똑했고 호의적이었지만 상냥함은 싹 가시고 냉정함이 자리해 있었다. 정의로움이나 그 비슷한 것이 어려 있었다. 무슨 상황인지 몰라 어리둥절한 내 앞에 데미안이 마법사처럼 서 있었다.

"알아들었어?" 데미안이 또다시 물었다.

나는 고개를 끄덕였다. 아무 말도 할 수 없었다.

"이 독심술은 이상해 보이긴 해도 아주 자연스러운 거야. 예를 들어 너에게 카인과 아벨에 관한 이야기를 했을 때 네가 나에 대해 어떻게 생각했는지 나는 정확히 말할 수 있어. 지금 이 일과 상관이 없긴 하지만 네가 한 번 정도 내 꿈을 꾸었을 수도 있다고 생각했거든. 어쨌든 그쯤 해두자! 너는 영리하지만 다른 아이들은 대부분 멍청해! 나는 믿을 만한 영리한 친구와 가끔씩 대화하는 게 좋아. 너도 괜찮지?"

"물론, 그렇지. 단지 이해가 안 가는 건…."

"재미있는 실험을 계속해야지! 그러니까 우리가 알아낸 것은 S라는 소년이 겁에 질렸고 누군가를 두려워하고 있으며, 어쩌면 그 누군가와 불편한 비밀을 공유하고 있을 거라는 거야.

대충 맞지?"

꿈에서처럼 나는 데미안의 목소리와 영향력에 굴복하여 고개만 끄덕였다. 저 목소리는 나 자신만이 낼 수 있는 소리를 말하고 있지 않은가? 모든 사실을 알아냈나? 모든 사실을 나보다도 더 정확하고 분명하게 알고 있는 것인가?

데미안이 힘차게 내 어깨를 쳤다.

"그런 거구나! 그럴 거라고 생각했어. 이제 하나만 물을게. 좀 전에 간 그 애 이름이 뭔지 아니?"

데미안이 내 비밀을 건드렸다는 사실에 나는 경악했다. 비밀은 내 안에서 고통스럽게 오그라들며 빛으로 나오고 싶어 하지 않았다.

"어떤 애 말이야? 나는 혼자 있었는데?"

데미안이 소리 내어 웃었다.

"그냥 말해도 돼! 이름이 뭐야?"

나는 기어들어 가는 목소리로 되물었다.

"프란츠 크로머 말이야?"

만족스러운 듯 데미안이 고개를 끄덕여주었다.

"브라보! 넌 역시 영리한 친구야. 잘 지내보자. 지금 말해둘 것이 있어. 맞는 이름인지 모르겠지만 그 크로머라는 아이는 나쁜 녀석이야. 얼굴에서도 악당이란 게 보여! 어떻게 생각해?"

"그래, 맞아." 나는 한숨을 쉬며 대답했다. "그 자식은 나빠. 악마라고! 하지만 그 애가 이 사실을 알아선 안 돼! 맙소사, 우리가 한 말을 알면 안 되는데… 그 애를 알아? 그 애도 너를 아니?"

"좀 진정해! 그 애는 갔고 날 알지도 못해, 아직은. 하지만 난 그 자식을 만나볼 거야. 공립학교에 다니지?"

"응."

"몇 학년?"

"5학년. 하지만 아무 말도 하지 마! 제발, 아무 말도!"

"걱정 마. 너는 무사할 거야. 그 크로머라는 녀석에 대해 좀 더 얘기해주고 싶지는 않겠지?"

"어쩔 수 없어! 아니, 날 내버려 둬!"

데미안은 잠시 조용히 있었다.

이윽고 다시 입을 열었다.

"실험을 좀 더 계속할 수 없어서 유감이구나. 하지만 널 괴롭히고 싶진 않아. 어쨌든 그 아이를 두려워하는 것이 옳지 않다는 건 알고 있지? 그런 두려움은 우리를 완전히 망쳐놓기 때문에 반드시 없애야만 해. 두려움을 떨쳐버려야만 올바른 사람이 될 수 있어. 알았어?"

"물론 네 말이 맞긴 한데 그건 불가능한 일이야. 너는 모르겠지만…."

"너도 봤다시피 난 네가 생각하는 것보다 더 많은 걸 알고 있어. 너, 그 녀석한테 돈을 빌렸니?"

"응, 그것도 맞지만 그게 중요한 건 아니야. 그건 말 못 해. 말할 수 없어!"

"그럼 네가 빚진 돈을 내가 너한테 줘도 소용없을까? 난 얼마든지 그럴 수 있는데."

"아니, 그런 식으론 안 돼. 그리고 부탁인데, 아무한테도 말하지 말아 줘! 한 마디도! 안 그러면 난 정말 불행해질 거야!"

"날 믿어, 싱클레어. 넌 결국 그 아이와의 비밀을 내게 말하게 될 거야."

"아니, 아니야!" 나는 소리쳤다.

"하고 싶은 대로 해. 난 그저 언젠가 네가 얘기해줄지도 모른다고 생각했어. 순전히 자발적으로 말이야. 설마 내가 크로머처럼 행동할 거라고 생각하는 건 아니지?"

"응. 하지만 넌 그 일에 대해 아무것도 모르잖아!"

"아무것도 모르지. 그냥 생각해본 거야. 그리고 난 절대로 크로머가 한 짓 따위는 하지 않아. 믿어도 돼. 게다가 넌 내게 아무런 빚도 없어."

우리는 한동안 가만히 있었다. 내 마음도 진정되었다. 하지만 데미안이 그 일을 알고 있는 것은 점점 더 신비롭게 느껴졌다.

"이제 집에 가볼게." 데미안이 빗속에서 두꺼운 모직 코트를 단단히 여미며 말했다. "이왕 여기까지 이야기했으니 한 번만 더 말할게. 그 녀석한테서 벗어나야 해! 도저히 다른 방법이 없다면 때려죽여 버려! 네가 그렇게 하면 난 감동받을 거고 아주 기쁠 거야. 나도 도울게."

나는 새로운 두려움에 휩싸였다. 돌연 카인의 이야기가 떠올랐다. 불길한 기분이 들어 나는 소리 죽여 울기 시작했다. 이상한 일들이 내 주변에 너무도 많았다.

막스 데미안이 미소를 지으며 말했다.

"이제 됐어. 집에나 가! 함께 방법을 찾아보자. 때려죽이는 게 제일 간단하긴 한데. 이런 일에서는 단순한 것이 최선이거든. 크로머 같은 녀석이랑 어울리면 위험해."

집에 돌아오니 일 년은 집을 떠나 있었던 것처럼 느껴졌다. 모든 것이 다르게 보였다. 나와 크로머 사이에 미래, 희망 같은 무언가가 생겼다. 나는 더 이상 혼자가 아니었다! 그제야 혼자 비밀을 간직하며 여러 주를 버틴 것이 얼마나 끔찍했는지 깨달았다. 그리고 곧 내가 수도 없이 했던 생각이 떠올랐다. 부모님에게 고백하면 마음은 편해지겠지만 나를 구원해주지는 못할 거라는 생각이었다. 그런데 이제 다른 사람, 낯선 사람에게 거의 모든 사실을 털어놓고 나니 구원에 대한 기대가 강한 향기처럼 내게로 밀려왔다!

그런데도 나는 여전히 두려움을 극복하지 못한 채 적과 벌일 힘겹고 긴 싸움을 준비했다. 그럴수록 모든 것이 평화롭고 완벽히 비밀에 싸여 고요하게 흘러가고 있다는 게 더욱 기이하게 느껴졌다.

집 앞에서 크로머가 불던 휘파람 소리는 하루, 이틀, 사흘, 일주일이 지나도록 들려오지 않았다. 나는 그 사실을 감히 믿을 수 없었다. 전혀 예기치 않은 때 크로머가 불쑥 나타나는 게 아닐까 싶어 마음이 놓이지 않았다. 하지만 크로머는 완전히 떠나갔다! 새로운 자유가 미심쩍었던 나는 크로머가 사라졌다는 사실을 온전히 믿을 수 없었다. 그러다가 결국 크로머와 우연히 마주치게 되었다. 크로머는 자일러가를 따라 곧바로 나를 향해 오고 있었다. 그런데 나를 보자 얼굴을 찌푸리고 주춤하더니 곧장 돌아서서 자리를 피하는 것이었다.

상상도 할 수 없었던 순간이었다. 적이 내 앞에서 달아나다니! 악마가 나를 두려워하다니! 기쁘고 당황스러운 마음을 주체할 수 없었다.

그날 데미안이 다시 나타났다. 학교 앞에서 나를 기다리고 있었다.

"안녕?" 내가 말을 걸었다.

"안녕, 싱클레어? 어떻게 지내는지 궁금했어. 이제 크로머가 안 괴롭히지?"

"네가 그랬어? 어떻게? 대체 어떻게 한 거야? 이해가 안 돼. 그 애가 얼씬도 안 하다니…."

"잘됐네. 혹시라도 다시 나타나면… 그럴 것 같진 않지만 워낙 나쁜 녀석이니까. 혹시 나타나면 데미안을 기억하라고만 말 해."

"대체 그게 무슨 말이야? 싸워서 흠씬 두들겨 패기라도 한 거야?"

"아니, 난 그런 거 좋아하지 않아. 그냥 너에게 하듯 그 애하고도 얘기를 나눴을 뿐이야. 그리고 널 가만히 내버려 두는 것이 그 애한테 이롭다는 사실을 납득시켰지."

"와! 그럼 돈도 안 줬겠네?"

"응, 그 방법은 너도 이미 써봤잖아."

내가 어떻게 된 일이냐고 아무리 캐물어도 데미안은 대답해 주지 않았다. 그래서 나는 전처럼 다시 어색한 감정으로 그를 대했다. 그 감정은 고마움과 부끄러움, 존경과 두려움, 애정과 은밀한 저항이 묘하게 섞인 것이었다.

나는 조만간 다시 데미안을 만나기로 결심했다. 데미안과 함께 카인에 관한 이야기뿐 아니라 모든 것에 대해 더 많이 대화하고 싶었다.

하지만 그런 일은 일어나지 않았다.

나는 고마움이 믿을 만한 미덕은 아니라고 생각한다. 더구나 그런 것을 아이에게 요구하는 것은 잘못인 것 같다. 따라서 막스 데미안에게 전혀 고마움을 표하지 않은 것도 내게는 그리 이상한 일이 아니었다. 데미안이 나를 크로머의 손아귀에서 풀어주지 않았더라면 나는 틀림없이 아프고 망가졌을 것이다. 그 당시에 이미 나는 이 해방이 어린 시절의 경험 중 가장 큰 사건이 될 거라고 예감했다. 하지만 정작 기적처럼 나를 해방시켜준 장본인을 곧 저버리고 말았다.

이미 말했듯이 당시 내가 고마움을 몰랐던 것은 이상하지 않지만, 호기심이 부족했던 것은 이해하기 어렵다. 데미안이 나를 어떻게 구해냈는지도 모르면서 어떻게 하루하루 맘 편히 지낼 수 있었을까? 카인에 대해, 크로머에 대해, 독심술에 대해 더 많은 이야기를 듣고 싶은 열망을 어떻게 참아냈을까?

믿어지진 않지만 사실이었다. 나는 갑자기 악마의 그물에서 풀려나 내 앞에 놓인 밝고 기쁨에 찬 세계를 다시 보았다. 더 이상 엄습해오는 두려움과 숨 막히는 두근거림에 고통받지 않았다. 주문이 풀렸고, 나는 더 이상 고통에 찬, 저주받은 사람이 아니라 이전과 같은 학생으로 돌아갔다. 본능적으로 나는 가능한 한 빨리 차분하고 안정된 상태로 되돌아가려 했고, 무엇보다도 추하고 위험한 것들을 등지고 잊기 위해 노력했다. 내가 빚어낸 잘못과 두려움에 대한 기나긴 이야기는 놀랍도록 빠른 속도로 기억에서 완전히 빠져나갔다. 그 어떤 흉터나 흔적도 뚜렷이 남지 않았다.

한편 내 조력자이자 구원자도 똑같이 빠른 속도로 잊으려 했던 것도 이제는 이해가 간다. 내 상처 입은 영혼이 온 힘을 다해 눈물의 계곡과 비난으로부터, 크로머의 노예라는 끔찍한 상황으로부터 도망쳐 행복하고 즐거웠던 과거로 돌아가고 싶었던 것이다. 한때 잃어버렸었지만 내게 다시 한 번 문을 열어준 낙원으로, 아버지와 어머니의 밝은 세계로, 누이들에게로, 순수한 향기 속으로, 아벨처럼 하느님을 기쁘게 하는 사람으로 돌아가고 싶었다.

그날 데미안과 짧은 대화를 나누고 나서야 나는 자유를 되찾았다는 것을 완전히 믿을 수 있었다. 더 이상 이전으로 돌아가게 될까 봐 염려하지도 않았다. 그리고 내가 그토록 열렬히 원했던 것, 즉 고백을 했다. 나는 어머니에게 가서 자물쇠가 부서지고 진짜 돈 대신 장난감 동전이 들어 있는 저금통을 보여주었다. 그리고 내 잘못으로 인해 얼마나 오랫동안 사악한 가해자의 손아귀에 붙들려 있었는지 털어놓았다. 어머니는 다 이해한 것은 아니었지만 저금통과 내 달라진 표정을 보고, 달라진 목소리를 듣고는 내가 시련에서 벗어나 다시 어머니에게로 돌아왔다는 걸 느꼈다.

그리고 이제 잃어버렸던 아들의 귀향처럼 내가 본래의 자리로 돌아온 것에 대한 격양된 감정의 향연이 시작되었다. 어머니가 나를 아버지에게 데려가자 나는 어머니에게 했던 이야기를 되풀이했다. 질문과 함께 놀라움의 탄성이 쏟아져 나왔다. 부모님은 내 머리를 쓰다듬으며 오랜 상심에서 벗어나 깊은 안도의 한숨을 내쉬었다. 여느 이야기에서와 마찬가지로 모든 것이 훌륭했고 멋진 조화를 이루며 해결되었다.

이제 나는 진실한 열정을 품고 그 조화로움 속으로 도피했다. 다시 얻은 부모님의 신임과 평화는 아무리 누려도 물리지 않았다. 나는 집에서 모범적으로 생활하며 누이들과도 더 자주 놀았다. 저녁 예배 시간에는 억압에서 풀려나 회개한 사람처럼 내가 좋아하는 옛 찬송가를 열심히 불렀다. 조금의 거짓도 없이 모두 내 마음에서 우러난 행동이었다.

그런데도 아직 전부 제자리로 돌아온 것은 아니었다. 바로 이것이 내가 왜 데미안을 까맣게 잊고 있었는지에 대한 유일한 해명이다. 데미안에게 모두 털어놓았어야 했는데! 그 고백은 꾸밈과 감동은 덜했겠지만 내게 있어 의미는 더 컸을 것이다. 이제 나는 한때 내가 속했던 낙원과도 같은 세계에 온전히 뿌리내리고 정착했으며, 그렇게 집으로 돌아온 나를 가족들은 자애롭게 맞아주었다. 하지만 데미안은 결코 이 세계에 속하지도, 적응할 수도 없었다. 크로머와는 달랐지만 어쨌든 데미안 역시 나를 유혹해서 다른 세계, 즉 악하고 나쁜 세계와 연결시키는 존재였다. 이제 나는 그 세계에 대한 것이라면 영원히, 더 이상 아무것도 알고 싶지 않았다. 나 스스로 다시 아벨이 되고 난 지금, 아벨을 버리고 카인을 찬양하는 일을 도울 수 없었고, 그러고 싶지도 않았다.

내가 처한 외적 상황은 그랬다. 하지만 속으로는 이런 생각이 들었다. 크로머와 악마의 손아귀에서 빠져나오긴 했지만 그것은 나 자신의 힘과 노력으로 이룬 것이 아니었다. 다른 세계의 길을 따라 걸어보려 했으나 그 길은 내게 너무 미끄러웠다. 그런데 친절한 손길이 뻗어와 나를 구해주었고 나는 더 이상옆으로 눈을 돌리지 않고 곧장 어머니의 품으로, 안전하고 경건한 어린아이의 세계로 돌아왔다. 나는 실제보다 더 어리고나약한 아이처럼 굴었다. 도저히 혼자서는 버틸 수 없었다. 크로머를 대신해 새롭게 종속될 대상이 필요했다. 그래서 아버지와 어머니, 오래되고 소중한 '밝은 세계'에 무작정 의지하기로 했다. 물론 이것이 유일한 세계가 아니라는 것은 잘 알고 있었다. 만일 그렇게 하지 않았다면 나는 데미안을 의지하고 믿었을 것이다. 당시에 나는 데미안의 이상한 생각을 옳다고 여기지 못했기 때문에 그 소년에게 의지하지 않았다고 생각했다. 하지만 사실은 순전히 두려움 때문이었다. 데미안이 부모님보다 훨씬 더 많은 것을 내게 요구할까 봐 두려웠다. 설득과 훈계, 조롱과 냉소로 나를 더 독립적으로 만들려 할 것 같았다. 아, 오늘에서야 깨달았다. 자기 자신에게로 이르는 길을 가는 것이야말로 인간이 세상에서 제일 싫어하는 일이라는 것을!

6개월쯤 지났을 때, 나는 여전히 유혹을 이기지 못하고 함께 산책 중이던 아버지에게 물었다. 어떤 이들은 카인이 아벨보다더 나은 사람이었다고 생각한다는데 아버지는 어떻게 생각하느냐고 말이다.

아버지는 크게 놀라며 그런 해석은 전혀 새로운 것이 아니라고 설명했다. 기원전에 이미 생겨났고 여러 종파에서 가르쳐왔으며, 그 종파들 중 하나를 '카인파'라고 부른다고 했다. 그런데 그런 터무니없는 가르침이야말로 우리의 믿음을 무너뜨리려는 악마의 시도라고 했다. 카인이 옳고 아벨이 그르다고 믿으면 하느님이 틀렸다는 결론이 나오고, 그에 따라 성경에 나오는 하느님은 정의롭고 유일한 신이 아니라 가짜 신이 되기 때문이었다. 실제로 카인파도 비슷한 내용을 설교했지만 그런 이단은 오래전에 지구상에서 사라졌다며 내 친구가 그런 얘기를 들었다는 것이 놀라울 뿐이라고 했다. 어쨌든 아버지는 내게 그런 생각을 품어선 안 된다고 엄중히 타일렀다.

3
도둑

어린 시절에 대해서라면 부모님 곁에서 느꼈던 아늑함과 그들을 향한 사랑을 이야기할 수도 있을 것이다. 밝고 다정하며 평온한 환경에서 유쾌하게 뛰놀던 날들에 대해, 아름답고 온화하고 사랑스럽던 그 시절의 추억에 대해 말이다. 하지만 그런 이야기는 다른 사람들이 이미 충분히 했다. 여기서는 내가 삶에서 자아를 찾기 위해 밟아온 길들에 대해서만 관심을 두고자 한다. 나 역시 유년 시절에 평온한 순간을, 축복의 섬과 낙원이 만들어내는 마법을 맛보긴 했지만, 이제 그 모든 것을 멀리 빛 속에 남겨둔 채 다시 그곳으로 발을 들이지는 않으리라.

그러니까 이야기가 아직 유년 시절에 머물러 있는 한 나는 새롭게 다가와 나를 앞으로 나아가도록, 독립적으로 만들었던 것들에 대해서만 이야기할 것이다.

그런 새로운 자극은 항상 '다른 세계'로부터 왔고, 두려움과 구속, 양심의 가책을 동반했다. 그리고 언제나 내가 머물고 싶어 하는 평화를 과격하게 위협했다.

밝고 허락된 세계에 숨어서 웅크리고 있었던 내 속의 원초적

충동이 마침내 다시 고개를 드는 시기가 찾아왔다. 누구나 그렇듯 나 또한 천천히 깨어나는 성적인 감정을 적 혹은 파괴자, 금지된 것, 유혹과 죄로 여겼다. 내가 절실하게 풀고 싶어 했고 꿈과 열망, 두려움을 불러일으켰던 사춘기의 커다란 비밀은 어린 시절의 평화를 지켜주던 축복과 전혀 어울리지 않았다. 나는 모두가 하는 대로 했다. 더 이상 어린아이가 아니면서 어린아이로 사는 이중생활을 했다. 나는 의식적으로 익숙하고 허락된 세계에 살았고, 새롭게 움트기 시작하는 세계를 거부했다. 하지만 그와 동시에 지하 세계의 방식을 꿈꾸고 동경하고 갈망했다. 내 안에 있던 어린아이의 세계가 무너지자 이렇게 의식적으로 존재하는 삶은 지하 세계를 향한 꿈과 동경, 갈망 위로 점점 더 아슬아슬해 보이는 다리를 세웠다. 다른 부모님들과 마찬가지로 나의 부모님도 내 안에서 깨어나는 충동에 도움이 되지 못했고, 그런 충동에 대해 이야기해준 적도 없었다. 그들은 그저 부단히 주의를 기울이며 나를 도우려 했을 뿐이었다. 점점 더 비현실적이고 거짓이 되어가는 어린아이의 세계에 계속 머물면서 현실을 부인하려는 내 가망 없는 시도를 말이다. 과연 부모님이 이런 문제에 큰 도움을 줄 수 있을지 모르겠기에 나는 부모님을 원망하지 않는다. 내 일을 처리하고 내 길을 찾는 것은 나 자신의 문제였다. 그리고 유복하게 자란 아이들이 대부분 그렇듯이 나는 내 문제를 다루는 일에 서툴렀다.

누구나 이런 어려움을 겪게 마련이다. 평범한 사람에게 이것은 자신이 삶에서 원하는 바가 주변 환경과 격렬하게 충돌하는 순간이자, 꾸준히 자신의 길을 가기 위해 가장 혹독히 싸워야

하는 순간이다. 어린 시절이 삭아서 천천히 붕괴될 때, 소중히 여기던 모든 것들이 떠나가고 문득 주위에 우주의 고독과 치명적 냉기를 느낄 때, 많은 이들은 일생 단 한 번 우리의 운명인 죽음과 재탄생을 경험한다. 많은 사람들은 이런 곤경에 내몰린 채 평생 동안 고통스러워하며 돌이킬 수 없는 과거를 붙들려 한다. 모든 꿈들 중 가장 나쁘고 잔인한 꿈인 잃어버린 낙원에 대한 꿈에 연연하는 것이다.

우리 이야기로 돌아가 보자. 유년기가 끝났음을 알려주었던 감각과 환상은 여기에 설명해야 할 만큼 중요하지 않다. 중요한 것은 '어두운 세계', '다른 세계'가 다시 나타났다는 사실이었다. 한때는 프란츠 크로머였던 것이 지금은 나 자신의 일부가 되어 있었다. 그와 동시에 외부에서도 '다른 세계'는 다시 나를 제압했다.

크로머와의 그 일이 있은 지 몇 년이 흘렀다. 내 삶에서 죄책감에 시달렸던 그 극적인 시기는 아주 먼 과거가 되었고, 짧은 악몽처럼 사라진 것 같았다. 크로머는 우연히 길에서 마주쳐도 거의 알아보지 못할 만큼 내 인생에서 사라진 지 오래였다. 하지만 내 비극의 또 다른 주요 인물이었던 막스 데미안은 내 삶에서 완전히 사라지지 않았다. 오랫동안 멀찍감치 가장자리에서 있는 모습이 보였지만 내게 영향을 미치지는 않았다. 그러던 그가 천천히 내게로 다시 다가와 힘과 영향력을 발휘했다.

나는 그 시절 데미안에 대해 무엇을 알고 있었는지 기억해보려 한다. 일 년 정도 데미안과 한마디도 나누지 않았던 것 같다. 내가 피했고 데미안도 내게 다가오려 하지 않았다. 언젠가 한

번 서로 마주친 적이 있는데, 데미안은 내게 고개를 끄덕여 다정하게 인사했다. 그럴 때면 가끔 그 친절 속에 조롱과 역설적 비난이 묘하게 섞여 있는 것처럼 느껴졌지만 그것은 내 상상이었을 수도 있다. 우리가 함께 겪었던 일과 그 당시 내게 끼쳤던 이상한 영향을 데미안도 나처럼 모두 잊은 듯했다.

데미안의 모습을 떠올리고 보니 이제 기억이 난다. 데미안이 거기에 있으면서 내 주의를 끄는 모습이 보인다. 혼자 또는 다른 상급생들 사이에 끼어 등교하고 있다. 낯설고 외롭고 차분한 모습이 학생들 사이에서 동떨어진 별처럼 보인다. 그는 특유의 분위기에 잠겨 자기만의 규칙에 따라 살고 있는 것 같다. 그의 어머니 말고는 누구도 데미안을 좋아하지 않았고 다가가지 않았다. 어머니와 함께 있을 때조차 아이가 아니라 어른처럼 행동하는 듯 보였다. 선생님들은 가능하면 데미안을 가만히 내버려 두었다. 우수한 학생이었지만 선생님의 마음에 들고자 노력하지는 않았다. 선생님에게 맞서거나 선생님을 조롱한다고밖에 볼 수 없는 의견을 냈다거나 말대꾸를 했다는 소문도 이따금씩 들려왔다.

눈을 감으니 데미안의 모습이 눈앞에 떠오른다. 그게 어디였더라? 그래, 이제 다시 거기다. 그곳은 우리 집 앞 거리였다. 어느 날 데미안이 그곳에 서서 공책에다 그림을 그리고 있는 모습을 보았다. 우리 집 대문 위, 새 모양이 있는 낡은 문장을 그리고 있었다. 나는 창문 커튼 뒤에 숨어서 지켜보았다. 밝고 침착한 얼굴을 문장 쪽으로 향하며 그림에 몰두해 있는 모습을 깊이 감탄하며 바라보았다. 그것은 어른의 얼굴, 학자나 예술가의 얼굴이었고, 뛰어나고 단호하며 신기할 정도로 밝고 차분한 분위기를 풍기는 데다 영리한 눈빛을 띠고 있었다.

그리고 다시 그가 보인다. 조금 늦은 시간, 길 위에서였다. 하굣길에 우리는 쓰러진 말 주변에 둘러서 있었다. 말은 마구에 매인 채 농부의 수레 앞에 누워 콧구멍을 벌름거리며 희미하지만 절박하게 숨을 헐떡이고 있었다. 어딘가 보이지 않는 상처에서 피도 흘리고 있었다. 검은 액체가 천천히 길바닥의 뽀얀 먼지에 배어들었다. 나는 구역질이 날 것 같아 시선을 돌렸다. 그때 데미안의 얼굴이 눈에 들어왔다. 앞으로 나오지 않고 편안하고 늘 그렇듯 우아해 보이는 모습으로 맨 뒤에 서 있었다. 시선은 말 머리에 향해 있는 듯했다. 역시 그 깊고 차분하고 거의 광적이면서도 냉정함을 잃지 않은 눈빛을 띠고 있었다. 나는 한참 그를 바라볼 수밖에 없었다. 그러다가 어렴풋이 무언가 독특한 점을 발견했다. 데미안의 얼굴은 아이가 아니라 어른의 얼굴이었다. 아니, 그보다 다른 무언가가 보이고 느껴졌다. 그 얼굴에는 어떤 여성스러움도 깃들어 있었다. 어느 순간 그 얼굴이 남자나 아이처럼 늙거나 젊게 보이는 것이 아니라, 천 살쯤 먹었거나 나이를 전혀 먹지 않은 것처럼 보였다. 우리와는 다른 시대의 표식을 지니고 있는 것만 같았다. 짐승이나 나무나 별이라면 그렇게 보일 수 있을 것이다. 어린 시절의 나는 어른이 된 지금의 내가 데미안의 얼굴에 대해 이야기하는 내용을 몰랐고, 정확히 그대로 느끼지도 못했다. 하지만 어느 정도는 비슷하게 느꼈다. 데미안이 잘생겨서인지, 내가 그를 좋아해서 혹은 그 반대여서 그런 느낌이 들었던 건지 확실히 알 수 없다. 내가 본 것이라고는 그가 우리와는 다르다는 것, 짐승이나 영혼 혹은 이미지 같았다는 게 전부였다. 어떤 모습이라고 해야 할지는 모르겠지만 데미안은 우리 모두와 달랐다. 상상이 안 갈 정도로 달랐다.

더 이상은 기억나지 않는다. 어쩌면 내게 떠오른 이 장면 중 일부도 나중에 받은 인상으로 묘사한 것일 수 있다.

몇 살 더 먹고 나서야 나는 드디어 다시 데미안과 가까이 지내게 되었다. 당시 데미안은 관례에 따라 그 나이 또래가 받는 견진성사(그리스도인에게 더욱 성숙한 신자로 거듭나도록 성령의 힘을 심어주는 기독교의 성사 – 옮긴이)에 참석하지 않았다. 이 일에 대해서도 곧 온갖 소문이 퍼졌다. 학교에서도 수군거리는 소리가 들렸다. 데미안이 원래는 유태인이거나 이교도라는 둥 그가 어머니와 함께 아무런 종교도 믿지 않거나 전설 속에 나오는 악마의 종파라는 둥 의견이 분분했다. 게다가 데미안이 자기 어머니와 연인처럼 지낸다고 의혹을 품는 사람도 있었다. 어쨌든 데미안은 지금까지 종교적 가르침을 따르지 않고 자랐다. 아무래도 이는 소년의 장래에 어떻게든 문제가 되리라는 걱정이 들었으리라. 결국 데미안의 어머니는 또래보다 2년 늦게 아들을 견진성사에 참여시켰다. 그리하여 데미안은 몇 개월간 나와 함께 견진성사를 받기 위한 신학 수업을 듣게 되었다.

얼마 동안 나는 데미안을 철저히 피했다. 데미안에 대해서라면 조금도 관심을 갖고 싶지 않았다. 그는 소문과 비밀스러운 이야기로만 내 주변에 존재했다. 하지만 사실 내가 불편했던 이유는 크로머와의 그 일 이후 계속 내 안에 남아 있는 빚진 기분 때문이었다. 게다가 그 당시 나는 나 자신의 비밀을 감당하느라 여념이 없었다. 견진성사 수업이 성에 눈뜨던 시기와 겹치는 바람에 한번 성에 관한 상상에 빠져들면 아무리 애를 써도 종교적 가르침에 대한 흥미는 급격히 떨어져 버렸다. 신학 선생님이 말하는 주제들은 내게서 멀리 떨어진, 고요하고 성스러운 비현실 속에 있었다. 그것들은 정말 아름답고 귀중한 것일 수도 있었지만 현실적이며 흥분되는 것은 아니었다. 반면에 다른 주제는 더할 나위 없이 현실적이었고 흥미로웠다.

이런 상황에서 나는 수업에 점점 더 무관심해졌다. 그러면서 막스 데미안에게 다시 관심이 갔다. 무언가가 우리 둘을 묶어놓은 것 같았다. 나는 그 끈을 최대한 정확하게 따라가야 한다. 내가 기억하는 한 그 일은 아침 햇살이 여전히 교실을 비추고 있던 첫 수업 시간에 시작되었다. 신학 선생님이 카인과 아벨의 이야기를 할 차례였다. 나는 수업에 귀 기울이지 않은 채 거의 졸고 있었다. 그때 선생님이 격앙된 목소리로 카인의 표식에 대해 힘주어 말하기 시작했다. 그 순간 나는 일종의 접촉 혹은 경고 비슷한 느낌을 받았다. 시선을 들었더니 앞줄에서 데미안이 고개를 돌려 나를 쳐다보고 있었다. 의미심장하게 반짝이는 눈에 냉소적이고도 진지한 빛을 띠고서 말이다. 데미안이 나를 본 것은 잠깐뿐이었지만 그 직후 나는 갑자기 선생님의 말에 귀 기울여 카인과 그의 표식에 대한 설명을 듣기 시작했다. 그러면서 마음 깊은 곳에서는 선생님의 가르침이 사실이 아니고, 다르게 해석할 수 있으며 비판도 가능하다고 느꼈다!

그 순간 데미안과 나 사이에 다시 연결 고리가 생겼다. 신기하게도 영혼 속에 정신적 결속을 느끼자마자 이 느낌은 마법처럼 육체적 공간으로도 옮겨왔다. 데미안이 일부러 그렇게 한 것인지, 순전히 우연이었는지 알 수 없지만(그때는 우연이라고 굳게 믿었다), 며칠 후 그는 갑자기 신학 수업 시간에 자리를 바꾸어 내 바로 앞자리에 앉았다(아침이면 학생들로 꽉 들어찬 교실 공기는 빈민 구호소의 악취처럼 탁했는데, 그 가운데 데미안의 목덜미에서 풍기는 깨끗하고 신선한 비누 향기는 얼마나 감미로웠던지 아직도 기억한다). 그리고 다시 며칠이 지나자 데미안은 또 자리를 바꿔 이번엔 내 옆자리에 앉았다. 그렇게 겨울과 봄을 나는 동안 내내 그 자리에서 수업을 들었다.

아침 수업 시간은 완전히 달라졌다. 더 이상 졸리거나 지루하지 않았다. 수업이 기다려지기까지 했다. 우리는 가끔 선생님의 가르침을 꽤 열중해서 들었다. 내 짝꿍의 눈길 한 번이면 나는 놀라운 이야기나 이상한 격언에 대해 다시금 집중할 수 있었다. 데미안이 또 다른 아주 특이한 시선으로 나를 쳐다만 봐도 내 마음은 긴장했고 비판과 의심을 하게 되었다.

하지만 대체로 우리는 불량한 학생으로 수업에 전혀 귀 기울이지 않았다. 데미안은 늘 선생님과 동급생들에게 예의 바르게 행동했다. 나는 데미안이 학생들이 흔히 하는 바보 같은 장난을 한다거나 크게 웃거나 잡담하는 것을 본 적이 없었다. 선생님에게 혼난 적도 없었다. 그는 아주 조용히, 속삭임보다는 손짓과 시선으로 자신의 관심사에 나를 동참시켰다. 그런 일들은 다소 이상한 형태로 일어났다.

예를 들어 데미안은 자신이 학생들의 어떤 점에 관심이 있는지, 어떤 방식으로 그들을 관찰하는지 말해주었다. 그는 많은 학생들을 아주 정확히 파악하고 있었다. 수업 시간 전에 데미안이 내게 이런 말을 했다. "너에게 엄지손가락으로 신호를 주면 그 애가 우리를 돌아보거나 목을 긁거나, 뭐 그런 행동을 할 거야." 그리고 나서 수업 중에 내가 더 이상 그 말을 떠올리지 않을 때면 데미안이 갑자기 엄지손가락으로 눈에 띄게 신호를 보냈다. 재빨리 데미안이 가리킨 학생을 보면 그 애는 반드시 줄에 연결된 것처럼 예견된 동작을 했다. 나는 데미안에게 선생님에게도 한번 시도해보라고 졸랐으나 하려고 들지 않았다. 그런데 한번은 내가 수업에 들어가서 오늘 숙제를 안 했으니 선생님이 내게 질문하지 않았으면 좋겠다고 말하자 데미안이 나를 도와주었다. 선생님은 교리문답의 한 부분을 암송할 사람을 찾아 학생들을 둘러보았다. 그때 선생님의 눈길이 죄지은 것같이 표정을 짓고 있던 내 얼굴에 멎었다. 선생님이 천천히 다가와 손가락으로 나를 지목하며 내 이름을 입에 올리려 했다. 그러던 선생님이 갑자기 어리둥절하고 혼란스러운 모습으로 옷깃을 만지더니 자신의 얼굴을 뚫어지게 바라보고 있는 데미안에게로 향했다. 데미안에게 무언가 물어보고 싶은 듯 보였다. 하지만 당황하면서 다시 몸을 돌렸고, 잠시 기침을 하고는 다른 학생을 시키는 것이었다.

이 장난을 즐기는 사이 나는 점차 내 친구가 내게도 자주 똑같은 장난을 치고 있었다는 사실을 깨달았다. 학교 가는 길에 갑자기 데미안이 내 뒤에서 걷고 있다는 느낌이 들어 뒤돌아보면 정말 거기에 있는 것이었다.

나는 물어보았다.

"정말로 다른 사람이 네가 원하는 것을 생각하게 만들 수 있어?"

데미안은 어른스러운 태도로 기다렸다는 듯이 조용하고 무덤덤하게 대답했다.

"아니, 아무도 그럴 수 없어. 선생님은 그렇게 믿도록 만들고 싶겠지만 사실 우리에겐 자유의지가 없거든. 다른 사람은 내가 원하는 걸 생각할 수 없고, 내가 원하는 것을 타인이 생각하도록 만들 수도 없어. 하지만 누군가를 자세히 관찰해보면 그 사람이 무슨 생각을 하고 있는지, 무엇을 느끼고 있는지는 가끔 짐작할 수 있지. 그럴 때는 다음 순간 무슨 행동을 할지도 대부분 예측할 수 있어. 아주 단순한 기술인데 사람들이 모르고 있을 뿐이야. 물론 연습이 필요한 일이지."

데미안은 계속해서 말을 이었다.

"나비의 일종인 나방을 예로 들어보자. 어떤 나방은 암컷 수가 수컷보다 훨씬 적어. 나방은 다른 동물들처럼 수컷이 암컷을 수정시키고, 암컷이 알을 낳는 식으로 번식하지. 이건 자연 과학자들이 자주 해본 실험이기도 한데, 지금 네가 암컷 나방 한 마리를 가지고 있다고 하자. 그러면 수컷 나방들은 밤에 그 암컷한테 날아올 거야. 몇 시간이나 걸리는 먼 거리에서도 말이지! 생각해봐, 몇 시간이나 걸리는 거리야! 수 킬로미터 떨어진 곳에서도 수컷 나방들은 그 지역에 단 하나밖에 없는 암컷을 감지하는 거지! 그 현상을 밝혀보려고 많은 연구를 하고 있지만 어려운 문제야. 훌륭한 사냥개가 눈에는 안 보이는 흔적을 감지해 길을 쫓는 것처럼 특별한 후각 같은 게 있어야 하거든. 이해할 수 있겠니? 자연은 그처럼 아무도 설명할 수 없는 일들로 가득해. 여기서 내가 말하고 싶은 것은 만일 그 나방의 암컷 수가 수컷만큼 많았다면 수컷은 후각이 예리하지 못했을 거란 말이야! 수컷의 후각이 발달한 것은 단지 그런 일에 훈련이 되었기 때문이지. 동물이나 사람도 어떤 특정 목적을 향해 주의력과 의지력을 온통 쏟으면 그 목적을 이루게 돼. 그게 전부야. 네가 생각하는 것도 마찬가지로 그렇고. 사람을 아주 자세히 들여다봐 봐. 그러면 그에 대해 그 사람 자신보다도 더 많은 것을 알게 될 거야.”

내 입에서 ‘독심술’이라는 말이 튀어나올 듯 맴돌아서 하마터면 데미안에게 크로머와의 오래전 사건을 상기시킬 뻔했다. 하지만 여러 해 전 데미안이 내 인생에 깊이 관여했던 그 일에 대해 그나 나나 한 번도 언급한 적이 없었다. 이 역시 우리 둘 사이에 있었던 이상한 점이었다. 마치 예전 우리 사이에 아무 일도 없었다고 여기거나, 서로 상대방이 그 일을 모두 잊었으리라고 생각하는 것 같았다. 함께 길을 가다가 한두 번 크로머를 마주친 적이 있었지만 우리는 서로 쳐다보지도 않았고 크로머에 대해 한마디도 하지 않았다.

“그런데 의지력을 쏟으라니? 사람들은 자유의지가 없다며? 그런데 넌 또 무언가를 향해 확고한 의지만 있으면 목적을 이룰 수 있다고 하잖아. 말이 안 돼! 내 의지를 지배하지 못하면 이렇게 저렇게 원하는 대로 의지를 조종할 수도 없는 거잖아.”

내가 따져 묻자 데미안은 내 어깨를 툭 쳤다. 내가 그를 기쁘게 할 때마다 하는 행동이었다.

그는 웃으며 말했다.

"질문 잘했어! 사람은 항상 질문을 하고 의문을 품어야 해. 음, 그 문제는 간단해. 예를 들어 나방은 아무리 자기 의지로 별이나 다른 곳으로 가고 싶더라도 그럴 수가 없어. 나방은 보통 그런 시도를 하지 않아. 나방 자신에게 의미 있고 가치 있는 것, 필요한 것, 자신이 반드시 가져야 하는 것만 추구하지. 그러면 믿을 수 없는 일이 이루어져. 다른 동물들은 갖지 못한 마법과도 같은 육감이 발달하는 거야. 인간이 확실히 동물보다 더 넓은 활동 영역과 더 많은 관심거리를 갖고 있다고 해도 우리 역시 상대적으로 매우 한정된 테두리에 묶인 채 거기서 벗어날 수 없지. 물론 나는 북극에 반드시 가고 싶다거나 하는 이런저런 상상을 해볼 수 있어. 하지만 그 소망을 내 안에 품고 나 자신이 온통 그 소망에 대한 생각으로 가득 차 있을 때에만 실제로 소망을 이룰 수 있고 강한 의지력을 발휘할 수 있는 거야. 일단 그렇게 네 내면이 하라는 대로 무언가를 시도해서 이루고 나면 네 의지력도 고분고분한 말처럼 다룰 수 있게 되지. 예를 들어 내가 아무리 생각해도 우리 선생님이 안경을 끼지 않도록 만들 수는 없어. 그건 그냥 놀이일 뿐이야. 하지만 지난 가을 내가 앉았던 앞자리에서 옮겨야겠다고 굳게 결심했을 때는 결심대로 잘 이루어졌지. 이름의 알파벳 순서가 내 앞인 아이가 그때까지 아파서 결석했다가 갑자기 다시 나타났어. 누군가 그 애한테 자리를 내주어야 했지. 그래서 당연히 내가 자리를 내준 거야. 그때 내 의지는 즉시 기회를 잡을 준비가 되어 있었거든."

"그렇구나. 그때 나도 참 이상하다 싶었어. 너와 내가 서로 관심을 갖기 시작하면서부터 너는 점점 더 내게 가까이 왔어. 어떻게 그런 거야? 곧바로 내 옆에 앉지 않고 처음에는 나보다 몇 줄 앞에 앉았잖아. 그렇지? 어떻게 된 일이야?"

"어떻게 된 거냐 하면, 처음 자리를 옮기고 싶었을 때 나는 내가 정확히 어디로 가고 싶은지 몰랐어. 그냥 좀 더 뒤에 앉고 싶다고만 생각했지. 너에게로 간 것은 내 의지였지만 나는 아직 그것을 인식하지 못한 상태였어. 그런데 동시에 네가 네 의지력을 발휘해서 나를 도왔어. 네 바로 앞자리에 앉아서야 비로소 내가 원하는 것이 반만 이루어졌다는 생각이 들었어. 그리고 내가 진짜 원했던 자리는 바로 네 옆자리라는 걸 깨달았어."

"하지만 그때는 새로 들어온 학생이 없었잖아."

"그랬지. 그때는 그냥 내가 하고 싶은 대로 재빨리 네 옆에 앉아버린 거였어. 나랑 자리를 바꾼 아이는 좀 당황했을 뿐 가만히 있더라고. 그때 선생님도 분명히 한번은 뭔가 바뀌었다는 걸 눈치챘을 거야. 평상시 나는 선생님한테 왠지 불편한 학생이었으니 선생님은 내 이름이 데미안이라는 걸 알았을 테고, 이름이 D로 시작하는 내가 한참 뒤에 S로 시작하는 이름 자리에 앉아 있었으니 뭔가 이상했던 거지! 하지만 그런 생각은 선생님의 인식으로까지 파고들지 못했어. 내 의지가 막아서서 선생님의 인식을 방해하고 있었으니까. 선생님은 계속해서 뭔가 잘못되었다고 느끼며 나를 자세히 살피기 시작했어. 그 좋은 분께서 말이지. 하지만 그럴 때는 간단한 방법이 있어. 선생님의 눈을 정면으로 마주 보는 거야. 그런 상황을 제대로 견디는 사람은 거의 없어. 모두가 초조해하지. 만약 네가 누군가한테 무엇을 얻어내려고 그 사람의 눈을 똑바로 응시했는데 상대가 전혀 불안해하지 않는다면 포기해야 해! 그 사람한테선 아무것도 얻지 못해, 절대로! 하지만 그런 경우는 드물어. 나는 이 방법이 통하지 않는 사람을 딱 한 명 알고 있지.”

"누군데?" 나는 재빨리 물었다.

데미안은 생각에 잠긴 듯 눈을 가늘게 뜨고 나를 바라보았다. 그러더니 눈길을 돌리고 대답하지 않았다. 나는 몹시 궁금했지만 다시 물어볼 수 없었다.

하지만 그때 데미안은 자기 어머니를 떠올렸던 것 같다. 어머니와 친밀하게 지내는 듯 보였지만 어머니에 대해 얘기하거나 나를 집에 초대한 적이 한 번도 없었다. 나는 그의 어머니가 어떻게 생겼는지도 몰랐다.

그 당시 나는 데미안처럼 무언가를 향해 내 의지를 강하게 쏟아붓는 시도를 자주 했다. 물론 내게는 다급하게 이루고 싶은 소원이 여럿 있었지만 아무 일도 일어나지 않은 채 실패하고 말았다. 그렇다고 데미안에게 그 이야기를 꺼낼 수는 없었다. 내 소원을 고백할 수가 없을 것 같았다. 데미안도 내 소원에 대해서는 묻지 않았다.

그러는 사이 내 종교적 믿음에 점점 더 금이 가기 시작했다. 하지만 전적으로 데미안의 영향을 받은 나의 생각은 신앙심이 전혀 없는 동급생들의 생각과는 뚜렷이 달랐다. 개중에 몇몇은 하느님을 믿는 것이 우스꽝스럽고 인간의 품격을 떨어뜨리는 일이라고 말했다. 삼위일체와 예수의 동정녀 탄생 같은 이야기는 그저 웃음거리일 뿐이고, 오늘날까지도 사람들이 여전히 그런 터무니없는 이야기를 퍼뜨리는 것은 수치스러운 일이라고도 했다. 나는 결코 그렇게 생각하지 않았다. 의심은 들었지만 내 어린 시절의 경험으로 비춰보면 부모님의 삶처럼 경건한 삶의 본질이 품위 없지도, 위선적이지도 않다는 것을 충분히 알 수 있었다. 오히려 나는 이전과 마찬가지로 종교에 대해 깊은 경외심을 품었다. 단지 종교적 이야기들과 신조들을 좀 더 자유롭고 개인적이며 흥미롭고 상상력 넘치는 방법으로 바라보고 해석하도록 데미안이 나를 이끌어주었을 뿐이다. 적어도 나는 그가 제시하는 해석을 늘 즐겁고 기쁜 마음으로 받아들였다. 물론 카인에 대한 해석도 그랬듯이 내가 받아들이기 힘든 내용이 많았다. 한번은 견진성사 수업을 듣고 나서 데미안이 너무 대담한 생각을 내놓아 놀란 적이 있었다. 선생님은 골고다에 대한 이야기를 해주었다. 구원자의 고난과 죽음에 대한 그 성경 이야기는 어렸을 적부터 내게 깊은 감동을 주었다. 성금요일(부활절 전의 금요일. 예수가 십자가에 못 박힌 날을 기념하는 날-옮긴이) 같은 날, 아버지는 어린 내게 예수의 수난에 관한 이야기를 자주 읽어주었다. 이야기를 듣고 나면 나는 깊이 감동받아 겟세마네 동산과 골고다 언덕처럼 슬프지만 아름답고 창백하며 유령 같으면서도 엄청나게 활기찬 세계 속에 살았다. 바흐의 〈마태수난곡〉을 들을 때면, 이 불가사의한 세계에서 고통받는 어둡고 장엄한 빛이 신비로운 전율과 함께 내 안에 차올랐다. 나는 지금도 여전히 이 음악과 〈악투스 트라지쿠스〉(장례식 '애도 행사'를 위한 바흐의 칸타타 – 옮긴이)가 모든 시와 예술적 표현의 전형이라고 생각한다.

수업이 끝나자 데미안이 생각에 잠긴 채 내게 말을 걸었다.

"싱클레어, 그 이야기 중에 마음에 들지 않는 부분이 있어. 다시 꼼꼼히 읽고 음미해봐. 거기에 뭔가 김빠진 맛이 나. 두 도둑에 관한 부분 말이야. 십자가 세 개가 언덕 위에 나란히 서 있는 장면은 대단해! 하지만 이제 착한 도둑에 대한 감상적 이야기가 나오지! 애초에 그는 범죄자였고 하느님이 모든 일을 알고 있음에도 악행을 저질렀어. 그런데 십자가 위에서 악한 마음이 누그러져 잘못을 깨닫고 회개하는 눈물의 의식을 치르다니! 무덤을 코앞에 두고 그런 회개가 다 무슨 소용이지? 그건 감동과 교훈을 주기 위해 성직자들이 지어낸 달콤하고 정직하지 못한 동화일 뿐이야. 네가 만약 두 도둑 중 하나를 친구로 선택해야 한다면, 또는 둘 중 누구를 믿을지 결정해야 한다면, 너는 틀림없이 울어대는 그 개종자를 택하진 않을 거야. 다른 쪽을 선택하겠지. 그쪽은 개성이 뚜렷한 사람이니까. 그의 입장에서 개종이란 그저 허울 좋고 달콤한 이야기일 뿐이야. 그래서 개종 따위는 조롱해버리고 끝까지 자신의 길을 가지. 마지막 순간에도 그동안 자신을 도와주었을 게 틀림없는 악마에게서 비겁한 말로 벗어나려 들지 않아. 그는 우직한 개성을 지닌 인물이거든. 그처럼 유별난 사람들은 성경 안에서 짧게 등장하지. 어쩌면 그도 카인의 후예일지 몰라. 그렇지 않니?"

나는 무척 당황스러웠다. 지금까지 십자가 처형에 관한 이야기를 익숙하게만 여겼지, 내가 그 이야기를 듣고 읽을 때 얼마나 생각이 없었고 아무런 상상도 해보지 않았는지를 그제야 깨달았다. 그렇긴 해도 데미안의 새로운 생각은 사악하게 들렸고, 내가 고수해야 하는 믿음을 뒤엎어버릴 것만 같았다. 아니, 모든 것을, 그것도 가장 신성한 존재를 그렇게 함부로 대할 수는 없었다.

언제나처럼 데미안은 내가 반대한다는 것을 말로 꺼내기도 전에 바로 알아차렸다.

"옛날이야기라는 건 나도 알아." 데미안이 체념한 듯 말했다. "심각하게 여기지 마! 하지만 내가 하고 싶은 말은 이것이 이 종교의 허점을 똑똑히 보여주는 지점들 중 하나라는 거야. 구약과 신약에 나오는 하느님은 물론 훌륭한 인물이지만 실제 모습은 다를 수도 있어. 하느님은 선하고 고귀한 존재이고, 아버지 같은 존재이며, 아름답고 높은 존재, 다정한 존재이지. 다 맞아! 하지만 세계는 다른 것으로도 이루어져 있어. 그런데 사람들은 다른 것이라면 모두 악마의 차지로 여기지. 그래서 다른 편 세상, 그 온전한 반쪽을 가로채 은폐하고 있는 거야. 하느님을 모든 생명의 아버지로 칭송하면서도 생명의 토대가 되는 성생활은 무조건 쉬쉬하지. 기회 될 때마다 성생활은 죄악이며 악마나 하는 짓이라고 떠들어대지! 나는 여호와 하느님을 숭배하는 것에 반대하진 않아, 전혀! 하지만 우리는 '전체'를 숭배하고 섬겨야 한다고 생각해. 그저 인위적으로 나뉘어 틀에 박혀버린 반쪽짜리 세계 말고 완전한 세계 말이야! 그러니까 우리는 하느님뿐 아니라 악마도 섬겨야 한단 말이지. 나는 그게 옳다고 생각해. 아니면 악마를 한 몸에 지닌 신을 만들어서 세상의 자연스러운 일이 일어날 때 신을 외면하는 일이 없도록 해야 할 거야."

데미안은 그답지 않게 과격해졌지만 곧 다시 미소를 보였다. 그리고 더 이상은 자기 의견을 내게 밀어붙이지 않았다.

하지만 데미안의 그 말은 청소년기 동안 줄곧 내 안에 수수께끼로 남아 있었다. 나는 그 얘기를 늘 속으로만 간직하고 아무에게도 말하지 않았다. 하느님과 악마, 틀에 박힌 하느님의 세계와 비밀스러운 악마의 세계에 대해 데미안이 한 말은 나 자신의 생각, 나 스스로 만들어낸 신화와 정확히 일치했다. 두 세계 혹은 반으로 나뉜 세계, 밝은 세계와 어두운 세계. 나의 문제가 모든 사람의 문제며 모든 삶과 생각의 문제라는 직감이 신성한 그림자처럼 문득 뇌리를 스쳤다. 나 자신의 개인적 삶과 생각이 위대한 사상의 영원한 흐름에 얼마나 깊이 동참하고 있는지를 갑자기 깨달았다. 그러자 불안과 경외심이 몰려왔다. 그런 깨달음은 무언가 긍정적이고 뿌듯한 느낌을 주었지만 반갑지는 않았다. 그것은 가혹하고 씁쓸했다. 책임을 져야 하고 더 이상 아이로 머물 수 없으며 혼자 힘으로 서야 한다는 의미가 깨달음 안에 들어 있었기 때문이다.

나는 어려서부터 했던 '두 세계'에 관한 생각을 내 친구에게 이야기했다. 그렇게 깊은 비밀을 털어놓기는 내 삶에서 처음이었다. 내 비밀을 듣자 친구는 내가 마음 깊은 곳에서 자신에게 동감하고 있다는 것을 바로 알아차렸다. 하지만 비밀 따위를 이용하는 것은 그의 방식이 아니었다. 데미안은 평소보다 더 집중해서 내 이야기를 들으며 두 눈을 똑바로 쳐다보았다. 나는 그만 눈길을 돌리고 말았다. 또다시 그 눈에 깃든 묘하고 짐승 같은 영원함과 가늠할 수 없는 나이를 보았기 때문이다.

"그것에 대해선 다음에 좀 더 얘기하자." 데미안이 부드럽게 말했다. "너는 다른 사람에게 말하기 벅찰 정도로 생각이 많아 보여. 만일 그렇다면 네가 생각한 삶을 한 번도 제대로 살아보지 못했다는 것을 너 자신도 알고 있겠지. 그건 좋지 않아. 삶과 일치하는 생각만이 가치 있는 거야. 너는 너의 '허락된 세계'가 반쪽에 지나지 않는다는 사실을 알았으면서도 성직자들과 선생님들처럼 다른 반쪽을 억누르려 해왔어. 너는 그럴 수 없을 거야! 일단 그런 생각을 하기 시작한 사람은 절대로 그렇게 못 해."

나는 이 말에 깊이 공감했다.

"하지만." 나는 외침에 가까운 목소리로 입을 열었다. "실제로 해선 안 되는 추악한 것이 있다는 사실은 너도 부인할 수 없잖아! 그리고 일단 금지된 것들은 하지 말아야 해. 살인과 온갖 악행이 존재하는 세계를 안다는 이유만으로 내가 그리로 가서 죄인이 되어야 한다는 거야?"

"이 얘기는 오늘 안에 끝나지 않을 것 같다." 데미안은 달래듯 말했다. "물론 살인이나 강간을 저질러선 안 돼. 안 되고말고. 하지만 넌 아직 무엇이 '허락된' 것이고 무엇이 '금지된' 것인지 분간할 수 있는 지점에 이르진 못했어. 너는 그저 진실의 일부분을 느낀 거야. 다른 부분도 느껴지면 거기에 의지해! 예를 들어 1년 전쯤부터 네 안에 '금지된' 것에 대한 열망이 강하게 일었다고 치자. 그리스인과 다른 많은 민족들은 오히려 이 열망을 신으로 여겨 이를 기리기 위해 큰 축제를 벌였지. 따라서 그 어떤 것도 '금지된' 상태로 영원히 있는 것이 아니라 변할 수 있다는 말이야. 오늘날 한 남자가 여자를 데리고 목사님을 찾아가 결혼을 한다면 그 즉시 그 여자와의 동침이 허락돼. 하지만 같은 오늘날이라도 다른 민족에게는 사정이 다르지. 그렇기 때문에 우리 각자가 무엇이 허락되고 무엇이 금지된 것인지, 즉 자기가 무엇을 하지 말아야 하는지를 스스로 찾아야 하는 거야. 금지된 것을 전혀 하지 않고도 극악무도한 악당이 될수 있지. 그 반대도 마찬가지야. 사실 이것은 단순히 편안함의 문제거든! 편안함에 빠져 스스로 생각하고 판단하는 것이 귀찮은 사람은 법을 있는 그대로 따르지. 그게 쉬우니까. 반면에 다른 이들은 자기 내면의 법칙을 스스로 감지해. 그 법칙은 신사로서 날마다 해야 하는 일을 금지하기도 하고, 사람들이 못마땅하게 여기는 다른 일을 허용하기도 하지. 각자가 스스로 일어서야 하는 거야."

데미안은 너무 많이 얘기한 것을 후회하는 듯 갑자기 말을 멈추었다. 그가 왜 그렇게 느꼈는지 나는 그때 이미 어렴풋하게나마 이해가 갔다. 그냥 편안하게 자기 생각을 늘어놓긴 했지만, 전에도 말했듯이 데미안은 '오로지 대화를 하기 위해' 말하는 것을 죽도록 싫어했다. 게다가 그는 내가 자신의 말에 정말 관심이 있는 건 맞지만 장난과 농담이 너무 심하다거나 완벽하게 진지한 태도를 보이지 않는다고 느꼈을 수도 있다.

내가 마지막 부분에 적어놓은 말을 다시 읽어보았다. '완벽하게 진지한 태도.' 그러자 내가 아직 절반은 아이였던 시절 막스 데미안과 겪었던, 내 기억 속에 깊이 각인되어 있는 또 다른 장면이 문득 떠올랐다.

견진성사가 다가오던 어느 날 신학 수업에서 다룬 마지막 주제는 '최후의 만찬'이었다. 성직자에게 중요한 주제여서인지 선생님은 수업 중에 엄숙한 분위기를 조성하기 위해 노력했다. 이 마지막 시간에 나는 혼자 다른 생각에 정신이 팔려 있었다. 내 친구 데미안에 대한 생각이었다. 교회 공동체로 들어가기 위한 의식이라고 알려진 견진성사가 기다려지면서도 6개월에 걸친 신학 수업의 가치가 여기서 배운 지식이 아니라 데미안 곁에서 받은 영향에 있다는 생각을 떨칠 수가 없었다. 나는 이제 교회가 아닌 전혀 다른 곳, 지구상 어딘가에 존재하는 생각과 개성의 교단敎團으로 들어갈 준비가 되어 있었다. 그리고 내 친구는 이를 위한 대리인이나 전달자처럼 여겨졌다.

나는 이 생각을 억누르려고 노력했다. 무엇보다 견진성사 의식을 위엄 있게 치러야 하는데 새로운 생각을 품은 채로는 그러기가 힘들 것 같았다. 하지만 어떻게 해도 그 생각은 없어지지 않더니 다가오는 교회 의식에 대한 생각과 차츰 결합되었다. 나는 이 의식을 다른 아이들과 다르게 치르기로 했다. 내게 있어 이 의식은 데미안에게서 배운 생각의 세계로 들어간다는 의미여야 했다.

데미안과 또다시 열띤 논쟁을 벌인 것은 그 무렵이었다. 수업을 시작하기 바로 전이었다. 내 친구는 입을 굳게 다문 채 내 이야기를 마음에 들어 하지 않았다. 어쩌면 내 이야기가 거만하고 괜히 조숙하게 들렸는지도 모른다.

"얘기를 너무 많이 했네." 데미안은 평소와 달리 심각한 모습으로 말했다. "말솜씨가 좋아 봤자 소용없어, 전혀. 본모습에서 멀어지기나 하지. 자기 자신에게서 멀어지는 것은 죄악이야. 사람들은 거북이처럼 자기 안으로 완전히 들어갈 수 있어야 해."

그러고 나서 우리는 바로 교실로 들어갔다. 나는 수업에 집중하려고 노력했다. 데미안은 그런 나를 방해하지 않았다. 얼마 후 나는 그가 앉아 있는 옆자리에서 이상한 느낌을 받았다. 공허하거나 차갑거나 그런 비슷한 느낌으로 마치 그 자리가 갑자기 비어 있는 것 같았다. 그 느낌에 짓눌려 고개를 돌렸다.

그리고 내 친구가 평소처럼 곧고 바른 자세로 앉아 있는 모습을 보았다. 그런데도 데미안은 보통 때와 완전히 달라 보였다. 내가 모르는 무언가가 그에게서 떨어져 나와 그를 둘러싸고 있는 것 같았다. 데미안은 눈을 감고 있는 것 같았으나 실제로 보니 뜨고 있었다. 하지만 아무것도 바라보지 않은 채 내면 혹은 아주 먼 곳을 응시하고 있었다. 자리에 앉아 꼼짝도 하지 않았으며 숨도 쉬지 않는 것 같았다. 입은 나무나 돌로 깎아 놓은 듯했다. 얼굴은 돌처럼 전체적으로 창백했다. 갈색 머리카락이 그나마 가장 생기 있는 부분이었다. 양손은 돌이나 과일 같은 물건처럼 생기 없이 가만히 책상 위에 올려져 있었다. 창백했고 전혀 움직이지 않았지만 축 늘어져 있는 것이 아니라 숨겨진 강한 생명을 싸고 있는 단단한 껍질 같았다.

그 모습을 보니 몸이 떨렸다. 죽었다! 이런 생각이 들어 하마
터면 큰 소리를 낼 뻔했다. 하지만 데미안이 죽지 않았다는 것
을 나는 알고 있었다. 돌로 된 창백한 가면 같은 얼굴을 멍하니
바라보니 이런 느낌이 들었다. 이것이 데미안이었어! 평소 나
와 걷고 대화하던 그는 데미안의 절반에 불과했다. 잠시 역할
놀이를 하고 환경에 적응하며 예의상 다른 사람들의 행동에 맞
추었을 뿐이다. 실제 데미안은 이런 모습이었다. 돌이나 고대
의 인물, 짐승 같기도 하고 아름다우면서도 차가웠고 죽은 것
같으면서도 내면은 놀라운 생명력으로 가득 차 있었다. 그리고
그 주변에는 이 조용한 공허, 이 높은 하늘과 우주, 이 외로운
죽음이 자리했다!

'지금 완전히 자신 속으로 들어가 있어.' 전율이 흘렀다. 나는
한 번도 그렇게 고립된 채 있어본 적이 없었다. 데미안은 전혀
나와 함께 있지 않았다. 내가 닿을 수 없는 곳, 세상에서 가장
외따로 있는 섬에 있는 듯 멀게만 느껴졌다.

나 말고는 아무도 그 모습을 보지 못한다는 사실이 믿기지
않았다! 모두가 그 모습을 보고 놀라야 하는데! 하지만 아무도
데미안에게 주의를 기울이지 않았다. 데미안은 조각상처럼 엄
숙하게 앉아 있었다. 그 모습은 마치 독특한 우상을 떠올리게
했다. 파리 한 마리가 이마에 앉아 천천히 코와 입술을 타고 내
려가도 데미안은 전혀 씰룩거리지 않았다.

어디에 있는 걸까? 대체 어디에? 무엇을 생각하고, 무엇을
느끼고 있을까? 그가 있는 곳은 천국일까, 지옥일까?

나는 그 일에 대해 데미안에게 물어볼 수 없었다. 수업이 끝

날 무렵 그가 다시 살아나 숨을 쉬는 모습이 보였다. 나와 눈이 마주쳤을 때 데미안은 본래 모습으로 돌아와 있었다. 어디에서 돌아왔지? 어디 있었던 거야? 데미안은 지쳐 보였다. 얼굴에는 다시 혈색이 돌고 손도 움직였지만 갈색 머리카락은 이제 윤기 없고 푸석해 보였다.

이후 며칠 동안 나는 침실에서 새로운 연습을 여러 차례 시도했다. 의자에 꼿꼿이 앉아 시선을 고정하고 미동도 없이 얼마나 오래 견딜 수 있는지, 그러면서 무슨 생각이 드는지 시험했다. 하지만 피곤하기만 했고 눈꺼풀에는 경련이 일었다.

그 후 곧 견진성사가 있었다. 이 일에 대해서는 중요한 기억이 남아 있지 않다.

이제 모든 것이 달라졌다. 유년기는 내 주변에서 산산이 부서졌다. 부모님은 약간 혼란스러운 눈빛으로 나를 바라보았다. 누이들은 완전히 낯선 존재가 되었다. 환멸이 찾아와 내게 익숙했던 감정과 기쁨을 일그러뜨리고 퇴색시켰다. 정원에서는 향기가 나지 않았으며 숲은 더 이상 매혹적이지 않았다. 주변 세계는 낡은 물건들을 떨이로 팔려고 내놓은 듯 따분하고 재미없게 펼쳐져 있었다. 책은 종이에 지나지 않았고, 음악도 소음일 뿐이었다. 그것은 가을에 나뭇잎이 떨어지는 것과 같았다. 나무는 아무것도 느끼지 못한다. 빗물이 흘러도, 해가 비쳐도, 서리가 내려도 느끼지 못한다. 나무의 생명은 천천히 좁은 곳으로, 깊숙한 내부로 물러난다. 죽는 것이 아니라 기다리는 것이다.

방학이 끝나면 나는 다른 학교로 가기 위해 난생처음 집을 떠나야 했다. 가끔가다 어머니는 미리 작별 인사라도 하듯 내게 특별한 애정을 쏟았는데, 내 마음속에 사랑과 향수와 잊지 못할 추억을 채워주느라 여념이 없었다. 데미안은 여행을 떠났다. 나는 혼자였다.

4
베아트리체

방학이 끝나자 나는 데미안을 다시 만나지 못한 채 성聖 ○○ 시로 갔다. 부모님이 함께 가서 가능한 한 모든 것을 살펴보고 는 김나지움(대학 진학을 위한 독일의 중등학교 – 옮긴이) 교사가 관리하는 기숙사에 나를 맡겼다. 만일 자신들이 나를 어떤 것 들 속으로 밀어 넣었는지 알았다면 부모님은 경악하여 얼어붙 고 말았을 것이다.

시간이 가도 내가 착한 아들, 훌륭한 시민이 될 수 있을지, 아 니면 내 본능을 좇아 다른 길을 가야 할지와 같은 의문들은 여 전히 남아 있었다. 아버지의 집과 정신이 만들어낸 그늘 속에 행복하게 머물러 있으려는 내 마지막 시도는 오래 지속되었다. 그것은 일시적으로 성공하는 듯 보일 때도 있었지만 결국은 완 전히 실패하고 말았다.

견진성사 이후의 방학 때 처음 느꼈던 기이한 허무와 고독 은(나중에는 얼마나 익숙해졌는지! 그 공허, 그 고독!) 금방 사라지 지 않았다. 집을 떠나는 일은 이상하게도 쉬웠다. 사실 나는 좀 더 슬퍼하지 못해 미안했다. 누이들은 무턱대고 흐느꼈지만 나는 그럴 수 없었다. 그런 내가 놀라웠다. 나는 언제나 감성이 충만한 아이였고 근본적으로 착한 아이였다. 그런데 이제 완전히 변했다. 외부 세계에는 전혀 관심을 갖지 않고 내 안 깊숙이 어딘가에서 휘몰아치는 어둡고 금지된 흐름에 귀 기울이며 나에게만 집중한 채 며칠씩 보내곤 했다. 6개월 만에 키도 부쩍 자랐는데 연약하고 말라서 미숙해 보였다. 소년 특유의 사랑스러움이 완전히 사라져서 사람들에게 이전처럼 사랑받을 수 없을 것 같았다. 나 역시 자신을 사랑하지 않았다. 가끔 막스 데미안이 몹시 그리웠다. 하지만 적잖이 밉기도 해서 끔찍한 질병과도 같았던 내 궁핍한 삶을 그의 탓으로 돌렸다.

나는 기숙사에서 인기도 없었고 어떤 관심도 끌지 못했다. 처음에는 놀림을 당하다가 나중에는 따돌림을 당했다. 아이들은 나를 희한하고 불쾌한 괴짜로 취급했다. 나는 그 역할이 마음에 들어 더욱 과장되게 행동하며 나 자신을 고독으로 몰아넣었다. 겉으로 보이는 고독은 언제나 세상을 향해 던지는 가장 남자다운 조롱 같았다. 그러나 나는 속으로 강렬하게 엄습해오는 우울과 절망에 자주 시달렸다. 수업 시간에는 진도가 이전 학교에 비해 좀 뒤처진 채 내가 이미 배운 것들을 다루었다. 그러다 보니 나는 또래 학생들을 약간 무시하며 어린애로 보는 버릇이 생겼다.

일 년 이상을 그렇게 지냈다. 첫 방학을 맞아 집으로 왔을 때도 새로운 흥밋거리가 생기지 않았으므로 기꺼이 다시 학교로 돌아갔다.

11월 초순이었다. 나는 날씨와 상관없이 생각에 잠긴 채 가벼운 산책을 즐겼다. 우수에 잠겨 세상을 경멸하고 나 자신을 조소하면서 어떤 기쁨을 맛보았다. 축축하게 안개 낀 어느 날 오후 해질녘에도 그렇게 거리 여기저기를 쏘다니고 있었다. 공원의 널찍한 길은 적막한 모습으로 나를 맞이했다. 나는 길에 수북이 쌓인 낙엽들을 발로 휘저으며 어두운 관능적 쾌락을 느꼈다. 축축하고 씁쓸한 냄새가 났다. 멀리 있는 나무들이 안개 속에서 유령처럼 크고 컴컴한 모습으로 어렴풋이 나타났다.

길 끝에 다다랐으나 이제 무엇을 할까 마음을 정하지 못한 채 시커먼 낙엽들만 바라보았다. 그렇게 물기 머금은 부패와 죽음의 향기를 탐욕스럽게 들이마셨다. 내 안의 무언가가 그 향기를 감지하고 반겼다. 아, 삶은 얼마나 무미건조한가!

그때 옆길에서 누군가 바람에 외투 자락을 날리며 다가오고 있었다. 내가 내처 걸으려는데 그가 내 이름을 불렀다.

"안녕, 싱클레어!"

다가온 사람은 기숙사에서 가장 나이 많은 알폰스 베크였다. 베크와 만나는 것은 언제나 좋았다. 자기보다 어린 아이들을 대할 때와 마찬가지로 내게도 비꼬는 투로 삼촌처럼 구는 것만 빼면 다 괜찮았다. 베크는 곰처럼 힘이 세다고 알려져 있으며, 기숙사를 관리하는 선생님을 좌지우지했고, 학생들 사이에 떠도는 온갖 소문의 주인공으로 등장했다.

"대체 여기서 뭐해?"

알폰스 베크는 나이 많은 학생들이 우리 또래를 무심히 낮춰 대하는 투로 부드럽게 물었다.

"어디 보자, 시를 짓고 있었구나?"

"시는 생각도 안 했는데?" 나는 퉁명스럽게 대답했다.

베크는 웃음을 터뜨리더니 내 옆에서 걸으며 잡담을 했다. 오랜만에 겪는 일이었다.

"내가 이해하지 못할 거란 걱정은 안 해도 돼, 싱클레어. 안개 낀 저녁에 산책하며 가을 사색에 잠기면 자연스럽게 시상이 떠오른다는 것쯤은 나도 알아. 죽어가는 자연은 물론이고 그와 유사한 잃어버린 청춘에 대한 시겠지. 하인리히 하이네처럼."

"난 그렇게 감상적이지 않아." 나는 항의했다.

"그래, 신경 쓰지 마! 어쨌든 이런 날에는 조용한 곳에 가서 포도주나 뭘 한잔하는 것도 좋을 거야. 잠깐 같이 갈래? 나도 마침 혼자인데. 싫어? 모범생이고 싶다면 굳이 꼬드길 생각은 없어."

잠시 후 우리는 변두리의 작은 술집에 앉아 두꺼운 잔을 부딪치며 품질이 의심스러운 포도주를 마셨다. 처음엔 별로 즐겁지 않았지만 뭔가 새롭긴 했다. 포도주에 익숙하지 않은 나는 금세 취해 말이 많아졌다. 내 안의 창이 활짝 열리고 세계가 환하게 안으로 비쳐들었다. 얼마나 오래, 얼마나 긴 시간 동안 속 이야기를 하지 않고 지냈던가! 마음껏 상상의 나래를 펼치던 중 나는 카인과 아벨의 이야기를 꺼내고 말았다.

베크는 내 이야기를 흥미롭게 들었다. 마침내 나도 누군가에게 영향을 미쳤다! 베크가 내 어깨를 치며 "악마 같은 녀석" 그리고 "영리한 꼬마"라고 불렀다. 내 가슴은 기쁨으로 부풀어 올랐다. 오랫동안 억눌려 있던 대화와 소통에 대한 열망이 해소되었다. 나보다 나이 많은 사람에게 가치를 인정받았다는 느낌마저 들었다. 베크가 나를 영리한 꼬마라고 불렀을 때 그 말은 마치 달콤하고 독한 포도주처럼 내 영혼 속으로 흘러들었다. 세상은 새로운 색깔로 반짝거렸고, 백 개의 활기찬 샘물에서 생각이 솟아났으며, 지성과 열정이 내 안에 불타올랐다. 우리는 선생님과 학우들에 대해 이야기했다. 얘기가 서로 잘 통하는 것 같았다. 그리스인과 이교도에 대해서도 의견을 나누었다. 그러다 베크가 연애 경험으로 화제를 돌리고 싶어 했다. 이제 나는 대화를 이어갈 수 없었다. 경험이 없다 보니 할 말도 없었다. 그동안 상상으로 느끼고 그려본 것이 마음속에 이글거리고 있었지만, 아무리 술을 마셔도 그 이야기는 입에 올릴 수 없었다. 여자에 대해서는 베크가 훨씬 더 많이 알고 있었으니 나는 귀 기울여 듣기만 했다. 그런데 도무지 믿기지 않았다. 내가 그럴 리 없다고 여겼던 일들이 평범한 현실이 되었으며 정상처럼 보이는 것이었다. 열여덟 살쯤 먹은 알폰스 베크는 이미 많은 경험을 통해 소녀들이 원하는 것은 신사다운 행동과 자신들을 향한 관심임을 깨달았고 그런 태도도 꽤 매력적이라고, 하지만 진짜 사랑이 아니라고 했다. 부인들과는 그 이상으로 나아갈 수도 있고 그들이 훨씬 더 똑똑하다고 했다. 예를 들어 연습장과 연필을 파는 가게 주인인 야겔트 부인과 얘기해보면, 부인의 가게 계산대 뒤에서 있었던 일들은 세상 어느 책에도 담을 수 없는 내용이라는 것이다.

나는 황홀하고 넋이 나간 채 앉아 있었다. 물론 야겔트 부인과 사랑을 나눈 사람이 나일 리는 없지만 어쨌든 놀라운 이야기였다. 적어도 나이가 더 든 사람들에게는 내가 전혀 꿈꿔보지 못한 쾌락의 원천이 있는 것 같았다. 하지만 베크의 얘기를 들으며 뭔가 잘못되었다는 느낌이 들었다. 그가 말하는 사랑은 내가 생각하는 사랑보다 더 좁고 평범했다. 하지만 어쨌든 그 것이 현실이었고, 그것 또한 사랑이며 모험이었다. 내 옆에 앉은 사람이 그렇게 살아왔고 그에게 그런 사랑은 정말 자연스러운 듯 보였으니까.

대화가 약간 사그라지며 맥이 빠지는 느낌이었다. 나는 더이상 영리한 꼬마가 아니라 어른의 이야기를 듣고 있는 어린아이일 뿐이었다. 그렇긴 해도 지난 수개월 간의 내 삶에 비하면이 시간은 너무나 유쾌했고 거의 천국과 같았다. 게다가 술집에 앉아 있는 것이나 우리가 나눈 얘기들까지 전부 엄격히 금지된 일이라는 것을 서서히 깨닫기 시작했다. 어쨌든 나는 그곳에서 환상과 혁명을 맛보았다.

그날 밤을 또렷이 기억한다. 우리 둘이 축축하고 서늘한 밤에희미하게 타오르는 가스등을 지나 늦은 귀갓길에 나섰을 때 나는 난생처음 술에 취해 있었다. 기분이 좋지 않았고 고통스럽기까지 했다. 하지만 그 기분 속에는 유혹과 달콤함, 저항과 탐닉, 삶과 영혼 같은 무언가가 더 있었다. 베크는 내가 완전 초보라고 툴툴거리면서도 잘 챙겨주었다. 나를 업다시피 해서 기숙사까지 와서는 열린 창을 통해 간신히 함께 안으로 들어갔다.

짧은 시간 죽은 듯 자고 일어나니 두통과 무의미한 슬픔이밀려왔다. 나는 침대에서 일어나 앉았다. 낮에 입었던 셔츠를그대로 입고 있었고, 다른 옷가지와 신발은 바닥에 어지럽게널려 있었으며, 담배와 토사물 냄새가 났다. 두통과 메스꺼움,

심한 갈증을 느끼는 사이 내 앞에 한동안 보지 못했던 영상이 떠올랐다. 고향 마을과 부모님이 계신 집, 아버지와 어머니, 누이들과 정원이 보였다. 조용하고 편안한 내 방, 학교와 시장, 데미안과 견진성사 수업도 보였다. 모두 환하게 빛으로 넘쳐났으며 모두 근사하고 신성하며 순수했다. 그리고 그제야 깨달았다. 어제, 몇 시간 전만 해도 내 것이었고 나를 기다렸던 그 모든 것이 지금 이 시간에는 내 것이 아니었다. 나는 전락했고 저주받았다. 그 모든 것이 그런 나를 밀쳐내고 역겨워하는 눈으로 바라보고 있었다! 멀고 먼 황금빛 유년 시절의 정원에서 부모님에게 느꼈던 사랑과 친밀감, 어머니의 입맞춤, 크리스마스, 집에서 맞는 밝고 경건한 일요일 아침, 정원의 꽃, 그 모든 것들이 버려졌다. 내가 그것들을 발로 짓밟아버렸다! 이제 추적자가 와서 내 손발을 묶고 인간쓰레기에 신성모독자라며 교수대로 끌고 간다면 나는 불평하지 않고 기꺼이 따를 것이다. 그것만이 옳고 정의로운 길이라 여길 것이다.

내 내면이 이런 모습이라니! 세상을 경멸하며 쏘다니던 내가! 마음속에 자부심이 넘치고 데미안과 같은 생각을 하던 내가! 취한 채 흐트러져 있는 인간쓰레기, 역겹고 야비하고 더러운 돼지, 끔찍한 욕망에 사로잡힌 보잘것없는 짐승이 내 모습이라니! 모든 것이 빛나고 순수하며 부드러운 정원에서 자란, 바흐의 음악과 아름다운 시를 사랑했던 내가 이런 모습이라니! 나의 웃음소리, 취해서 흥청거리며 중간중간 터져 나오는 바보 같은 웃음소리가 여전히 들려와 역겨움과 분노를 안겨주었다. 그게 바로 나였다!

이 모든 것에도 불구하고 고통을 견디는 일은 희열에 가까웠다. 나는 너무 오랫동안 눈이 먼 채 멍하니 기어다녔고, 내 가슴은 말을 잃고 헐벗은 모습으로 구석에 처박혀 있었기에 이런 자기혐오와 공포, 영혼의 끔찍한 감정조차 반가웠다. 어쨌거나 이것은 감정이었고 커다란 불꽃으로 타올랐으며 그 안에서 내 심장이 뛰었다! 비참한 가운데서도 해방과 봄 같은 것을 혼란스럽게 느끼고 있었다.

그러는 사이 겉으로 보이는 내 상황은 곤두박질치고 있었다. 첫 번째 술자리는 곧 다른 술자리로 이어졌다. 술을 마시며 요란하게 노는 일이 학생들 사이에 자주 있었다. 참석자들 중 내가 제일 어린 축에 들었다. 그러나 곧 나는 마지못해 받아주는 풋내기가 아니라 주모자이며 별과 같은 존재, 악명 높고 무모한 술집 귀신이 되었다. 나는 또다시 어두운 세계에 완전히 속해 악마에게 지배당했고, 그 세계에서 멋진 녀석으로 통하게 되었다.

그러면서도 비참한 기분이 들었다. 나는 성적 쾌락에 빠져 자신을 망가뜨렸다. 학우들은 나를 지도자이자 악동, 지독하게 예민하고 영리한 놈으로 여겼다. 그러나 정작 내 소심한 영혼은 내면 깊숙한 곳에서 두려움에 떨고 있었다. 일요일 오후 술집을 나서며 단정히 빗은 머리와 깔끔한 복장으로 거리에서 유쾌하고 행복하게 뛰어노는 아이들의 모습을 보고 눈물 흘렸던 일이 아직도 기억난다. 작은 술집의 더러운 탁자에서 맥주를 마셔대며 기발하게 비꼬는 말로 친구들을 웃기고 충격에 빠뜨리기도 했지만, 정작 마음속으로는 내가 조롱했던 모든 것을 여전히 숭배하고 있었다. 내 영혼과 과거, 어머니와 하느님 앞에 무릎 꿇고 흐느껴 울고 있었다.

내가 무리에 완전히 섞이지 못하고 홀로 괴로워했던 데는 그럴 만한 이유가 있었다. 술집에서 나는 영웅이었고 조롱 섞인 말로 거친 녀석들의 마음을 샀다. 선생님과 학생들, 부모님과 교회에 대한 생각과 발언으로 내 기지와 용기를 보여주었다. 추잡한 농담도 받아넘기고 내가 지어낸 농담을 들려주기도 했다. 하지만 친구들이 여자들을 만나러 갈 때는 결코 함께 가지 않았다. 말로는 매정한 호색한처럼 굴었지만 나는 혼자였고, 사랑에 대한 타오르는 열망과 이룰 수 없는 갈망으로 가득 차 있었다. 나보다 더 상처받기 쉽고 수줍음 많은 사람은 없었다. 예쁘고 단정하며 밝고 명랑한 양갓집 아가씨가 내 앞을 지나갈 때면 황홀하고 순수한 꿈을 꾸는 것만 같았다. 그 아가씨들은 나보다 천배 더 선하고 순수해 보였다. 한동안 나는 야겔트 부인의 문구 가게에도 갈 수 없었다. 부인을 보면 알폰스 베크가 해준 이야기가 생각나서 얼굴이 붉어졌기 때문이다.

이 새로운 무리에서 내가 계속 혼자이며 그들과 다르다고 생각하면 할수록 점점 더 그들에게서 벗어날 수 없었다. 그렇게 술에 취해 과시하는 것이 정말 즐거웠는지 사실 잘 모르겠다. 게다가 술을 마신 뒤에는 매번 숙취에 시달렸다. 모든 것이 일종의 강박 같았다. 나는 그저 내가 해야 할 바를 했다. 그것 말고 무엇을 해야 할지 전혀 알지 못했다. 외로움이 오래 이어질까 봐 두려웠다. 내가 항상 느껴왔던 따뜻하고 수줍고 친밀한 기분에 젖어 들까 봐 두려웠고, 자꾸만 마음을 끄는 사랑에 대한 낭만적 상상에 빠져들까 봐 불안했다.

내가 가장 그리웠던 것은 친구였다. 즐겨 만나는 동급생이 두세 명 있긴 했다. 하지만 그들은 착하고 품행이 바른 아이들이었고, 내 나쁜 행동은 이미 널리 알려져 있었다. 그들은 나를 피했다. 모두가 나를 희망도 없이 살얼음판을 걷고 있는 무모한 녀석으로 여겼다. 선생님들은 나에 대해 많은 것을 알고 있었다. 나는 여러 번 무거운 벌을 받았다. 머지않아 결국 내가 퇴학당할 거라고들 예상했다. 나 자신도 알고 있었다. 또한 나는 이미 오래전부터 좋은 학생이 아니었지만, 이런 상황이 더 오래 지속될 수는 없음을 느끼며 안간힘을 다해, 재주껏 수업 과정을 따라잡아 시험을 치렀다.

하느님이 우리를 외롭게 만들어 우리 자신에게로 이끌 수 있는 길은 많다. 당시에 하느님이 나를 데리고 걸었던 길은 이러했다. 그것은 기분 나쁜 꿈 같았다. 더러움과 끈끈함, 깨진 맥주잔과 조롱 섞인 잡담으로 밤을 지새우는 내 모습, 추하고 지저분한 길을 마법에 걸린 몽상가처럼 불안하고 고통스럽게 기어다니는 내 모습이 보였다. 공주에게 가던 도중 진창에, 악취와 쓰레기로 가득한 뒷길에 처박히는 꿈도 꾸었다. 나는 이렇게 초라한 방식으로 외로움의 길을 걸었다. 나와 유년 시절 사이에는 빛나는 모습의 냉혹한 문지기들이 지키는, 꼭 닫힌 에덴의 문이 가로놓여 있었다. 그것은 나 자신을 향한 그리움의 시작이자 눈뜸이었다.

기숙사 선생님의 편지에 걱정이 된 아버지가 예고도 없이 학교에 처음 나타났을 때 나는 깜짝 놀라 두려움에 떨었다. 그러나 그해 겨울이 끝날 무렵 아버지가 두 번째로 방문했을 때는 달랐다. 나는 냉정하고 무심해져 있었다. 아버지가 야단을 치든, 간곡히 타이르든, 어머니를 생각하라며 애원하든 신경 쓰지 않았다. 마침내 아버지는 노발대발했다. 내가 바뀌지 않는다면 치욕스럽게 학교에서 쫓겨나도록 내버려 두겠다고, 소년원으로 보내 버리겠다고 말했다. 어디 그래 보시지! 아버지가 떠날 때는 죄송한 마음이 들었다. 아버지는 아무것도 이루지 못했고 내게 다가올 방법도 찾지 못했다. 가끔씩 나는 아버지가 그렇게 된 것이 당연하다고 느꼈다.

내가 장차 무엇이 되든 나에겐 상관없었다. 나는 술집에 앉아 큰소리치며 별나고 짓궂은 방식으로 세상과 싸웠다. 이것이 세상에 대한 내 나름의 저항 방식이었다. 그러면서 나는 망가져갔다. 만일 세상에 나 같은 사람이 필요 없다면, 나 같은 사람들을 위한 더 좋은 자리, 더 나은 일도 없다면, 우리에게 남은 거라곤 망가지는 일뿐이라고 생각했다. 그로 인한 손해는 세상의 몫이 될 것이다.

그해 크리스마스 연휴는 전혀 즐겁지 않았다. 어머니는 오랜만에 본 내 모습에 큰 충격을 받았다. 키는 훌쩍 커졌는데 여윈 얼굴은 회색빛이 돌며 쇠약해 보였고, 몸이 축 늘어진 데다 눈은 충혈되어 있었다. 이제 막 나기 시작한 콧수염과 얼마 전부터 끼기 시작한 안경 때문에 더 낯설어 보였다. 누이들은 가까이 오지 않고 키득거렸다. 모두 꼴 보기 싫었다. 서재에서 아버지와 나눈 이야기는 불쾌하고 괴로웠으며, 몇몇 친척과 나눈 인사도 기쁘지 않았다. 무엇보다 괴로웠던 것은 크리스마스이

브였다. 그때껏 크리스마스이브는 우리 집에서 매우 중요한 날로 저녁이면 축제와 사랑, 감사가 집 안에 가득했으며, 부모님과의 관계도 더욱 돈독해졌다. 하지만 이번 해에는 모든 것이 우울하고 당황스럽기만 했다. 아버지는 늘 그렇듯 양 떼를 돌보는 들판의 목동들에 관한 성경 구절을 읽었다. "그 지역에 목자들이 자기 양 떼를 지키더니." 누이들은 기쁨 가득한 얼굴로 선물이 놓인 탁자 앞에 서 있었다. 하지만 아버지의 음성은 불행하게 들렸다. 얼굴도 늙고 초췌해 보였다. 어머니는 슬픔에 잠겨 있었다. 선물과 소원, 성경 구절과 크리스마스트리, 이 모든 것이 내게는 하나같이 어색하기만 할 뿐 달갑지 않았다. 생강 과자는 달콤한 냄새와 함께 그보다 더 달콤했던 추억을 두터운 구름처럼 몰고 왔다. 향긋한 크리스마스트리는 더 이상 존재하지 않는 것들에 대해 이야기하고 있었다. 나는 이 저녁 시간과 연휴가 어서 끝나기를 바랐다.

겨울이 전부 그렇게 지나갔다. 최근에 나는 교사 위원회에서 엄중한 경고를 받으며 퇴학당할 위기에 처했다. 오래 걸리지 않을 것 같았다. 이제 아무래도 상관없었다.

나는 막스 데미안에게 화가 많이 나 있었다. 그때껏 그를 한 번도 만나지 못했다. 성 ○○시에서 공부하기 시작하면서 두 번 편지를 보냈지만 답장이 오지 않았다. 그래서 나는 방학에도 데미안을 만나러 가지 않았다.

가시덤불에 파릇파릇 움이 돋던 이른 봄날, 한 여인이 내 관심을 끌었다. 지난가을 알폰스 베크를 처음 만났던 공원에서였다. 나는 온갖 못된 생각과 걱정에 빠져 홀로 산책하던 중이었다. 건강이 더 나빠진 데다 집에서 돈을 더 타내기 위한 구실을 꾸며내야 했다. 항상 쪼들리느라 친구들에게 진 빚도 많았고, 담배 따위를 사느라 외상값도 점점 늘고 있었다. 그렇다고 너무 심하게 걱정하지는 않았던 것 같다. 물에 빠져 죽거나 소년원으로 보내져 갑자기 여기서 사라진다면 몇 안 되는 그 작은 일들도 더 이상 문제되지 않을 것이었다. 하지만 나는 여전히 그런 불쾌한 일들에 직면한 채 살아가느라 괴로웠다.

그 봄날 나는 공원에서 마주친 젊은 여인에게 반해버렸다. 키가 크고 날씬했으며 옷차림도 우아한 데다 총명하고 소년 같은 인상이었다. 나는 곧 그 여인이 마음에 들었다. 내 취향의 여인이었다. 그녀에 대한 상상이 내 머릿속을 채우기 시작했다. 나보다 나이가 그리 많아 보이진 않았지만 나보다 훨씬 더 성숙해 보였고, 우아하고 개성도 뚜렷하며 이미 완벽한 숙녀 같았다. 그런 한편 표정에는 활기와 소년다운 구석이 있어서 몹시 매력적이었다.

나는 이때껏 마음에 드는 여인에게 다가간 적이 한 번도 없었다. 이번에도 역시 그러지 못했다. 하지만 그 여인은 다른 어떤 여인보다 내게 깊은 인상을 남겼으며, 이 사랑의 열병이 내 삶에 끼친 영향도 강력했다.

갑자기 내 앞에 하나의 영상이 떠올랐다. 고상하고 품위 있는 모습이었다. 마음속에 숭배하고 사랑하고픈 갈망이 얼마나 깊고 절실하게 일었던지! 나는 그녀를 베아트리체라고 불렀다. 단테의 작품을 읽어보진 않았지만 내가 소장한 영국의 회화 작품 복사본을 보고 베아트리체라는 이름을 알게 되었다. 그림 속에는 영국의 라파엘전파(14~15세기 이탈리아 화가들과 비슷한 양식의 그림을 그렸던 19세기 영국 화가들 - 옮긴이)가 그린 여인의 모습이 있었다. 팔다리가 길고 가늘었으며 갸름한 얼굴에 신성해 보이는 손과 자태를 지니고 있었다. 나의 젊고 아름다운 여인은 그림 속 여인과 전혀 닮지 않았지만 둘 다 내 취향의 날씬하고 소년 같은 인상을 풍겼으며, 얼굴에 무언가 영적이고 신성한 기운이 담겨 있었다.

나는 베아트리체와 말 한마디 나눈 적이 없었다. 그런데도 그 여인은 당시 내게 깊은 영향을 미쳤다. 내 앞에 그 모습이 떠오르게 만들었고, 내게 성전을 열어주었으며, 나를 교회에서 기도하는 사람으로 만들었다. 하루아침에 나는 술 마시고 밤새 쏘다니는 것을 그만두었다. 다시 혼자가 되어 책을 가까이하며 산책을 즐겼다.

나의 갑작스러운 변화에 온갖 조롱이 쏟아졌다. 하지만 내게는 이제 사랑하고 숭배할 대상이 있었다. 이상理想을 되찾았고 삶은 또다시 해질녘의 신비로운 화려함과 기대로 가득했다. 그깟 놀림 따위는 신경 쓰이지 않았다. 비록 어떤 고귀한 영상의 노예와 하인이 되긴 했지만 나는 다시 나 자신에게로 돌아왔다.

그 시기를 되돌아보면 특별한 감흥이 느껴진다. 황폐했던 시절의 잔해에서 빠져나온 나는 '밝은 세계'를 세울 방법을 찾아 남모르게 열심히 노력했다. 내 안에 있는 어둡고 악한 것을 다시금 떨쳐내어, 빛 가운데 온전히 머물며 신 앞에 무릎 꿇고 싶

다는 유일한 소망을 안고 지냈다. 어쨌든 지금 이 '밝은 세계'에
는 어느 정도 나 자신이 창조해낸 부분도 있었다. 무작정 안전
한 곳을 찾아 어머니 품으로 달아나고 기어드는 일은 더 이상
없었다. 내가 스스로 원해서 만든 새로운 방식의, 책임과 자기
수양도 포함한 세계였다. 나를 괴롭히던 성욕도 점차 누그러
져 이제 이 신성한 불 속에서 경건과 헌신의 마음으로 바뀌어
갔다. 어두운 것, 추한 것, 신음으로 지새우던 밤들, 음란한 그
림 앞에서의 두근거림, 금지된 문에 귀를 대고 엿듣는 것, 방탕
한 생활은 더 이상 허락되지 않았다. 그 모든 것 대신 나는 베아
트리체의 그림 앞에 제단을 세웠다. 그곳에서 그녀를 숭배하고
성령과 신들을 숭배했다. 어둠의 신에게서 되찾은 삶을 빛의
신에게 제물로 바쳤다. 내 목표는 쾌락이 아닌 순수함, 행복이
아닌 아름다움과 숭고함이었다.

베아트리체를 숭배하며 내 삶은 완전히 바뀌었다. 어제만 해
도 미숙하게 냉소를 퍼붓던 내가 이제는 성자가 되겠다는 목표
를 지닌 사제가 되었다. 나는 그동안 익숙했던 사악한 삶을 버
렸을 뿐 아니라 모든 것을 순수하며 고귀하고 우아하게 바꾸려
고 노력했다. 먹고 마시고 말하고 옷을 입을 때도 이를 염두에
두었다. 아침에는 날마다 찬물로 목욕했다. 처음에는 힘겹게
억지로 했지만 차츰 익숙해졌다. 나는 진지하고 위엄 있게 행
동했고, 몸을 바로 세워서 좀 더 느리고 의젓하게 걸었다. 남들
에게는 우스워 보였을지 몰라도 나에게 그것은 신을 섬기는 성
실한 행위였다.

새로운 사고방식을 표현하기 위한 시도들 중 특히 중요해진

것이 하나 있었다. 그림을 그리기 시작한 것이었다. 내가 가지고 있던 영국풍 베아트리체 그림이 나의 베아트리체와 전혀 닮지 않았기 때문이었다. 내가 직접 그녀를 그려보고 싶었다. 완전히 새로운 기쁨과 기대를 안고 나는 아름다운 종이와 물감과 붓을 방으로 가져다 놓았고(얼마 전부터 방을 혼자서 쓰고 있었다), 팔레트와 유리잔, 도자기 그릇, 연필도 마련했다. 새로 산 작은 튜브에 담긴 고급 템페라 물감은 몹시 매혹적이었다. 그 물감 중에 크로뮴그린의 강렬한 초록빛이 처음으로 작고 흰 접시에서 빛나던 모습은 아직도 눈에 선하다.

나는 조심스럽게 시작했다. 얼굴을 그리는 것이 어려웠으므로 시험 삼아 다른 것을 먼저 그려보았다. 장식품과 꽃, 교회 옆 나무나 사이프러스 나무가 있는 로마의 다리 같은 상상 속 작은 풍경들을 그렸다. 가끔씩 나는 이 즐거운 놀이에 완전히 몰두해서 그림물감 통을 가진 아이처럼 행복해했다. 그리고 드디어 베아트리체를 그리기 시작했다.

몇 장은 그리다가 완전히 망쳐버렸다. 간혹가다 길에서 마주치는 그 여인의 얼굴을 떠올리려 하면 할수록 그림은 더욱 형편없어졌다. 결국 베아트리체를 그리는 작업은 포기하고 단순히 상상과 직관에 따라 물감과 붓이 이끄는 대로 얼굴을 그리기 시작했다. 그것은 그 당시 꿈에 나왔던 얼굴로 그럭저럭 만족스러웠다. 그렇게 계속 시도하다 보니 실제와 똑같지는 않지만 매번 무언가 더 또렷해지고 내가 원하는 모습에 가까워졌다.

나는 꿈결처럼 붓을 놀리고 공간을 채우는 데 점점 익숙해졌다. 무언가를 보고 따라 그리는 것이 아니라 무의식적으로 장난치듯 그렸다. 어느 날 보니 나도 모르는 사이에 드디어 얼굴 하나가 완성되어 있었다. 먼저 그린 것들보다 더 강렬한 인상을 주었다. 그것은 그 여인의 얼굴이 아니었다. 그 얼굴을 그리는 일은 오래전에 그만두었다. 그것은 다른 무엇, 비현실적이면서 소중한 것이었다. 아가씨의 얼굴이라기보다 청년의 얼굴이었으며, 머리는 나의 아름다운 여인처럼 밝은 금발이 아니라 붉은 기가 도는 갈색이었다. 턱은 강하고 단단했지만 입술은 붉은 꽃잎 같았다. 전체적으로 약간 굳어 있고 가면처럼 보이면서도 인상적이고 삶의 비밀로 가득해 보였다.

완성된 그림 앞에 앉아 있으니 묘한 느낌이 들었다. 반은 남자, 반은 여자 같았다. 나이를 가늠할 수 없었으며 의지가 강하면서도 꿈꾸는 것 같았고, 경직되었으나 왠지 활기가 넘쳐 보이는 모습이 일종의 우상이나 신성한 가면처럼 보였다. 이 얼굴은 내게 할 말이 있는 것 같았다. 내게 속해 있으며 무언가를 갈구하는 듯 보였다. 그리고 누군가와 닮아 보였지만 그게 누구인지는 알 수 없었다.

한동안 이 초상화는 내 모든 생각에 함께했고 내 삶을 공유했다. 혹시 누군가 그림을 발견해서 놀려댈까 봐 서랍에 꽁꽁 숨겨두었다. 그러나 내 작은 방에 혼자 있을 때면 즉시 그림을 꺼내 친구로 삼았다. 저녁마다 그림을 침대 맞은편 벽에 핀으로 꽂아두고 잠들 때까지 바라보았고, 아침에 눈뜨자마자 맨 처음 시선이 닿는 것도 그 그림이었다.

어렸을 적처럼 꿈을 자주 꾸기 시작한 것도 그 무렵이었다. 수년간 꿈을 전혀 꾸지 않았던 것 같다. 이제 다시 꿈을 꾸게 되었지만 꿈속의 영상은 완전히 새로웠다. 내가 그린 초상화도 종종 꿈에 나타나 살아 움직이고 말했으며, 다정하게 혹은 적대적으로 굴었다. 때로는 인상을 찌푸리기도 했고 때로는 한없이 아름다우며 조화롭고 고상한 모습이었다.

어느 날 아침 또 그런 꿈을 꾸다 깨어났을 때 문득 그게 누구의 얼굴인지 깨달았다. 꿈속에서 그 얼굴은 몹시 친근하게 나를 바라보았다. 내 이름을 부른 것 같았고, 어머니처럼 나를 잘 아는 듯 보였으며, 줄곧 내 쪽을 바라보는 것 같았다. 두근거리는 마음으로 그림을 보았다. 짙은 갈색 머리, 여자 같기도 한 입술, 유달리 밝게 빛나는(그림이 마르면서 그렇게 된 듯) 강인한 이마를 보며 인식, 재발견, 깨달음이 차츰 내게로 가까이 다가왔다.

나는 침대에서 뛰쳐나와 최대한 가까이 서서 얼굴을 올려다보았다. 크게 뜬 채 시선을 고정하고 있는 초록색 눈. 오른쪽 눈이 왼쪽보다 약간 더 높이 있었다. 이 오른쪽 눈이 가볍고 미세하게, 하지만 분명하게 떨렸다. 이 떨림으로 알아차리게 된 그림 속 인물은….

어떻게 그렇게 오랫동안 알아보지 못했단 말인가! 그것은 데미안의 얼굴이었다.

이후에 나는 그 그림의 얼굴과 실제로 내가 기억하는 데미안의 모습을 비교해보았다. 비슷하긴 해도 똑같지는 않았다. 그래도 그것은 데미안이었다.

언젠가 초여름 저녁에 서쪽으로 난 창을 통해 붉은 햇빛이 비스듬히 들어오자 흐릿한 석양이 방 안에 차올랐다. 그러자 베아트리체 혹은 데미안의 그림이 석양빛에는 어떻게 보이는

지 궁금해졌다. 그림을 창틀에 핀으로 꽂아놓고 보니 얼굴 윤곽이 희미해지긴 했지만 붉은 눈가와 밝은 이마, 새빨간 입술이 화폭에서 강렬하게 빛났다. 그림에서 빛이 사라질 때까지 나는 한참이나 그 얼굴과 마주 앉아 있었다. 그러면서 서서히 그것은 베아트리체도 데미안도 아닌 바로 나 자신이라는 느낌이 들었다. 그림은 나와 닮지 않았고 그래서도 안 될 것 같았다. 하지만 그것은 내 삶이자 내적 자아, 운명 또는 내 안에 깃든 데몬(일반적으로 귀신이나 수호신, 악마 등을 의미하지만 본래는 초자연적·영적 존재를 나타내는 그리스어 다이몬daimōn에서 유래했다. 고대 그리스에서는 특히 갑작스레 습격해오는 불가해한 운명의 힘을 선악을 불문하고 모두 다이몬이 일으킨 것으로 생각했다-옮긴이)이었다. 만일 내가 또다시 친구를 사귄다면 그는 이런 모습이리라. 연인이 생긴다면 내 사랑하는 이의 모습도 이럴 것이다. 내 삶과 죽음도 이럴 것이고, 이 모습이 내 운명의 소리이며 리듬이었다.

그 주에 책을 한 권 읽기 시작했다. 지금까지 읽은 책들 중 가장 감명 깊었다. 이후에도 니체의 작품 빼고는 그런 책을 거의 접하지 못했다. 편지와 경구들로 이루어진 노발리스의 책이었다. 이해하지 못한 부분이 많긴 했지만 나는 그 책의 형언할 수 없는 매력에 사로잡혔다. 그중 한 문장이 떠올라 그림 아래쪽에 펜으로 적어놓았다. "운명과 기질은 같은 개념에 붙여진 다른 이름이다." 이제 나는 그 의미를 이해할 수 있다.

내가 베아트리체라고 부르는 여인과는 여전히 자주 마주쳤다. 더 이상 설레지는 않았지만 부드러운 조화로움과 감상적

직관이 느껴졌다. 그대는 나와 연결되어 있어요. 그러나 그건 당신이 아닌 그림 속 당신의 모습일 뿐이죠. 당신은 내 운명의 일부입니다.

막스 데미안을 향한 그리움이 다시 커졌다. 수년 동안 그에 대한 소식을 전혀 듣지 못했다. 방학 중에 단 한 번 만난 것이 전부였다. 이제 돌이켜 보니 내가 이 짧은 만남을 이야기에서 제외한 것은 부끄럽고 자만해서였다. 그 부분을 보충해 넣어야겠다.

그러니까 술집을 전전하던 시절 어느 방학 때였다. 나는 늘 그렇듯 심드렁하니 약간 지친 표정으로 산책용 지팡이를 돌리기도 하고 예전 모습 그대로인 천박한 속물들을 바라보기도 하면서 고향 마을을 쏘다니고 있었다. 그때 내 쪽으로 걸어오고 있는 옛 친구를 발견했다. 그를 보자마자 나는 움찔했다. 순간 프란츠 크로머에 대한 기억이 번개처럼 되살아났다. 데미안이 그 일을 정말로 다 잊어버렸다면 얼마나 좋을까! 데미안에게 빚을 졌다는 사실이 불편했다. 사실 어린 시절에 겪은 철없는 짓이긴 하지만 그래도 빚은 여전히 남아 있으니….

데미안은 내가 자신에게 인사를 할지 기다리는 것 같았다. 이윽고 내가 태연한 척 인사를 건네자 그가 손을 내밀었다. 그래, 이렇게 쥐었었지! 아주 단단하게, 따뜻하고도 시원하게, 남자답게!

데미안이 내 얼굴을 빤히 들여다보며 말했다.

"많이 컸구나, 싱클레어."

그 자신은 하나도 변하지 않은 것 같았다. 늘 그랬듯 나이 들어 보이기도 하고 젊어 보이기도 했다.

데미안은 내가 걷는 길에 함께했다. 우리는 산책을 하며 이런저런 사소한 이야기를 나누었다. 그 당시의 일에 대해서는 한마디도 하지 않았다. 그러다 편지를 몇 번 보냈다가 답장을 받지 못한 일이 떠올랐다. 아, 그 어리석고 바보 같은 편지들도 잊어주었으면 좋을 텐데! 데미안은 편지 얘기도 전혀 꺼내지 않았다.

그때는 아직 베아트리체와 그림이 없었을 때, 내가 아직 방탕한 생활에 젖어 있었을 때였다. 시내로 돌아가기 전에 내가 어느 술집에 함께 가자고 말했다. 데미안은 그러자고 했다. 나는 기세 좋게 포도주 한 병을 주문해서 친구에게 한 잔 따라주고는 건배했다. 그리고 내가 학생들의 음주 문화에 얼마나 익숙한지 보여줄 겸 첫 잔을 단숨에 비웠다.

"술집에 자주 다니니?" 데미안이 물었다.

"그럼. 달리 할 게 있나? 뭘 하든 결국 이것만큼 재밌는 건 없더라고." 나는 느긋하게 대답했다.

"그렇게 생각해? 그럴지도 모르지. 술을 마신다는 것에는 아름다운 면도 있어. 술에 취해 기쁨과 환희를 만끽하는 디오니소스적 삶! 하지만 술집을 자주 찾는 사람들은 대부분 그런 면을 완전히 상실해버린 것 같아. 술집을 전전하는 것은 진짜 속물들이나 하는 짓이라고 생각해. 그래, 하룻밤 정도는 횃불을 밝히고 잔뜩 취해서 무아지경에 빠질 수 있어! 하지만 계속해서 한 잔 또 한 잔, 그런 행동에 진심이 있을까? 밤마다 단골 술집에 앉아 있는 파우스트가 상상이 돼?"

나는 술을 들이켜고 반감 어린 표정으로 데미안을 보았다.

"그래, 하지만 모두가 파우스트일 수는 없으니까." 내가 퉁명스럽게 말했다.

데미안은 약간 당황해서 나를 쳐다보았다.

그러고는 예전처럼 생기 있고 연장자다운 모습으로 웃었다.

"그런 걸로 싸워서 뭐하겠니? 어쨌든 술꾼이나 호색가의 삶이 나무랄 데 없는 일반인의 삶보다 아마 더 활기 넘칠 거야. 그리고 호색가로 살아보는 것이 신비주의자가 되기 위한 최고의 준비 과정 중 하나라고 언젠가 읽은 적이 있어. 선지자가 된 성 아우구스티누스 같은 사람도 그런 경우지. 그 역시 한때는 호색가이자 한량이었거든."

나는 의심이 가득했고, 절대로 그에게 지배당하고 싶지 않았다. 그래서 시들한 목소리로 말했다.

"그래, 각자 취향대로 사는 거지! 솔직히 선지자나 그 비슷한 사람이 되는 것 따위엔 아무 관심 없어."

데미안은 다 안다는 듯 눈을 가늘게 뜨고 나를 바라보았다.

"이봐, 싱클레어." 그리고 데미안은 천천히 입을 열었다. "불쾌한 이야기를 하려던 건 아니었어. 어쨌든 네가 무엇 때문에 술을 마시는지는 우리 둘 다 몰라. 네 안에서 네 삶을 형성하는 것만 이미 알고 있지. 그런 존재가 우리 안에 있다는 걸 알아야 할 거야. 우리 안에 모든 것을 알고 의도하며, 모든 것을 우리 자신보다 더 잘 해내는 존재가 있다는 걸 말이야. 미안하지만 난 이제 집에 가봐야겠다."

우리는 짧게 작별 인사를 했다. 나는 매우 언짢은 기분으로 계속 앉아 술잔을 비웠다. 이만 가려고 일어섰을 때에야 데미안이 이미 술값을 치렀다는 사실을 알았다. 그 때문에 화가 더 치밀어 올랐다.

그 작은 사건이 지금 다시 생각나 뇌리에서 떠나질 않았다. 온통 데미안에 대한 생각으로 가득했다. 그 변두리 술집에서 그가 했던 말이 기억 속에 신기하리만치 생생하게 남아 있었다.

"우리 안에 모든 것을 알고 있는 존재가 있다는 걸 알아야 할 거야!"

창가의 그림은 이제 완전히 빛을 잃은 채 걸려 있었다. 하지만 그림 속 두 눈은 여전히 반짝였다. 그것은 데미안의 시선이었다. 아니면 내 안에 있는 존재였는지도 모른다. 모든 것을 알고 있는 존재.

내가 데미안을 얼마나 그리워했던가! 하지만 그에 대해 아는 것이 없으니 연락할 길이 없었다. 어딘가에서 대학에 다닌다는 것과 그의 어머니는 아들이 고등학교를 졸업하자 우리 마을을 떠났다는 것이 내가 아는 전부였다.

크로머와 있었던 일로 돌아가면서까지 나는 막스 데미안에 대한 모든 추억을 애써 떠올려 보았다. 데미안이 했던 수많은 말이 다시 내 귀에 울렸다. 지금도 여전히 의미 있고 타당하며 내게 영향을 미치고 있는 그 모든 말이! 그리 유쾌하지 않았던 우리의 최근 만남에서 호색가와 선지자에 대해 그가 했던 말도 갑자기 내 영혼 앞에 환히 드러났다. 내게 바로 그런 일이 일어나지 않았던가? 멍하니 술에 취한 채 길을 잃고 불결하게 살던 나! 그러다 완전히 반대편에 있는 새로운 삶의 욕구가 생겨나 순수함을 갈망하고 신성한 것을 그리워하지 않았던가?

그렇게 계속 추억을 좇다 보니 어느덧 밤이 깊고 밖에는 비가 내리고 있었다. 내 기억 속에서도 빗소리가 들렸다. 그때 데미안은 밤나무 아래서 내게 프란츠 크로머 때문이냐고 물으며 내 첫 번째 비밀을 추측해냈다. 등굣길에 나눈 이야기들, 견진성사 수업 때의 일들이 차례로 떠올랐다. 그리고 마지막으로 막스 데미안과의 첫 만남이 떠올랐다. 무엇에 대해 이야기했었지? 기억이 잘 나지 않아 시간을 갖고 찬찬히 생각해보았다. 그러자 그 기억도 다시 떠올랐다. 데미안과 나는 우리 집 앞에 서 있었다. 그가 내게 카인에 대한 생각을 말해준 뒤였다. 그때 데미안은 오래되고 색이 바랜 문장에 대해 이야기했다. 그것은 우리 집 대문 위에 있는, 밑에서 위쪽으로 넓어지는 모양의 쐐기돌에 새겨져 있었다. 그 문장이 자신의 흥미를 끈다며 그런 것에 관심을 가져야 한다고 말했었다.

그날 밤 나는 데미안과 문장에 관한 꿈을 꾸었다. 문장의 모양이 계속 변하고 있었고 데미안이 그것을 손에 들고 있었다. 문장은 회색의 작은 것이었다가 여러 색을 띤 거대한 모양이 되기도 했다. 데미안은 그래도 문장은 언제나 하나이고 모두 같은 것이라고 설명했다. 마지막으로 그는 내게 문장을 먹으라고 요구했다. 그것을 삼키자 끔찍하게도 문장에 새겨져 있던 새가 내 안에서 살아나 부풀어 오르더니 안에서부터 나를 먹어치우고 있다는 것이 느껴졌다. 나는 죽음에 대한 공포로 가득차 펄쩍 뛰며 일어났다.

잠이 완전히 깼다. 한밤중이었고 방 안으로 빗소리가 들렸다. 창문을 닫으려고 일어난 순간 바닥에 있던 무언가 희끗한 것을 밟았다. 아침에 일어나 보니 그것은 내가 그린 그림이었다. 젖은 바닥에 놓인 채 쭈글쭈글해져 있었다. 나는 두꺼운 책에 압지를 끼워 그 사이에 그림을 넣고 눌러놓았다. 다음 날 보니 말라 있었다. 하지만 그림이 변했다. 붉은 입술은 창백하고 얇아졌다. 그것은 이제 데미안의 입술과 똑같았다.

나는 새로운 종이에 문장 속의 새를 그려보기로 했다. 그런데 실제로 어떻게 생겼는지 더 이상 정확히 기억나지 않았다. 설령 가까이서 보더라도 워낙 오래되고 여러 번 덧칠되어서 세세한 부분은 알아볼 수 없을 것이다. 새는 서 있거나 혹은 무언가에 앉아 있었다. 아마 꽃 또는 바구니나 둥지 위, 아니면 나무 꼭대기였을 것이다. 나는 이 부분을 놓고 씨름하는 대신 정확히 떠오르는 것부터 그리기 시작했다. 왠지 모르지만 강렬한 색으로 그리고 싶어서 황금색으로 새의 머리를 칠했다. 기분에 따라 작업을 하다 보니 완성하기까지 며칠이 걸렸다.

이제 날렵하고 당당한 머리를 가진 매 한 마리가 화폭에 담겨 있었다. 푸른색 하늘을 바탕으로 몸의 절반이 짙은 색 지구본 속에 박혀 있는 모습이 마치 거대한 알에서 나오려는 새처럼 보였다. 그림을 오래 보면 볼수록 그것은 점점 더 내 꿈에 나왔던 다양한 색을 지닌 문장과 비슷해졌다.

데미안이 어디에 있는지 알았다 해도 그에게 편지 쓸 엄두는 내지 못했을 것이다. 하지만 그 당시 내가 하는 모든 일에 영향을 미쳤던 꿈결 같은 직관에 따라 데미안에게 새의 그림을 보내기로 마음먹었다. 친구가 받든 못 받든 상관없었다. 그림 위에는 아무것도, 내 이름조차 쓰지 않았다. 화폭 가장자리를 조심스럽게 정리한 뒤 커다란 종이 봉투를 사서 그 위에 친구의 예전 주소를 적었다. 그런 다음 우편으로 부쳤다.

시험이 다가오고 있어서 나는 평소보다 더 학업에 열중했다. 내가 갑작스레 그간의 나쁜 생활 태도를 바꾼 뒤로 선생님들은 다시 나를 너그럽게 받아들였다. 아직도 모범생은 아니지만, 6개월 전만 해도 내가 퇴학당할 위기에 처했었다는 걸 떠올리는 사람은 나를 비롯해 아무도 없었다.

아버지는 이제 나를 탓하지도 으름장을 놓지도 않고 다시 전과 같은 어조로 편지를 보내왔다. 그러나 나는 내 태도가 왜 바뀌었는지에 대해 아버지나 다른 누구에게도 설명하고 싶지 않았다. 이런 변화가 부모님과 선생님들의 소망에 부합한 것은 우연이었다. 이 변화로 인해 나는 다른 무리에 섞이지도, 누군가와 친해지지도 못한 채 더욱 외로워졌을 뿐이었다. 변화는 다른 방향을 향하고 있었다. 그것이 데미안인지 먼 운명인지는 나 자신도 몰랐다. 나는 아직 변하는 중이었으니까 말이다. 변화가 시작된 것은 베아트리체 때문이었지만, 내가 그림과 데미안에 대한 생각으로 한동안 비현실적 세계에 빠져 지내느라 그녀 또한 내 시야와 생각에서 완전히 사라져 버렸다. 설령 내가 원했다 해도, 나는 내 꿈과 기대, 내적 변화에 대해 아무에게도 말할 수 없었을 것이다.

어찌 그것을 원할 수 있었겠는가?

5
새는 알에서 나오려고 투쟁한다

내가 그린 꿈속의 새는 길을 떠나 내 친구를 찾아갔다. 답장은 이상한 방법으로 왔다.

어느 날 쉬는 시간이 끝나고 교실의 내 자리로 돌아와 보니 책 사이에 쪽지가 끼여 있었다. 수업 중 가끔 친구들끼리 몰래 주고받던 쪽지와 똑같은 방식으로 접혀 있었다. 쪽지를 주고받을 만한 친구가 없었던 나는 좀 의아했다. 아무래도 반 아이들이 같이 장난치자고 보낸 것 같았다. 하지만 그런 장난에 동참할 마음이 없었던 나는 쪽지를 펼쳐보지 않고 책 앞에 그냥 두었다. 수업 중에야 우연히 쪽지를 다시 손에 쥐게 되었다.

종이를 만지작거리다가 아무 생각 없이 펴보니 짧은 글이 적혀 있었다. 흘끗 보다가 시선이 한 단어에 머물렀다. 나는 정신이 번쩍 들어 글을 읽었고, 그러는 사이 내 심장은 극심한 추위 속에 있는 것처럼 운명 앞에 쪼그라들었다.

"새는 알에서 나오려고 투쟁한다. 알은 세계다. 태어나려는 자는 한 세계를 파괴해야만 한다. 새는 신에게 날아간다. 신의 이름은 아브락사스다."

나는 이 문장을 몇 번이나 읽은 뒤 깊은 생각에 잠겼다. 의심의 여지 없이 데미안에게서 온 답장이었다. 그와 나를 제외하고 새에 대해 알 만한 사람은 아무도 없었다. 데미안이 내 그림을 받은 것이었다. 그는 그림을 이해했고, 내가 그 의미를 해석할 수 있도록 도와주었다. 그런데 이 모든 것이 어떻게 맞아떨어진 것일까? 그리고 아브락사스가 무엇인가 하는 것이 가장 골치 아팠다. 전혀 들어본 적도, 읽어본 적도 없는 단어였다.

'신의 이름이 아브락사스라니!'

수업을 하나도 듣지 못한 채 시간이 가버렸다. 다음 수업이 시작되었다. 오후의 마지막 수업이었다. 대학을 갓 졸업한 젊은 보조 교사 폴렌 선생님이 수업을 했다. 학생들은 젊고 점잔 빼지 않는다는 이유만으로 폴렌을 좋아했다.

우리는 폴렌 선생님의 지도 아래 헤로도토스를 읽었다. 이 과목은 내가 좋아하는 몇 안 되는 과목 중 하나였다. 하지만 이 날은 제대로 집중할 수 없었다. 습관적으로 책을 펼쳐놓긴 했지만 해석은 따라가지 않은 채 생각에 잠겨 있었다. 어쨌든 견진성사 수업 당시 데미안이 했던 말이 옳았다는 것은 내가 이미 여러 번 경험을 통해 확인한 상태였다. 간절히 원하면 이루어졌다. 수업 도중 내 생각에 깊이 몰두해 있으면 나는 매우 평안해졌고 선생님은 그런 나를 그냥 내버려 두었다. 물론 집중하지 않거나 졸고 있으면 어느덧 옆에 선생님이 서 있었다. 그런 일이 가끔 있었지만, 정말로 집중해서 생각에 빠져 있는 경우는 안전했다. 빤히 쳐다보는 방법도 시험해보았는데 정말 믿을 만했다. 데미안과 함께 있을 때는 잘되지 않았지만, 이제는 시선과 생각으로 할 수 있는 일이 많다는 걸 자주 느꼈다.

그날도 역시 나는 생각에 잠긴 채 헤로도토스와 학교로부터 멀리 떨어져 있었다. 그런데 돌연 선생님의 목소리가 번개 치듯 의식 속으로 들어와 박혔다. 나는 기겁하여 생각에서 깨어났다. 선생님의 목소리가 들렸고 내 옆에 바짝 다가와 있었다. 내 이름을 부른 것도 같았다. 하지만 나를 보고 있지는 않았다. 나는 안도의 숨을 내쉬었다.

그 순간 다시 선생님의 목소리가 들렸다. "아브락사스"라고 큰 소리로 말했다.

시작 부분은 놓쳤지만 나는 폴렌 선생님의 설명에 귀를 기울였다.

"이 고대 종파들과 신비주의 단체들의 견해를 합리주의적 관점으로 보듯 단순하게 생각해선 안 됩니다. 우리가 생각하는 개념의 과학이 고대에는 알려져 있지 않았어요. 그 대신 철학적, 신비주의적 진리에 관한 연구가 고도로 발달했지요. 거기에서 부분적으로 마법과 속임수가 생겨났고, 이것은 빈번하게 사기와 범죄로 이어졌습니다. 하지만 마법도 그 유래는 고귀했으며 심오한 사상을 담고 있어요. 좀 전에 예로 들었던 아브락사스에 대한 가르침도 마찬가지입니다. 이 이름은 그리스의 주술과 연관 지어 언급되기도 하고, 현재까지도 어떤 야만족들이 여전히 섬긴다는 악마들처럼 마법을 부리는 악마의 이름으로 여겨지기도 해요. 우리는 이 이름을 신성한 것과 사악한 것의 결합을 상징적 과제로 삼은 어떤 신의 이름이라고 생각할 수도 있어요."

키가 자그마하고 박식한 이 사내는 열정적이고 훌륭하게 수업을 진행했지만 아무도 주의를 기울이지 않았다. 그 이름이 더 이상 나오지 않자 나도 곧바로 내 안으로 돌아가 정신을 집중했다.

'신성한 것과 사악한 것의 결합'이라는 말이 내 안에 울렸다. 여기에 내가 생각해볼 무언가가 있었다. 이것은 친구로서 가장 최근에 데미안과 나누었던 이야기와 흡사했다. 그때 데미안은 우리가 숭배하는 하느님은 중간에서 분리된 반쪽짜리 세계(그것은 공식적이고 허락된 '밝은 세계'였다)에 불과하다고 말했다. 하지만 온전한 세계를 숭배해야 하므로 하느님이면서 악마이기도 한 신을 모시든가, 하느님과 악마에게 동시에 예배를 올려야 한다고 했다. 그리고 여기 하느님이면서 악마이기도 한 신이 바로 아브락사스였다.

한동안 나는 그 흔적을 찾아보려고 애썼지만 진전이 없었다. 아브락사스에 대한 정보를 찾아 도서관을 온통 뒤지고 다녔으나 헛수고였다. 게다가 이렇게 의도적으로 찾아다니는 방식은 결코 내 성미에 맞지 않았다. 그렇게 찾아낸 진리는 손에 쥔 돌멩이 신세가 되어버리기 일쑤였다.

나를 열렬히 사로잡았던 베아트리체의 모습은 점차 밑으로 가라앉거나 천천히 멀어지더니, 지평선 근처에서 희미하고 창백한 그림자로 남았다. 그녀는 더 이상 내 영혼을 채우지 못했다.

몽유병자처럼 내면에서만 이상하게 맴돌던 내 존재 안에 이제 새로운 것이 형성되기 시작했다. 삶에 대한 갈망, 아니 그보다는 사랑에 대한 갈망이 내 안에 넘쳐났다. 그리고 잠시 베아트리체를 숭배하며 물리칠 수 있었던 성욕이 새로운 모습과 새로운 목표를 요구했다. 내 욕망은 여전히 충족되지 않았다. 그런 갈망을 숨긴 채 친구들이 쾌락을 위해 찾아가는 여자들을 상대로 무언가를 기대하기란 전보다 더 불가능한 일이 되었다. 나는 다시 강렬한 꿈을 꾸었고, 사실은 밤보다 낮에 더 많이 꾸었다. 내면에 피어오른 영상과 모습, 소망으로 인해 나는 바깥 세상에서 떨어져 나왔고, 실제 환경보다는 내면의 이런 영상과 꿈, 그림자와 현실처럼 더 활발히 교류하며 지냈다.

특정한 꿈 또는 상상 하나가 계속 반복되자 나는 그것에 큰 의미를 두게 되었다. 내 삶에서 가장 중요하고 의미심장한 그 꿈의 내용은 이러했다. 나는 아버지의 집으로 돌아갔다. 대문 위 문장에 새겨진 새는 파란색 바탕 위에서 노란색으로 빛나고 있었다. 집 안에 있던 어머니가 나를 맞으러 나왔다. 하지만 집으로 들어가 어머니를 안으려 했을 때 그것은 어머니가 아니라 크고 강한 모습의 낯선 사람이었다. 막스 데미안 혹은 나의 그림과 닮았으면서도 뭔가 달랐다. 강해 보였지만 틀림없는 여성이었다. 이 사람은 나를 끌어당겨 깊고 떨리는 사랑의 포옹을 주었다. 환희와 공포가 뒤섞인 그 포옹은 신에 대한 숭배이면서 동시에 범죄였다. 어머니에 대한 기억과 내 친구 데미안에 대한 기억이 나를 안고 있는 사람과 꽤 많이 겹쳤다. 그녀의 포옹은 모든 숭배에 대한 거역이었고 그럼에도 행복이었다. 나는 때로는 깊은 행복을 느끼며, 때로는 끔찍한 죄라도 지은 것처럼 죽음에 대한 공포와 양심의 가책을 느끼며 꿈에서 깨어났다.

의식하지 못하는 사이에, 이런 내면의 영상과 내가 찾아야 하는 신에 대해 외부에서 얻은 암시 사이에 어떤 결합이 이루어지는 듯 보였다. 결합이 좀 더 단단하고 깊어지면서 나는 이 꿈속 예감이 바로 아브락사스를 불러내는 일이었음을 느끼기 시작했다. 행복과 공포, 남자와 여자가 섞여 있고, 숭고한 것과 끔찍한 것이 뒤엉켜 있으며, 깊은 죄책감이 사랑스러운 순수를 뚫고 스쳐간다. 이것이 내 관능적 꿈에 나오는 영상이었고 아브락사스의 모습이기도 했다. 사랑은 더 이상 내가 처음에 두려워했던 것처럼 어둡고 짐승 같은 욕망이 아니었다. 그리고 베아트리체의 그림에 바쳤던 경건한 영적 숭배도 더 이상 아니었다. 사랑은 둘 다이며 동시에 훨씬 더 많은 것을 의미했다. 천사이면서 악마, 한 몸을 지닌 남자와 여자, 인간이면서 짐승, 가장 고귀한 선이면서 가장 나쁜 악이었다. 이런 사랑을 하며 살도록 정해졌고 이런 사랑을 맛보는 것이 내 운명인 것 같았다. 나는 운명을 동경하면서도 두려워했고 운명을 꿈꾸다가 그 앞에서 도망치기도 했다. 하지만 운명은 항상 거기, 내 위에 있었다.

이듬해 봄이면 김나지움을 졸업하고 대학에 진학해야 했지만 나는 아직 어디에서 무엇을 공부할지 정하지 못했다. 연한 콧수염이 나고 몸은 다 자란 성인이었지만 나는 무력했으며 삶의 목표도 없었다. 확실한 것이라고는 내 안의 소리, 꿈속의 영상뿐이었다. 나는 그것이 이끄는 대로 무조건 따라야 할 것 같았다. 하지만 그러기는 힘든 일이었으므로 나는 날마다 저항했다. 내가 미친 것 같다는 생각이 자주 들었다. 혹시 내가 다른 사람들과 달랐던 것일까? 그래도 다른 애들이 하는 것이면 나도 모두 해낼 수 있었다. 약간의 수고와 노력을 기울여 플라톤을 읽었고 삼각법에 관한 문제들을 풀었으며 화학 분석을 이해했다. 내가 할 수 없었던 단 한 가지는 내면에 어둡게 숨어 있는 목표를 꺼내 내 앞 어딘가에 놓고 바라보는 일이었다. 반면에 다른 애들은 자신이 교수나 판사가 되고 싶은지, 의사나 예술가가 되고 싶은지, 그 목표를 이루는 데 시간이 얼마나 걸릴지, 그 일에 어떤 장점이 있는지를 정확히 알고 있었다. 나는 그러지 못했다. 어쩌면 나도 언젠가 그런 직업들 중 하나를 갖게 되겠지만 알 길이 없었다. 수년간 계속 찾아 헤매다 아무것도 되지 못하고 아무 목표도 이루지 못할 수도 있었다. 설령 목표를 이루었다 해도 그것은 사악하고 위험하며 끔찍한 일일 수도 있었다.

나는 내 안에서 우러나오는 대로 살고자 했을 뿐이다. 그것이 왜 그토록 어려웠을까?

꿈에 나타나는 강인한 사랑의 형상을 그림으로 그려보려고 여러 번 시도했다. 하지만 성공하지 못했다. 만약 그릴 수 있었다면 데미안에게 그림을 보냈을 것이다. 데미안은 어디에 있을까? 나는 알지 못했다. 데미안이 나와 연결되어 있다는 사실만 알았다. 언제쯤 다시 그를 만날 수 있을까?

베아트리체와 함께 여러 주, 여러 달에 걸쳐 누렸던 행복한 고요는 이미 오래전에 끝났다. 당시에 나는 섬에 도착해 평화를 얻었다고 생각했다. 하지만 늘 그렇듯 상황이 나아지고 편안한 꿈을 꾸게 되는 즉시 그런 상황이나 꿈은 곧 시들고 흐릿해졌다. 그것을 두고 한탄해봤자 무슨 소용인가! 나는 이제 채워지지 않는 갈망과 초조한 기대의 불길 속에 살며 가끔씩 사납고 거칠게 굴었다. 나는 꿈속 연인의 모습을 살아 있는 것보다 더 또렷이, 내 손보다도 훨씬 더 분명하게 보았다. 그 모습을 마주한 채 나는 이야기를 나누고 흐느껴 울고 욕설을 퍼부었다. 그것을 어머니라 부르며 그 앞에 무릎 꿇은 채 울었고, 연인이라 부르며 진하고 만족스러운 입맞춤을 기대했고, 악마와 창녀, 흡혈귀와 살인자라고 부르기도 했다. 그것은 나를 꼬여내어 달콤한 사랑의 꿈을 꾸게 했고 악랄한 파렴치한으로 만들기도 했다. 그 모습에는 너무 좋고 소중한 것도, 너무 나쁘고 미천한 것도 없었다.

그 겨울 내내 나는 글로 표현하기 힘든 내적 혼란에 빠져 지냈다. 오래전부터 고독에 익숙해진 터라 외로움에 짓눌리지는 않았다. 그저 데미안과 새 그리고 내 운명이자 연인인 거대한 꿈속 영상과 함께 살았다. 삶 전체가 크고 넓은 공간을 내다보며 아브락사스를 향해 있었으므로 나는 그렇게 사는 데 만족했다. 하지만 이런 꿈과 생각은 내 것이 아니었다. 마음대로 불러낼 수도 없고 원하는 색을 칠할 수도 없었다. 그것들은 내게 와서 나를 장악해버렸고, 나는 그것들에 지배당하며 그것들이 시키는 대로 살았다.

바깥세상에 대해서는 두려울 것이 없었다. 학우들도 내가 아무도 겁내지 않는다는 사실을 알아 은근히 조심스럽게 대했다. 그런 학우들을 볼 때마다 웃음이 나왔다. 원하기만 하면 나는 언제든 학우들의 마음을 꿰뚫어볼 수 있었고, 가끔 그렇게 해서 학우들을 놀라게 하기도 했다. 다만 그러고 싶은 생각이 거의 또는 전혀 들지 않았을 뿐이다. 내가 몰두했던 대상은 언제나 나 자신이었다. 그리고 이제 언젠가 한번은 세상에 내 일부를 내어놓고, 세상과 교류하고 투쟁하며 살아볼 수 있기를 간절히 원했다. 저녁에 거리를 돌아다니다가 자정까지도 불안감에 집으로 돌아갈 수 없을 때면 지금 이 순간 내 연인이 옆 모퉁이를 지나다가 나와 마주치거나 근처 창문에서 나를 부를 것만 같다고 생각했다. 때로는 이 모든 것이 견딜 수 없이 괴로워서 자살하려고 마음먹은 적도 있었다.

그즈음 나는 다른 이들이 흔히 말하듯, '우연히' 희한한 안식처를 발견했다. 하지만 나는 그런 우연을 믿지 않는다. 누군가가 자신에게 몹시 필요한 무언가를 찾아냈다면, 그 무언가는 우연히 거기 있었던 것이 아니다. 그 사람의 열망과 욕구가 그를 거기로 이끈 것이다.

거리를 쏘다니던 중 작은 변두리 교회에서 흘러나오는 오르간 소리를 두세 번쯤 들었다. 하지만 그 자리에 멈춰 서지는 않았다. 그다음 지나칠 때 흘러나오는 음악이 바흐의 곡이라는 걸 알았다. 교회 문으로 가서 보니 잠겨 있었다. 거리에 인적이 드물어서 교회 옆 갓돌에 앉아 옷깃을 세우고 연주에 귀 기울였다. 훌륭하진 않지만 그런대로 괜찮은 오르간에, 연주는 나무랄 데 없이 뛰어났고 기교도 거장의 솜씨에 가까웠다. 게다가 의지와 고집에서 나오는 표현이 독특하면서도 상당히 개인적이어서 마치 기도 소리처럼 들렸다. 연주하는 사람이 이 음악 속에 숨겨진 보석을 알고 있는 것 같았다. 연주자가 자신의 생명이라도 되는 듯 그 보석을 얻기 위해 애원하고 두드리며 애쓰고 있다는 느낌이 들었다. 음악의 기교에 대해서는 잘 모르지만 어릴 적부터 나는 이런 영혼의 표현을 본능적으로 이해했고, 음악을 무언가 자명한 것으로 내 안에 받아들였다.

그 연주자는 현대음악도 연주했다. 레거(막스 레거. 19세기 말에서 20세기 초에 활동한 독일의 작곡가 – 옮긴이)의 곡인 듯싶었다. 교회는 어둑했고 희미한 불빛만이 가까이에 있는 창을 통해 새어 나왔다. 나는 연주가 끝나고 연주자가 나오는 모습이 보일 때까지 이리저리 서성거렸다. 아직 젊은 남자였는데 나보다 나이가 많아 보였다. 각진 어깨에 다부진 체구였다. 힘차면서도 주춤대는 걸음걸이로 빠르게 발을 내디뎠다.

그 뒤로 저녁 시간이면 자주 교회 앞에 앉아 있거나 서성거렸다. 한번은 문이 열려 있기에 안으로 들어가 추위에 떨면서도 행복한 마음으로 30분쯤 신도석에 앉아 있었다. 그동안 위에서는 그 남자가 희미한 가스 불빛 아래서 오르간을 연주했다. 그가 연주하는 음악은 자신을 표현하고 있을 뿐 아니라 모든 곡이 밀접하게 연결되어 숨겨진 맥락을 지니고 있는 듯 보였다. 연주하는 모든 곡이 종교적이고 헌신적이며 경건했지만 교회 신도와 성직자에게서 느껴지는 경건함은 아니었다. 그것은 중세 시대의 순교자와 거지에게서 느껴지는 경건함, 모든 종파를 초월하는 세계의식世界意識에 대한 절대적 헌신을 담은 경건함이었다. 남자는 바흐 이전 음악가들의 곡도 자주 연주했고, 옛 이탈리아 작곡가들의 곡도 연주했다. 그 곡들은 모두 같은 것을 표현했으며 이는 오르간 연주자의 영혼에 있는 것이기도 했다. 그것은 곧 열망이자, 세상에 대한 진정한 이해와 그에 따른 세상과의 무모한 단절이었다. 또 자신의 어두운 영혼에 대한 열정적인 귀 기울임, 헌신에서 비롯된 극도의 흥분, 경이로운 것에 대한 깊은 호기심이었다.

한번은 교회에서 나온 오르간 연주자를 몰래 따라갔는데 멀리 시 외곽에 있는 작은 술집으로 들어가는 모습을 보았다. 나는 참지 못하고 따라 들어갔다. 거기서 처음으로 남자를 또렷이 보았다. 남자는 작은 술집 구석에 놓인 탁자에 앉아 있었다. 검은색 중절모를 쓴 채 주문한 포도주를 앞에 두고 있었다. 얼굴은 예상했던 대로였다. 못생겼고 약간 사나운 인상이었다. 예리하면서 고집이 세고 독단적이며 의지가 굳어 보였지만 입가는 부드럽고 아이 같았다. 남성스러움과 강인함은 모두 눈과 이마에 있었고, 얼굴 아랫부분은 온화하고 미숙하며 제멋대로인 것 같으면서도 다소 부드러워 보였다. 우유부단한 듯 보이는 턱은 이마와 눈빛과는 달리 소년처럼 보였다. 나는 긍지와 적의로 가득 찬 짙은 갈색 눈이 마음에 들었다.

나는 말없이 맞은편 자리에 앉았다. 우리 말고는 손님이 아무도 없었다. 남자가 나를 쫓아버리고 싶다는 눈길로 바라보았다. 그래도 나는 굴하지 않고 빤히 쳐다보았다. 결국 남자가 퉁명스럽게 말을 걸었다.

"뭘 그렇게 쳐다보는 겁니까? 내게 원하는 거라도 있나요?"

"아뇨, 전혀 없습니다." 나는 대답했다. "하지만 전 이미 당신에 대해 많은 것을 알고 있지요."

오르간 연주자가 미간을 찌푸렸다.

"그렇다면 음악 애호가요? 음악에 열광하는 것은 역겨운 일이라고 봅니다."

나는 기죽지 않고 대꾸했다.

"교회에서 당신의 연주를 여러 번 들었습니다. 어쨌든 귀찮게 할 생각은 없습니다. 당신한테서 무언가를 발견한 것 같아서요. 딱히 뭔지는 모르겠지만 뭔가 특별한 것을요. 하지만 신경 쓸 거 없습니다. 교회에 가면 당신 음악을 들을 수 있으니까요."

"언제나 문을 잠가 두는데…."

"최근에 문 잠그는 걸 잊으셨기에 안으로 들어가 앉아 있었습니다. 보통은 밖에서 선 채로 듣거나 갓돌에 앉아서 듣죠."

"그래요? 다음번엔 들어와서 들으세요. 안이 따뜻할 테니. 문을 두드리기만 하세요, 세게. 내가 연주하는 동안엔 말고요. 이제 말해봐요…. 무슨 말이 하고 싶은 거죠? 아직 젊은 걸 보니 고등학생이나 대학생 같은데. 음악가인가요?"

"아니요. 음악을 즐겨 듣습니다. 하지만 당신이 연주하는 종류만 듣지요. 절대적 음악, 누군가가 천국과 지옥을 뒤흔드는 것처럼 느껴지는 음악 말이에요. 생각해보니 제가 음악을 좋아하는 이유는 도덕적이지 않아서인 것 같습니다. 다른 것들은 전부 도덕적이거든요. 저는 도덕적이지 않은 것을 찾고 있었지요. 도덕적인 것은 언제나 괴로움만 안겨주거든요. 잘 표현할 수가 없네요. 당신은 하느님이면서 동시에 악마이기도 한 신이 있어야 한다는 걸 아십니까? 저는 그런 신이 존재했다고 들은 적이 있거든요."

음악가는 챙 넓은 모자를 뒤로 약간 젖혀 짙은 색 머리카락을 널찍한 이마에서 쓸어 넘겼다. 그러고는 나를 뚫어지게 쳐다보더니 테이블 너머 내 쪽을 향해 얼굴을 숙였다.

그가 숨죽인 채 물었다.

"당신이 말하는 신의 이름이 뭐요?"

"유감스럽게도 그에 대해 별로 아는 게 없어서 이름밖에 모릅니다. 아브락사스예요."

음악가는 누가 듣기라도 할까 봐 주변을 의심스러운 눈초리로 둘러보았다. 그런 뒤 다시 내게로 몸을 숙이고 속삭이듯 말했다.

"그럴 줄 알았소. 당신은 누구요?"

"김나지움에 다니는 학생입니다."

"아브락사스에 대해선 어떻게 알게 된 거지?"

"우연히요."

순간 남자가 탁자를 쾅 쳤다. 그 바람에 포도주가 잔에서 튀어 넘쳤다.

"우연히라니! 그런 엉터리… 이봐, 터무니없는 소리 그만해! 아브락사스에 대해 우연히 들을 수 없다는 건 당신도 알 텐데. 내가 더 많은 걸 말해주겠소. 그에 대해서 좀 알고 있으니."

음악가는 말을 멈추고 의자를 뒤로 밀었다. 내가 기대에 가득 찬 눈으로 바라보자 얼굴을 찌푸렸다.

"여기서 말고! 다음번에. 자, 한잔해요!"

남자가 입고 있던 외투 주머니에 손을 넣더니 구운 밤 몇 알을 꺼내 내게 던져주었다.

나는 아무 말 않고 밤을 받아 먹으며 흐뭇한 기분에 잠겼다.

"자, 그럼!" 잠시 후 음악가가 다시 속삭였다. "어디서 알게 된 거요, 그것에 대해서…?"

나는 망설임 없이 대답했다.

"한동안 고독과 절망에 빠져 지낸 적이 있습니다. 그때 몇 년 전부터 알고 지낸, 정말 박식하다고 생각되는 친구 하나가 떠올랐지요. 제가 지구본 속에서 바깥으로 나오려는 새 한 마리를 그려놓은 게 있었는데, 그 그림을 그 친구에게 보냈죠. 얼마 후 답장에 대한 기대를 접어버렸을 무렵 쪽지 하나를 받았어요. 펴보니 이렇게 쓰여 있더군요. '새는 알에서 나오려고 투쟁한다. 알은 세계다. 태어나려는 자는 한 세계를 파괴해야만 한다. 새는 신에게 날아간다. 신의 이름은 아브락사스다.'"

아무 대답도 돌아오지 않았다. 우리는 밤을 까서 포도주와 함께 먹었다.

"한 잔씩 더 하지." 음악가가 입을 열었다.

"아니, 괜찮습니다. 술을 좋아하지 않아서요."

음악가는 약간 아쉬워하며 웃었다.

"좋으실 대로! 나와는 다르군요. 난 여기 좀 더 있을 테니 이제 가보시오!"

다음번 오르간 연주가 끝난 후 나는 그 남자와 함께 걸었다. 음악가는 걷는 동안 내내 말이 별로 없었다. 그는 나를 이끌고 오래된 길에 있는 낡고 웅장한 집으로 들어가 어딘지 모르게 우울하고 적막해 보이는 큼직한 방으로 올라갔다. 피아노를 제외하고는 음악에 관련된 것이 전혀 없었고, 커다란 책장과 책상이 학구적인 분위기를 자아냈다.

"책이 정말 많군요!" 내가 감탄하며 말했다.

"일부는 아버지 서재에서 가져온 거요. 아버지와 같이 살거든. 그래, 젊은 친구. 난 부모님과 함께 살지만 당신을 소개해줄 수는 없소. 여기 이 집에서는 내 지인들을 그리 달가워하지 않거든. 알다시피 난 내놓은 자식이지. 아버지는 이 도시에서 매우 권위 있는 분으로 훌륭한 성직자이자 설교가요. 그리고 역시 알다시피 난 아버지의 재능 많고 촉망받는 아들이지만, 타락해서 정신이 약간 이상해졌지. 난 신학생이었는데 국가시험 바로 전에 그 훌륭한 과목을 포기해버렸소. 그래도 사실 그 분야는 개인적으로 항상 공부하고 있소. 사람들이 제각각 어떤 신들을 만들어내는지가 내겐 늘 중요한 관심거리거든. 아무튼 현재 나는 음악가고 머지않아 오르간 연주가로서 작은 자리를 하나 얻게 될 것 같소. 그럼 또다시 교회에 머물게 되겠지."

나는 작은 탁상 램프의 희미한 빛이 비치는 데까지 책등을 훑어보았다. 그리스어와 라틴어, 히브리어로 된 제목들이 보였다. 그러는 사이 나의 새로운 지인은 벽 가까이 어두운 바닥에 누워 무언가를 하고 있었다.

"이리 와봐요." 얼마 후 음악가가 나를 불렀다. "철학을 좀 해봅시다. 그러니까 입을 다문 채 배를 대고 엎드려 생각하는 거요."

남자는 자신이 누운 곳 앞에 있는 벽난로 속 종이와 땔감에 성냥으로 불을 붙였다. 불길이 치솟았다. 그는 정성스럽게 부채질을 하고 입김을 불어 불씨를 살렸다. 나는 낡은 양탄자에 올라가 그 옆에 누웠다. 남자는 불 속을 응시했고 나도 곧 불 속으로 빨려들었다. 우리는 말없이 한 시간 정도 가물거리는 장작불 앞에 엎드린 채 타오르는 불길을 바라보았다. 불길은 쉭쉭거리다가 뒤틀리며 잦아들었고, 떨리며 깜박거리다가 마침내 난로 바닥에 차분한 불빛으로 침잠해 들어갔다.

어느 순간 남자가 혼잣말로 중얼거렸다.

"불에 대한 숭배가 전혀 터무니없는 발상은 아니었어."

이 한마디 말고는 누구도 말을 꺼내지 않았다. 나는 불길에 시선을 고정한 채 꿈과 고요에 잠겨 연기로 피어오르는 모습과 잿더미 속에 그려지는 영상을 바라보았다. 그러다 화들짝 놀랐다. 음악가가 송진 한 조각을 불 속에 집어 던지자 작고 가느다란 불길이 치솟았다. 그 불길 속에 노란색 매의 머리를 가진 새가 보이는 것이었다. 사그라지는 장작불 속에 황금색으로 빛나는 실들이 모여 그물을 이루었다. 철자와 그림 들이 나타났고, 그 형상들은 얼굴과 동물, 식물, 벌레, 뱀을 연상시켰다. 정신을 차리고 옆을 보니 음악가는 주먹에다 턱을 얹고 완전히 도취되어 잿더미를 바라보고 있었다.

"이제 가봐야겠어요." 내가 나직이 말했다.

"그럼 어서 가요. 안녕!"

그는 일어서지 않았다. 램프도 꺼져 있어서 나는 캄캄한 방과 어두운 복도와 계단을 더듬어가며 그 매혹적이고 오래된 저택을 빠져나왔다. 거리로 나오자 잠시 멈춰 낡은 저택을 올려다보았다. 모든 창에 불이 꺼져 있었다. 놋쇠로 만들어진 작은 문패가 문 앞 가로등 불빛에 반짝였다.

"피스토리우스, 주임 목사." 나는 문패에 적힌 글을 읽어보았다.

집으로 돌아와 저녁을 먹고 내 작은 방에 앉고 나서야 내가 아브락사스나 피스토리우스에 대해 아무것도 알아내지 못했으며, 우리가 나눈 말이 열 마디도 안 된다는 것을 깨달았다. 그러나 피스토리우스의 집을 방문한 것은 무척 만족스러웠다. 게다가 그는 다음번에 아름다운 옛 오르간 연주곡인 북스테후데(디트리히 북스테후데. 바로크 시대의 오르간 연주가, 작곡가 – 옮긴이)의 〈파사칼리아〉(17~18세기에 유행했던 조용한 춤곡 – 옮긴이)를 들려주기로 약속했다.

당시에는 몰랐지만 오르간 연주자 피스토리우스는 내게 첫 수업을 한 것이었다. 우울한 은신처인 자신의 방 벽난로 앞에 나와 함께 엎드린 채 말이다. 불을 바라보는 체험은 내게 이로 웠다. 그 덕분에 내가 항상 지니고 있으면서도 실제로 돌보지 못했던 내 안의 성향들을 강화하고 인정할 수 있었다. 점차 나는 내 성향에 대해 부분적으로나마 더 깊이 이해하게 되었다.

어린아이였을 때조차 나는 신기한 자연현상을 있는 그대로 바라보지 않고 자연의 기묘한 마법, 그 혼란스럽고 깊은 언어에 빠져들곤 했다. 오래되어 울퉁불퉁하고 비틀린 나무뿌리, 바위 속의 유색 돌결, 수면에 떠 있는 기름 방울, 유리에 간 금, 이런 모든 것이 어린 내게는 강력한 마법 같았다. 특히 물과 불, 연기, 구름, 먼지가 그랬으며, 그중에서 제일 신기한 것은 눈을 감았을 때 빙글빙글 돌며 나타나는 총천연색 점들이었다. 피스토리우스의 집을 처음 방문한 후 며칠이 지나자 나는 다시 이런 것들을 기억해내기 시작했다. 타오르는 불을 오랫동안 바라본 덕분에 이후로 계속해서 어떤 새로운 힘과 기쁨, 나 자신에 대한 고양감이 느껴지는 것 같았기 때문이다. 그것은 신기할 정도로 기운을 북돋아 주는 유익한 체험이었다.

이 새로운 체험은 지금껏 나만의 인생 목표를 향한 길에서 접한 몇 안 되는 경험에 추가되었다. 그런 형상들을 응시하며 자연의 부조리하고 혼란스러우며 기이한 형태에 몰두하다 보면, 형태를 만들어내는 의지와 우리의 내면이 일치하는 듯 느껴진다. 우리는 곧바로 이런 느낌을 자신의 변덕으로, 자신의 창작물로 여기고 싶은 유혹을 느낀다. 우리는 우리와 자연 사이의 경계가 흔들리고 녹아 없어지는 것을 보며, 망막에 나타나는 영상이 외부에서 받는 인상인지 내부에서 받는 인상인지 모르는 상태에 익숙해진다. 우리가 얼마만큼 창조적일 수 있고, 우리 영혼이 얼마나 지속적으로 세계 창조에 참여할 수 있는지를 이 연습에서처럼 빠르고 쉽게 알아낼 수 있는 방법은 어디에도 없다. 더 정확히 말하면 우리 안에 그리고 자연 속에는 분리될 수 없는 똑같은 신성이 활동하고 있다. 따라서 만일 외부 세계가 파괴되면 우리 각자가 그것을 다시 세울 수 있을 것이다. 산과 강, 나무와 나뭇잎, 뿌리와 꽃, 자연의 모든 형태가 우리 안에 잠재해 있다가 영혼에서 자라난다. 영혼의 본질은 영원하고 그 본질에 대해 알려진 바는 없지만, 우리에게는 주로 사랑하고 창조하는 힘으로 알려져 있다.

수년 후에야 나는 이 의견이 레오나르도 다빈치의 책에 입증되어 있는 것을 발견했다. 다빈치는 많은 사람들이 침을 뱉은 벽을 바라보며 깊고 완전한 감동을 느낀다고 했다. 축축한 벽에 난 침 자국들 앞에서 피스토리우스와 내가 불 앞에서 느낀 것과 같은 감정을 느꼈던 것이다.

다음번 만남에서 오르간 연주자는 이렇게 설명했다.

"우리는 항상 인격의 경계를 너무 좁게 한정 지어요! 자신의 인격을 다른 사람과 구별되는 것, 유별난 것으로만 떼어 생각한단 말이오. 하지만 우리는 각자가 온전한 세계예요. 우리 몸 안에 진화의 계보가 들어 있어서 물고기였던 때로, 그리고 그보다 더 멀리까지 거슬러 올라갈 수 있는 것처럼, 우리의 영혼 속에는 인간의 영혼이 경험했던 모든 것이 들어 있소. 그리스인에게든 중국인에게든 혹은 줄루족에게든 상관없이 지금껏 존재했던 모든 하느님과 악마는 우리 안에 가능성과 소망, 배출구로서 존재하지. 인류가 멸망하고 교육을 전혀 받아본 적 없는 평범한 아이 하나만 남더라도 그 아이는 세계의 전체 흐름을 다시 찾아내 하느님과 악마, 낙원, 허락된 것과 금지된 것, 구약과 신약, 그 모든 것을 다시 만들어낼 수 있소."

"그렇군요." 나는 이의를 제기했다. "하지만 그런 경우 개인의 가치는 어디에 있는 겁니까? 우리 안에 모든 것이 이미 완벽하게 들어 있는데 계속 노력할 필요가 있을까요?"

"그만!" 피스토리우스가 격하게 외쳤다. "자신 안에 세계를 지니고만 있는 것과 그 사실을 깨닫는 것은 많이 다르지! 미치광이가 플라톤을 연상시키는 생각을 읊조릴 수도 있고, 헤른후

트파(경건주의 운동의 일환으로 현재의 체코인 옛 독일 뵈멘 지방에서 형성된 종파. 개인의 경건한 신심과 성경을 중요시한다 – 옮긴이)의 신앙심 깊은 어린 학생이 영지주의(구원의 방법으로 '앎'을 중시했던 기독교의 교파 – 옮긴이)나 조로아스터교(예언자 조로아스터의 가르침에 기반한 고대 페르시아 종교 – 옮긴이)에 나오는 심오한 신비주의적 관계를 창의적으로 재현해낼 수도 있소. 하지만 그 사실을 전혀 인식하지 못하지! 그것을 인식하지 못하는 한 그는 나무나 돌, 기껏해야 짐승일 뿐이오. 그러다가 그것을 깨닫기 시작하면 그제야 인간이 되는 거요. 직립보행을 하고 9개월간 아이를 잉태한다는 이유만으로 두 발로 걸어다니는 자들을 모두 인간이라고 생각하는 건 아니겠지? 그들 중 얼마나 많은 자들이 물고기나 양, 벌레나 거머리, 개미나 벌인지 알잖소! 현재 그들 각자의 내면에 인간이 될 수 있는 가능성은 있소. 하지만 스스로 그 가능성을 감지하고 부분적으로나마 인식하는 법을 배워야만 그것을 자기 것으로 만들 수 있단 말이오."

우리의 대화는 이런 식이었다. 완전히 새롭거나 놀라운 것은 거의 없었다. 하지만 모든 대화는 아주 사소한 것마저도 부드럽게 계속되는 망치질처럼 내 안의 같은 장소에 들어와 박혔다. 그리하여 내가 자아를 형성하고 살갗을 벗겨내며 알을 깨고 나올 수 있도록 도왔다. 나의 황금빛 새가 깨진 지구본 밖으로 아름다운 머리를 내밀 수 있도록, 망치질이 있을 때마다 나는 매번 고개를 좀 더 높이 자유롭게 치켜들었다.

우리는 서로의 꿈에 대해서도 자주 이야기했다. 피스토리우스는 꿈을 해석하는 법을 알고 있었다. 좋은 예가 하나 생각난다. 어떤 꿈에서 나는 날고 있었다. 하지만 큰 탄력에 의해 공중으로 내던져진 것일 뿐 스스로 비행을 조종할 수는 없었다. 날아오르는 기분은 매우 신났지만 내 의지와 상관없이 위험한 높이로까지 치솟고 있었기에 곧 두려움으로 바뀌었다. 그 순간 나는 숨을 참거나 내쉬면서 상승과 하강을 조종할 수 있다는 사실을 발견하여 살아날 수 있었다.

그 꿈에 대해 피스토리우스가 설명했다.

"당신을 날아가게 만든 탄력은 누구나가 지닌 인류의 큰 자산이오. 모든 힘의 근본과 연관된 느낌이지만 동시에 사람을 두렵게 만드는 일이지! 위험한 저주에 걸려 있으니까! 그 때문에 사람들은 대부분 기꺼이 비행을 단념하고 법을 지키며 안전하게 인도에 머무는 쪽을 택하는 거요. 하지만 당신은 달라요. 용감한 친구들이 그렇듯 당신은 계속 날고 있소. 그리고 보시오, 놀랍게도 점차 비행을 조종할 수 있게 되어 당신만이 지닌 섬세하고도 미약한 힘, 신체 기관, 방향키가 이끄는 대로 보편적이고 거대한 힘을 향해 나아가고 있소! 멋진 일이오. 그런 것 없이 무기력하게 공중으로 날아오르는 것은 미친 자들이나 하는 짓이오. 그들은 인도를 걸어다니는 시민들에 비해 깊은 직관을 지녔을 뿐, 날 수 있는 비결도 모르고 방향키도 없으니 심연으로 곤두박질치고 말지. 하지만 싱클레어, 당신은 할 수 있소! 어떻게? 아직 전혀 모르겠소? 새로운 신체 기관, 호흡 조절기를 이용해서 나는 거요. 그러니 이제 당신의 영혼이 그 깊숙한 곳에서는 얼마나 '개인적'이지 않은지 알 수 있겠지. 사실 영혼이 이 조절기를 발명한 것은 아니오! 새로운 것이 아니란 말이오! 수천 년 전에 있었던 것을 빌린 거지. 그것은 물고기가 균형을 잡기 위해 이용하는 부레요. 그리고 실제로 오늘날에도 물고기 중 특이한 몇몇 원시종들은 부레가 폐 기능을 해서 특정 환경에서는 진짜 공기로 숨을 쉬기도 한다오. 다시 말하면 당신이 꿈속에서 날기 위해 부레로 사용했던 폐와 똑같은 것이오!"

피스토리우스는 동물학 책을 가져와 그 원시 물고기의 이름과 생김새를 보여주기까지 했다. 진화 초기에 생겨났던 신체 기능이 내 안에 여전히 존재한다고 생각하니 묘한 전율이 느껴졌다.

6
야곱의 씨름

    특이한 음악가 피스토리우스가 들려준 아브락사스에 관한 이야기를 다시 짧게 설명할 수는 없다. 다만 그의 가르침 가운데 가장 중요했던 것은 내가 자신에게로 향한 길 위에서 또 한 걸음을 떼었다는 사실이었다. 당시에 나는 열여덟 살 정도 된 평범치 않은 젊은이였다. 여러 면에서 조숙하면서도 다른 여러 면에서는 한참 뒤처지고 무능했다. 동급생들과 비교해보면 나는 자주 도도하고 건방지게 굴었지만, 이에 못지않게 의기소침해지고 부끄러워한 적도 많았다. 나 자신이 천재로 보일 때도 있었고 반미치광이로 보일 때도 있었다. 나는 동급생들의 기쁨과 삶에 동참할 수 없었고, 가끔 그들에게서 소외되어 절망에 빠지고 삶이 폐쇄적이라고 느낄 때마다 자기혐오와 근심에 사로잡히곤 했다.

    그 자신도 어른이면서 괴짜였던 피스토리우스는 내게 용기와 자존심을 갖도록 가르쳤다. 피스토리우스는 언제나 내 이야기와 꿈, 상상과 생각에서 가치 있는 점을 찾아냈다. 그리고 그것들에 대해 진지하게 생각하고 열심히 토론하면서 본보기가 되어주었다.

"당신은 음악이 도덕적이지 않아서 좋다고 말한 적이 있지." 피스토리우스가 말했다. "그럴 수 있소. 하지만 그렇다면 당신 자신도 도덕주의자여서는 안 돼요! 자신을 다른 사람들과 비교하지 마요. 자연이 당신을 박쥐로 창조했다면 당신은 타조가 되고 싶어 하면 안 돼요. 당신은 자신을 특이하다고 생각하고, 다수가 가는 길과는 다른 길을 가는 것에 대해 자책하는데, 그러지 말길 바라오. 불을 보고 구름을 보면서 생각이 찾아들고 영혼 속에 음성이 들리기 시작하면 거기에 따르면 되는 거요. 선생님이나 아버지, 혹은 믿는 신이 당신의 생각을 허락해 줄지, 마음에 들어 할지는 궁금해하지 마요! 그런 의혹은 당신을 망치는 거란 말이오. 그러면 당신은 땅에 뿌리내린 채 화석이 될 거란 말이오. 싱클레어, 우리의 신은 아브락사스예요. 그는 신이면서 악마이고, 밝은 세계와 어두운 세계를 한 몸에 지니고 있어요. 아브락사스는 당신의 생각과 꿈을 모두 인정해요. 그 점을 절대로 잊어선 안 돼요. 그러나 일단 당신이 떳떳하고 평범해지면 그는 당신을 떠날 거요. 당신을 떠나 자신의 생각을 요리할 새로운 그릇을 찾아 나설 거요."

내 모든 꿈들 중 가장 끊임없이 꾸는 것이 저 어두운 사랑의 꿈이었다. 나는 그 꿈을 자주 꾸었다. 새가 그려진 문장 밑을 지나 옛집으로 들어가서 어머니를 안고 싶었지만, 어느새 내 품에는 어머니 대신 반은 남자, 반은 여자처럼 보이는 키가 큰 어머니 같은 여인이 안겨 있었다. 나는 그 여인을 두려워하면서도 불타는 열망으로 그녀에게 이끌렸다. 이 꿈에 대해서는 내 친구에게 아무 말도 할 수 없었다. 다른 이야기는 모두 털어놓아도 그것만은 숨겨두었다. 그 꿈은 내 개인적 공간이자 비밀, 피난처였다.

우울할 때면 피스토리우스에게 북스테후데의 〈파사칼리아〉를 연주해달라고 했다. 그러고는 어스름한 저녁 교회에 앉아 그 묘하고 내면으로 침잠하여 자신을 바라보는 것 같은 음악에 빠져들었다. 이 음악은 매번 도움이 되었고 내가 영혼의 목소리를 옳다고 여기도록 마음먹게 만들었다.

가끔 우리는 오르간 연주가 끝나고도 잠시 더 교회에 앉아 있었다. 그리고 높이 달린 아치형 창을 통해 희미한 빛이 새어 들어왔다가 사라지는 것을 바라보았다.

"내가 한때 신학생이었고 목사가 될 뻔했다는 사실이 우습게 들릴 거요." 피스토리우스가 입을 열었다. "하지만 그것은 내가 저지른 형식상의 오류일 뿐이지. 성직자가 되는 것은 내 소명 혹은 목표니까. 나는 단지 너무 일찍 만족해서 아브락사스를 알기도 전에 여호와를 섬기게 된 것뿐이오. 아, 모든 종교는 아름다워요. 기독교 성찬식에 참석하든, 메카로 성지순례를 떠나든 종교는 영혼이지요."

"그렇다면." 내가 그에 대답했다. "실제로 목사가 될 수도 있었겠네요."

"아니, 싱클레어. 그렇지 않아요. 난 거짓말을 해야 했을 거요. 종교의 역할이 종교답지 않으니까. 종교가 마치 이성理性의 작용처럼 보이죠. 어쩔 수 없는 상황이라면 가톨릭 신부가 될 수는 있었겠지만, 개신교 목사는… 아니야! 내가 그런 사람들을 알아서 하는 얘기인데, 몇몇 독실한 신자들은 문구에만 집착하는 경향이 있소. 그런 그들에게 내가, 예수는 내게 있어 사람이 아니라 영웅이고 신화이며, 인간성이 영원의 벽에 그려져 나타나는 거대한 그림자라고 말할 수는 없을 거요. 그리고 지혜로운 설교를 듣기 위해, 의무를 다하기 위해, 아무것도 놓치지 않으려는 등의 이유로 교회에 가는 사람들에게 내가 무슨 말을 해야 한단 말이오? 그들을 개종시켜야 한다고 생각하나요? 난 그럴 마음이 전혀 없소. 성직자는 개종을 원하는 것이 아니라 단지 믿는 사람들, 자신과 같은 부류에 속해 살고 싶을 뿐이고, 우리가 신을 만들게 된 감정을 전달하며 표현하고 싶은 거요.”

음악가는 잠시 말을 멈췄다.

“이봐요, 친구. 우리가 지금 아브락사스라는 이름을 골라 붙여준 새로운 믿음은 아름다운 거예요. 우리가 가진 최상의 존재지. 하지만 아직은 갓 태어난 생명에 불과해요! 날개도 다 자라지 않은 상태예요. 아, 고독한 종교는 아직 진정한 종교라고 할 수 없소. 공동체가 형성되어야 하고 숭배와 환희, 축제와 종교의식이 있어야 하지.”

피스토리우스는 생각에 잠겨 자신 속으로 가라앉았다.

“종교의식을 혼자서, 아니면 아주 작은 집단으로는 치를 수 없나요?” 내가 머뭇거리며 물었다.

“가능해요.” 피스토리우스가 고개를 끄덕였다. “난 이미 오래전부터 의식을 치러왔소. 들키는 날엔 틀림없이 몇 년간 감옥살이를 하게 되겠지. 하지만 이 의식이 아직은 진짜가 아니란 것도 알아요."

그가 갑자기 내 어깨를 툭 치는 바람에 나는 움찔했다.

"젊은 친구!" 그가 강하게 말했다. "당신도 의식을 치르고 있소. 말해주지 않아도 나는 당신이 꿈을 꾼다고 확신하오. 그 꿈들에 대해 알고 싶진 않소. 하지만 꿈속에서 생활하고 즐기며 그 안에 제단을 지으라는 정도만 말해두지! 그것은 아직 완성되지는 않았어도 방향을 잘 잡은 길이오. 당신과 나, 몇몇 다른 이들이 언젠가 세상을 새롭게 할지 못 할지는 두고 보면 알 수 있겠지. 하지만 매일 우리 안에서 세상을 새롭게 만들지 않는다면 그 일은 절대 이룰 수 없소. 명심해요! 당신은 열여덟 살이오, 싱클레어. 창녀들에게로 달려가선 안 돼요. 사랑을 꿈꾸고 사랑을 갈망해야 하오. 어쩌면 그런 꿈과 갈망이 생겨 두려워하고 있는지도 모르겠군요. 두려워하지 마시오! 그것들은 당신이 가진 것 중 최고예요! 내 말을 믿어요. 당신 나이였을 때 나는 사랑의 꿈을 억누르다 많은 것을 잃었소. 그러면 안 돼요. 아브락사스에 대해 아는 사람이라면 더더욱! 아무것도 두려워 말고, 우리 안의 영혼이 원하는 바를 금지된 것으로 여기지 말아야 해요."

나는 놀라서 반박했다.

"하지만 마음에 떠오르는 것을 모두 행동으로 옮길 수는 없잖아요! 어떤 사람이 싫다는 이유만으로 그를 죽일 수는 없잖아요."

피스토리우스가 내게 더 가까이 다가왔다.

"경우에 따라서는 그럴 수 있소. 대부분 실수에 불과하지만.

모든 일을 단순히 머릿속에 떠오르는 대로 하라는 뜻은 아니오. 하지만 그 자체로 충분한 의미가 있는 이 생각들을 쫓아버리고 거기에 도덕적 잣대를 들이대서 위험한 상황을 만들진 말아야 한다는 거요. 자신이나 다른 누군가를 십자가에 못 박는 대신 엄숙한 마음으로 성배에 따른 포도주를 마시면서 희생의 신비에 대해 명상을 해볼 수 있지. 그런 행위 없이도 존경과 사랑으로 자신의 욕구와 유혹이라 일컫는 것들을 다룰 수 있소. 그러면 욕구와 유혹의 의미가 드러나게 되지. 그것들은 모두 의미를 지니고 있으니까. 다시 한번 무언가 터무니없거나 나쁜 생각이 들거든 싱클레어, 다시 말해 누군가를 죽이고 싶다거나 끔찍한 일을 저지르고 싶거든 잠시 멈추고, 그것은 아브락사스가 당신 안에서 상상을 하는 거라고 생각하시오! 당신이 죽이고 싶은 사람은 결코 아무개 씨가 아니라 위장한 존재일 뿐이오. 만약 우리가 어떤 사람을 미워한다면, 이는 상대의 모습에서 우리 자신 안에 있는 무언가를 보았기 때문이오. 우리 안에 들어 있지 않은 것이 우리를 괴롭히는 법은 없으니까.”

피스토리우스의 이야기 중에 이처럼 내 안 깊숙이, 은밀한 곳까지 와 닿았던 말은 없었다. 나는 대답할 수 없었다. 가장 충격적이고 의아했던 점은 이 충고가 수년 동안 내 안에 새겨왔던 데미안의 말과 일치한다는 것이었다.

“우리가 보는 것은 우리 안에 있는 것과 같은 것이오.” 피스토리우스가 다시 조용히 말을 이었다. “우리가 내면에 지니고 있는 것 외에 다른 현실은 없소. 사람들이 대부분 비현실적으로 살아가는 이유는 겉모습을 현실로 여기면서 내면에 있는 자기만의 세계가 아무 말도 못 하게 만들기 때문이오. 그렇게 사는 것이 행복할 수도 있겠지. 하지만 일단 다른 길에 대해 알고 나면 대다수가 가는 길은 더 이상 선택할 수 없게 되오. 싱클레어, 많은 이들이 가는 길은 쉽지만 우리의 길은 어려워요. 우리 함께 가봅시다."

피스토리우스를 기다리다 두 차례 허탕을 치고 난 며칠 뒤의 저녁 무렵에 거리에서 그와 마주쳤다. 피스토리우스는 차가운 밤바람에 떠밀리기라도 하듯 홀로 술에 취해 비틀거리며 골목을 돌아 나왔다. 그를 부르고 싶지 않았다. 음악가는 나를 보지 못한 채 스쳐갔다. 마치 낯선 이의 어두운 외침을 따라가기라도 하듯 고독하고 이글거리는 눈빛으로 앞을 응시하고 있었다. 나는 그를 쫓아 거리를 내려갔다. 피스토리우스는 보이지 않는 줄에 이끌리듯 광적이지만 진이 빠진 걸음걸이로 유령처럼 배회했다. 나는 울적한 기분에 젖어 집으로, 실현되지 않은 내 꿈들에게로 돌아갔다.

'그는 그런 식으로 자기 안의 세계를 새롭게 만드나 보군!' 이런 생각이 듦과 동시에 내 이 생각이 저급하고 도덕적으로 느껴지기도 했다. 그의 꿈에 대해 나는 무엇을 알고 있었나? 어쩌면 내가 겁에 질려 걷는 길보다 피스토리우스가 술에 취해 걷는 길이 더 확실했는지도 모른다.

교실에서 쉬는 시간에 동급생 하나가 이따금 나에게 다가오고 싶어 하는 것을 눈치챘다. 내가 한 번도 주의를 기울이지 않았던 친구였다. 조그맣고 마르고 섬약해 보이는 그 청년은 가늘고 붉은 기가 도는 금발 머리를 갖고 있었고, 눈빛과 행동이 약간 독특했다. 어느 날 저녁 하굣길에 그 동급생이 길에서 나를 기다리며 흘끗거리고 있었다. 내가 지나가도록 가만히 있더니 다시 나를 따라왔다. 기숙사 대문 앞에 이르러 우리 둘은 함께 멈춰 섰다.

"내게 뭐 원하는 거라도 있어?" 내가 먼저 물었다.

"그냥 너와 한번 얘기해보고 싶었어. 괜찮다면 같이 좀 걷고 싶은데…" 그 애는 떨리는 목소리로 대답했다.

그 아이를 따라가면서 나는 그 애가 매우 들뜨고 기대에 부풀어 있다는 걸 느꼈다. 그의 손이 파르르 떨리고 있었다.

"넌 심령술사니?" 그 애가 불쑥 물었다.

"아니, 크나우어." 내가 웃으며 말했다. "전혀 아니야. 그런데 왜 그렇게 생각하지?"

"그럼 신지론자神智論者(신을 체험하거나 신과의 합일에 의해서 신을 직관적으로 인식할 수 있다고 주장하는 신지론을 믿는 사람 - 옮긴이)야?"

"그것도 아닌데."

"제발, 그렇게 감추지 마! 너한테 뭔가 특별한 점이 있다는 걸 알고 있어. 눈에도 나타나 있지. 영혼과 교류하고 있는 것이 확실해. 호기심에서 묻는 게 아니야, 절대로! 너도 알다시피 나 역시 탐구자이고 외톨이야."

"얘기해봐!" 나는 그에게 용기를 북돋아 주었다. "나는 영혼에 대해선 전혀 모르고 그저 꿈속에 살고 있을 뿐이야. 아마 네가 그걸 느꼈나 봐. 다른 사람들도 꿈속에 살긴 하지만 그들 자신의 꿈은 아니지. 그게 차이점이야."

"그래, 그럴지도 모르지." 크나우어가 속삭였다. "어떤 종류의 꿈속에 사느냐에 따라 다를 거야. 혹시 백마술(선善을 목적으로 행하는 마술 – 옮긴이)에 대해 들어봤어?"

나는 모른다고 대답할 수밖에 없었다.

"거기서는 자신을 통제하는 법을 배울 수 있어. 영원히 살 수도 있고, 주술도 걸 수 있지. 그런 연습 해본 적 없어?"

그 방법에 대해 내가 호기심 어린 질문을 던지자 크나우어는 비밀스러운 태도를 취했다. 결국 내가 그만 가야겠다며 돌아서고 나서야 털어놓았다.

"예를 들어 잠들거나 집중하고 싶을 때 나는 그런 방법들 중 한 가지를 시도해. 단어나 이름, 기하학적 문양 따위를 생각하는 거야. 그러고 나서 그것을 속으로 최대한 열심히 생각해. 머릿속으로 그것이 느껴질 때까지 상상하지. 그런 다음 그것이 목에 있다고 생각하고 그런 식으로 내가 그것으로 가득 찰 때까지 계속하는 거야. 그러면 나는 아주 단단해져서 더 이상 아무 방해도 받지 않게 돼."

나는 그의 말뜻을 대충 이해했다. 그래도 여전히 크나우어가 하고 싶은 말은 따로 있는 것 같았다. 평소와 달리 흥분해서 서두르고 있었기 때문이다. 나는 그를 편하게 해주려고 애썼다. 오래지 않아 크나우어가 자신의 진짜 관심사를 꺼냈다.

"너도 자제하고 있니?" 크나우어가 머뭇거리며 물었다.

"무슨 말이야? 성욕?"

"응, 맞아. 난 그 방법을 배운 후로 2년째 금욕 생활을 하고 있어. 이전에는 부도덕한 짓을 저질렀지만. 너도 무슨 뜻인지 알 거야. 그러니까 넌 여자랑 함께 있어본 적이 전혀 없어?"

"응." 내가 대답했다. "나와 맞는 여자를 찾지 못했어."

"그럼 너와 맞다고 여겨지는 여자를 만나면 같이 잘 거야?"

"그럼, 물론이지. 그 여자만 괜찮다면." 내가 조롱 섞인 목소리로 대답했다.

"아, 그러면 안 돼! 완벽히 금욕 상태에 머물러야만 내면의 힘을 키울 수 있어. 나는 2년 동안 그런 상태로 지냈지. 2년하고도 한 달이 좀 넘었구나! 얼마나 힘들다고! 때로는 더 이상 견딜 수 없을 것 같기도 해."

"이봐, 크나우어, 내 생각엔 금욕이 그 정도로 끔찍이 중요한 것 같지는 않아."

"다들 그렇게 말한다는 건 알아." 크나우어가 말을 막았다. "하지만 너는 그러지 않을 줄 알았는데. 숭고한 영혼의 길을 가고자 하는 사람은 순수하게 남아 있어야 해, 반드시!"

"그래, 그럼 그렇게 해! 하지만 난 성욕을 참는 사람이 왜 다른 사람보다 더 '순수'한지 모르겠다. 아니, 더 정확히 말하면 너는 모든 생각과 꿈에서도 성욕을 제거할 수 있어?"

내 동급생은 절망에 찬 눈으로 나를 바라보았다.

"아니, 바로 그게 문제야! 젠장, 그래도 우리는 그래야만 해. 밤이면 꿈을 꾸지만 그 내용은 나 자신에게조차 설명할 수 없어! 소름 끼치는 꿈이라고!"

나는 피스토리우스가 해준 말이 생각났다. 하지만 아무리 그의 말이 옳다고 해도 그것을 다른 사람에게 전할 수도 없었고 조언을 해줄 수도 없었다. 그 조언은 내 경험에서 나온 것이 아니었으며 나 자신도 아직 그 조언을 따를 수 없을 것 같았기 때문이다. 나는 그저 가만히 있으면서 누군가 내게 조언을 구하는데 아무 말도 해줄 수 없다는 사실에 부끄러움을 느꼈다.

"모두 해봤어!" 크나우어가 내 옆에서 한탄했다. "찬물과 눈雪도 이용해보고, 체조와 달리기도 해보고, 할 수 있는 건 다 해봤지만 소용없었지. 매일 밤 나는 절대로 생각해선 안 될 꿈을 꾸다 깨어났어. 끔찍한 건, 꿈을 꾸면서 점차 내가 영혼에 대해 배웠던 것들을 도로 잊어버리기 시작했다는 거야. 더 이상 집중하거나 잠들기가 쉽지 않았고, 어떤 때는 밤새 깬 채로 누워 있었지. 이런 식으로는 더 오래 버틸 수가 없어. 하지만 결국 내가 싸움에서 지고 포기해서 순수한 모습을 잃게 된다면, 나는 싸워보지 않은 다른 이들보다 더 나쁜 사람이 되는 거야. 이해할 수 있겠어?"

나는 고개를 끄덕였지만 해줄 말이 없었다. 크나우어가 하는 말이 지루해지기 시작했다. 그의 분명한 고난과 절망을 별로 심각하게 여기지 않는 내가 놀라울 따름이었다. 도와줄 수 없다는 느낌이 전부였다.

"내게 해줄 말 없어?" 지치고 우울해진 크나우어가 마침내 입을 열었다. "아무것도? 방법이 있을 거 아냐! 너는 어떻게 해?"

"아무 말도 해줄 수 없어, 크나우어. 서로 도울 수 있는 문제가 아니야. 나 역시 누구의 도움도 받지 않았어. 자신에 대해 떠올려 보고 마음속으로 정말 원하는 것을 하면 돼. 다른 것은 없어. 스스로 알아내지 못하면 너는 그 어떤 영혼도 발견할 수 없을 거야."

그 조그마한 녀석은 말을 뚝 끊고 실망한 표정으로 나를 바라보았다. 그러더니 돌연 눈빛이 증오로 이글거렸다. 그리고 내게 인상을 쓰고는 악에 받쳐 소리 질렀다.

"아, 너 정말 훌륭한 성자로구나! 너도 타락했다는 거 알아! 현명한 척하면서 몰래 나나 다른 애들과 마찬가지로 오물에 들러붙어 있지! 너는 돼지야. 나와 같은 돼지라고! 우리 모두 돼지야!"

나는 크나우어를 내버려 둔 채 자리를 떴다. 그 애는 두세 걸음 따라오다가 멈추고는 몸을 돌려 달려갔다. 안쓰러움과 역겨움에 속이 울렁거렸다. 이 느낌은 기숙사로 들어와 조그마한 내 방에 붙여둔 몇몇 그림에 둘러싸인 채 꿈을 향해 맹렬한 기세로 빠져들 때까지 사라지지 않았다. 곧 내 꿈이 다시 찾아와 고향집 대문과 문장, 어머니와 낯선 여인이 나타났다. 여인의 모습이 너무나 또렷해서 나는 그날 밤부터 그 여인을 그리기 시작했다.

의식 없이 꿈에 잠겨 15분 만에 스케치한 그림이 완성되기까지 며칠이 걸렸다. 그날 저녁에 나는 그림을 벽에 걸고 전등을 그 앞으로 가져다 놓았다. 그리고 마치 승부가 결정 날 때까지 씨름해야 할 천사를 마주하듯 그림 앞에 섰다(〈창세기〉에 나오는 야곱과 천사의 씨름에 비유한 표현 – 옮긴이). 그림 속 얼굴은 이전 그림과 비슷했다. 내 친구 데미안과도 닮았으며 나 자신과도 비슷한 구석이 있었다. 한쪽 눈이 다른 쪽에 비해 유난히 높이 있었고, 운명으로 가득 차 무표정하게 굳어 있는 시선은 내 위쪽으로 지나쳐 사라졌다.

그림 앞에 서 있는 나는 내면의 긴장으로 인해 가슴속까지 서늘해지는 느낌이었다. 그림 앞에서 나는 질문하고 비난하고 애무하고 빌었다. 그림을 두고 어머니, 연인, 창녀와 음탕한 여자, 아브락사스라고 부르기도 했다. 그러던 중 피스토리우스에게 들었던 말이 떠올랐다. 아니, 데미안에게 들었던가? 언제 들었는지 정확히 기억할 수는 없지만 그 말이 다시 들리는 것 같았다. 야곱이 하느님의 천사와 씨름을 벌인 이야기 가운데 '내게 축복을 내리지 않으면 당신을 보내주지 않겠다'는 말이 있었다.

불빛에 비친 그림 속 얼굴은 기도할 때마다 바뀌었다. 밝게 빛나다가 검고 어두워졌으며, 죽어 있는 눈 위로 창백한 눈꺼풀을 닫았다가 다시 눈을 떠 불타는 눈길을 보냈다. 여자였다가 남자였다가 소녀이기도 했다. 어린아이와 짐승의 모습도 있었고 얼룩처럼 흐릿해졌다가 다시 크고 뚜렷해졌다. 결국 나는 내면의 강한 명령에 따라 눈을 감고 마음속으로 그림을 보았다. 그림은 더욱 튼튼하고 강해져 있었다. 나는 그 앞에 무릎 꿇고 싶었지만 그림이 내 안을 너무 많이 차지해버려 그림과 나 자신을 분간할 수 없었다. 마치 그림이 온전히 내가 된 것 같았다.

그때 나는 봄 폭풍이 몰려오듯 어둡고 묵직하게 으르렁대는 소리를 들었다. 두려움과 체험이 함께 빚어낸 형언할 수 없이 새로운 느낌에 몸을 떨었다. 별들이 내 앞에서 반짝 빛나고는 소멸했다. 잊고 있었던 어린 시절의 맨 처음 기억과, 그보다 더

멀리, 존재하기 이전과 진화의 초기 단계로까지 거슬러 올라
간 기억이 휘몰아치듯 지나갔다. 내 삶 전체를 가장 은밀한 부
분까지 반복하는 듯 보이는 그 기억들은 어제와 오늘로 그치지
않았다. 계속 나아가서 미래를 반영했으며, 나를 현재에서 떼
어내 삶의 새로운 형태 안으로 들여보냈다. 그 새로운 삶의 형
태는 엄청나게 밝고 눈부셨지만 나중에는 아무것도 제대로 기
억할 수 없었다.

밤중에 깊은 잠에서 깨어나 옷을 입은 채 침대에 모로 누워
있었다. 불을 켜면서 기억해내야 할 중요한 게 있다고 느꼈지
만, 지난 몇 시간 동안 무슨 생각을 했는지 도무지 알 수 없었
다. 불을 켜고 나자 기억이 점차 돌아왔다. 나는 그림을 찾아보
았다. 그림은 벽에도 걸려 있지 않았고 책상 위에도 없었다. 그
순간 내가 그림을 태워버리던 기억이 어렴풋이 떠올랐다. 아
니면 그림을 손에 들고 태워서 그 재를 삼켜버린 것은 꿈에서
였나?

큰 불안이 엄습했다. 나는 모자를 쓰고 강박에 짓눌린 듯 기
숙사 밖 골목으로 나섰다. 태풍에 떠밀려 다니는 사람처럼 거
리와 광장을 뛰어다녔다. 어둑한 친구의 교회 앞에 멈춰 귀를
기울였고, 어두운 욕망에 이끌려 뭔지도 모르는 것을 찾고 또
찾았다. 사창가가 있는 변두리 지역도 걸어다녔다. 그곳에는
아직 여기저기 불이 켜져 있었다. 더 외곽으로 벗어나니 군데
군데 잿빛 눈이 쌓인 새 건물과 벽돌 더미가 나타났다. 이상한
충동에 지배당한 채 몽유병자처럼 그 황량한 지역을 돌아다녔
다. 그러다 보니 나를 괴롭히던 크로머가 처음으로 내 돈을 뜯

어갔던 고향 마을의 공사장이 떠올랐다. 컴컴한 밤에 그때와 비슷한 건물이 여기 내 앞에 서서 문이 들어설 검은 구멍을 쩍 벌리고 있었다. 구멍은 나를 끌어들였다. 나는 비켜서려다 모래와 자갈 위로 자빠졌다. 하지만 끌어들이는 구멍의 힘이 너무 세서 그 안으로 들어가고야 말았다.

판자와 깨진 벽돌을 밟고 휘청거리면서 황량한 공간으로 들어서니, 축축한 냉기와 돌 냄새가 희미하게 퍼져 있었다. 모래 더미와 밝은 회색 얼룩을 제외하고는 모든 것이 어두웠다.

그때 겁에 질린 목소리가 외쳤다.

"맙소사, 싱클레어! 어디서 오는 거야?"

어둠 속에서 웬 사람이 내 옆에서 벌떡 일어섰다. 유령처럼 작고 마른 남자였다. 나는 머리가 쭈뼛 섰지만 그 남자가 동급생 크나우어라는 걸 알아차렸다.

"어떻게 여기까지 온 거야? 어떻게 날 찾아냈지?" 크나우어는 흥분해서 정신없이 물었다.

나는 이해가 가질 않았다.

"널 찾으러 온 게 아니야." 나는 멍한 목소리로 대답했다.

꽁꽁 얼어붙은 듯 생기 없고 묵직한 입술에서 한 마디 한 마디가 간신히 흘러나왔다.

크나우어가 나를 뚫어지게 바라보았다.

"찾지 않았다고?"

"응. 무언가가 나를 이리로 이끌었어. 네가 나를 불렀니? 네가 불렀나 보구나. 대체 여기서 뭐하는 거야? 그것도 밤중에."

크나우어가 가느다란 팔로 세차게 나를 붙들며 말했다.

"그래, 밤이지. 곧 아침이 될 테고. 싱클레어, 날 잊지 않았구나! 날 용서해주겠니?"

"대체 뭘?"

"내가 너한테 불쾌하게 굴었잖아!"

그제야 우리의 대화가 기억났다. 네댓새 전이었나? 그 이후의 삶은 다 지나가 버린 것 같았다. 하지만 이제 갑자기 모든 것을 깨달았다. 우리 사이에 일어났던 일뿐만 아니라 내가 왜 여기로 왔고, 크나우어가 이 시 외곽에서 무엇을 하려 했는지도.

"자살하고 싶었던 거지, 크나우어?"

크나우어는 추위와 두려움으로 떨고 있었다.

"응, 그러고 싶었어. 정말 죽을 수 있었을지는 모르겠어. 아침까지 기다려보던 중이었지."

나는 크나우어를 공터로 데려갔다. 지평선 위의 첫 새벽빛이 잿빛 대기 속에서 극도로 차갑고 생기 없이 희미하게 비치고 있었다.

나는 그의 팔을 잡고 잠시 걸었다. 그리고 말했다.

"이제 집으로 가. 누구에게든 아무 말도 하지 말고! 넌 잘못된 길로 들어섰던 거야, 잘못된 길! 우리는 네가 생각하는 것처럼 돼지가 아니야. 인간이라고. 우리가 신들을 만들어내서 그들과 씨름을 벌이면 신들은 우리를 축복해주지."

우리는 말없이 계속 함께 걸었다. 기숙사에 돌아왔을 때는 날이 밝아 있었다.

그 시절 성 ○○시에서의 나머지 기간 중 제일 좋았던 것은 오르간이나 난롯불 앞에서 피스토리우스와 함께 보낸 시간들이었다. 우리는 그리스어로 쓰인 아브락사스에 관한 글을 같이 읽었다. 그는 베다(고대 브라만교 경전 – 옮긴이)의 번역본에서 발췌한 구절들을 내게 읽어주었고, 성스러운 '옴Om' 소리를 내는 법도 가르쳐주었다. 그렇지만 나의 내면을 키워준 자양분은 이런 박식함이 아니라 오히려 그 반대였다. 자아를 찾아 좀 더 전진하고, 나의 꿈과 생각, 직관을 더 강하게 확신하고, 내면의 힘에 대해 한층 폭넓게 인식하게 되면서 나는 더욱 성장할 수 있었다.

피스토리우스와 나는 모든 면에서 서로를 이해했다. 생각을 집중하기만 하면 그가, 또는 그가 보낸 소식이 내게로 온다고 확신할 수 있었다. 데미안과 마찬가지로 함께 있지 않아도 나는 피스토리우스에게 무엇이든 물어볼 수 있었다. 그를 마음속에 확실히 상상한 다음 정신을 강하게 집중해서 질문하기만 하면 됐다. 그러면 질문에 쏟아부은 내 영혼의 힘이 모두 답이 되어 돌아왔다. 다만 내가 상상하는 것은 피스토리우스나 데미안이라는 인물이 아니라 꿈을 꾼 뒤 그렸던 영상, 내가 데몬이라고 부를 수밖에 없는 남자이면서 여자인 꿈속 영상이었다. 그것은 이제 더 이상 내 꿈속에만 살거나 종이 위에만 그려져 있지 않았다. 그 대신 나 자신이 소망하는 모습이자 나 자신을 고양시키는 모습으로 내 안에 머물러 있었다.

자살 미수로 인해 맺어진 크나우어와의 인연은 기이하면서도 때로는 우스웠다. 내가 그에게 보내졌던 그날 밤 이후 크나우어는 충직한 하인이나 개처럼 내게 바싹 붙어 다녔다. 내 삶에 자신의 삶을 엮으려 하며 내 말에 무조건 복종했다. 놀라운 질문과 소망 들을 내게 말했고, 영혼이 보고 싶다거나 카발라(중세 유대교의 신비주의 – 옮긴이)를 배우고 싶다고도 했다. 그런 것들을 전혀 모른다고 해도 크나우어는 내 말을 믿으려 들지 않았다. 그 애는 내게 막강한 힘이 있다고 여겼다. 하지만 신기하게도 크나우어가 가끔씩 묻는 놀랍고도 엉뚱한 질문들이 내 안에 있는 수수께끼의 매듭을 풀어주기도 했다. 그의 기발한 생각과 관심사가 수수께끼를 풀기 위한 핵심 단어와 실마리를 제공해주는 것이다. 귀찮아서 명령하듯 쫓아버린 적도 있었다. 그렇긴 해도 크나우어 역시 내게로 보내졌다는 걸 느꼈다. 내가 그에게 주었던 것이 그에게서 두 배로 커져 내게 돌아왔으며, 그도 내게 있어 인도자 혹은 길이라는 느낌이 들었다. 크나우어가 구원을 찾았다며 가져오는 터무니없는 책이나 이런 저런 글에서 나는 당장에 깨달을 수 있었던 것보다 더 많은 가르침을 얻었다.

이후에 이 크나우어라는 친구는 내가 느끼지 못하는 사이에 내 길에서 사라졌다. 그와는 논쟁이 필요치 않았다. 하지만 피스토리우스는 달랐다. 성 ○○시에서 보낸 학창 시절이 끝날 무렵 나는 이 친구와 또 한 번 이상한 체험을 했다.

악의 없는 사람들조차 살면서 한 번 이상은 존경과 감사라는 아름다운 미덕과 갈등을 겪지 않을 수 없다. 어느 시점이 되면 우리는 모두 발걸음을 떼어 아버지와 선생님으로부터 독립해야 한다. 우리는 모두 잔인한 고독에서 무언가를 느껴야 하지만, 사람들은 대부분 고독을 제대로 견디지 못하고 곧 다시 기어 돌아온다. 부모님과 그들의 세계, 내 아름다운 어린 시절의 '밝은 세계'로부터 나는 격하게 몸부림치며 떨어져 나온 것이 아니라 천천히, 거의 깨닫지 못하는 사이에 멀어지고 낯설어졌다. 고향을 방문해서 불쾌하게 지낼 때가 많아져 아쉽기는 했지만 가슴 아플 정도는 아니었고 그럭저럭 견딜 만했다.

그러나 관습에 따라서가 아니라 스스로 원해서 사랑과 존경을 주었던 곳, 진심으로 동료이자 친구가 되었던 그곳에서, 우리 안의 주도적 흐름이 이 사랑스러운 이들에게서 떨어져 나오려 함을, 그럴 수밖에 없다는 것을 갑자기 깨닫게 된다면 참혹하고 무시무시함을 느끼기 마련이다. 그때 친구와 선생님을 거부하는 모든 생각은 우리 자신의 심장에 독화살을 겨누고, 방어하기 위해 가한 모든 타격은 자신의 얼굴을 때리고 만다. 그럴 때 자신 안에 건전한 도덕을 지녔다고 여기는 사람은 '배반'과 '배은망덕'이라는 수치스러운 야유와 오명이 꼬리표처럼 달리게 된다. 놀라고 겁에 질린 채 그는 어린 시절의 미덕이 자리한 아름다운 계곡으로 도망치려 한다. 그리고 이런 불화가 생길 수 있다는 걸, 이런 관계가 끊어질 수도 있다는 걸 믿을 수없어 한다.

시간이 흐르면서 내 친구 피스토리우스를 무조건적인 인도자로 여기는 것에 대해 내 안에 반감이 일기 시작했다. 청년기에서 가장 중요한 몇 개월 동안 내가 체험한 것은 그와의 우정, 그의 조언과 위로, 그와 함께하며 느낀 친밀감이었다. 신은 피스토리우스를 통해 내게 말했다. 내 꿈들은 그의 입에서 나와 내게로 되돌아오며 뚜렷하고 명확해졌다. 그는 나 자신에 대한 신념을 심어주었다. 아, 그런데 지금 나는 피스토리우스에 대한 반감이 천천히 일고 있는 것을 느낀다. 그의 말에는 지나치게 많은 교훈이 담겨 있었고, 그가 완벽히 이해하는 것은 나의 일부분일 뿐이라는 생각이 들었다.

우리 사이에는 아무 일도, 아무런 논쟁도, 불화나 금전 문제도 전혀 없었다. 나는 그저 악의 없이 단 한 마디를 던졌을 뿐이었다. 그런데 바로 그 순간에 우리 사이의 환상이 오색찬란한 조각들로 산산이 부서지고 말았다.

이미 얼마 동안 그런 예감에 짓눌려 지내던 중 어느 일요일 친구의 낡은 서재에서 그 예감은 뚜렷한 감정으로 드러났다. 우리는 불 앞 바닥에 엎드려 있었다. 피스토리우스는 자신이 공부하고 있는 신비 의식과 종교의 형태에 관해 이야기하며 그것들의 가능한 미래를 그려보는 일에 몰두해 있었다. 하지만 그 모든 것이 내게는 궁금하고 흥미롭기만 할 뿐 중요해 보이지는 않았다. 박식함을 자랑하며 지나간 세계가 남긴 폐허를 지루하게 뒤지고 있는 것만 같았다. 그러면서 문득 신비주의의 추종이니, 전통적 종교 형태로 모자이크 맞추기니 하는 말들에 온통 반감이 생겨났다.

"피스토리우스." 나는 불쑥 입을 열었는데, 나 자신도 놀라고 당황할 만큼 적의가 드러나 있었다. "언젠가 내게 다시 꿈 이야기를 해주겠다고 했죠? 당신이 밤에 꾸는 진짜 꿈 말이에요. 지금 당신이 하는 말은 지긋지긋한 구닥다리 같아요!"

피스토리우스는 지금껏 내가 그런 식으로 말하는 것을 한 번도 들어보지 못했다. 그 순간 부끄러움과 공포가 번개처럼 스쳐가며 나는 깨달았다. 내가 쏜 화살, 그의 심장을 명중시킨 그 화살은 바로 피스토리우스 자신의 무기고에서 나온 것이라는 걸. 내 친구가 간혹가다 빈정대며 표출했던 자책을 사악하게도 이제 내가 더욱 날카로운 형태로 그를 향해 던졌던 것이다.

피스토리우스는 즉시 그것을 느끼고 곧 조용해졌다. 나는 속으로 두려워하며 바라보았다. 그의 낯빛은 무섭도록 창백해져 갔다.

한참 동안 침묵하고 나서 피스토리우스는 새로운 땔감을 불 위에 놓은 뒤 나직이 말했다.

"잘 봤소, 싱클레어. 당신은 영리한 사람이니까. 구닥다리 같은 얘기는 그만할게요."

피스토리우스는 차분하게 말했다. 그러나 나는 그 말에서 상처의 고통을 고스란히 느꼈다. 내가 무슨 짓을 한 것인가!

눈물이 날 뻔했다. 나는 피스토리우스를 다정하게 돌아보며 용서를 구하고 싶었다. 사랑하고 고마워하고 있다는 걸 확인시켜주고 싶었다. 위로의 말이 떠올랐다. 하지만 말할 수 없었다. 그대로 엎드린 채 나는 불을 바라보며 가만히 있었다. 그 역시 말이 없었다. 우리는 그렇게 누워 있었다. 어느덧 불길이 다 타올라 사그라졌다. 불꽃이 희미해질 때마다 나는 무언가 아름답고 친밀한 것이 소멸해서 날아가 버렸다는 걸, 다시는 돌아올 수 없으리라는 걸 느꼈다.

"저를 오해했을까 봐 걱정됩니다." 결국 그 상황을 견디지 못한 내가 건조하고 거친 목소리로 말했다. 어리석고 무의미한 말이 마치 신문 연재소설을 읽듯 기계적으로 나왔다.

"정확히 이해했어." 피스토리우스가 부드럽게 말했다.

"당신이 옳아요." 그는 잠시 기다리고는 천천히 말을 이었다. "한 인간이 다른 인간에 관해 옳을 수 있는 한에서 말이오."

아니, 아니에요. 나는 속으로 외쳤다. 내가 틀려요! 하지만 아무 말도 뱉을 수 없었다. 나는 단순한 한마디 말로 그의 본질적 약점과 고통, 상처를 들추었다는 것을 깨달았다. 피스토리우스가 스스로 못 미더워하는 부분을 내가 건드린 것이다. 이 남자의 이상은 '구닥다리' 같았고 그는 과거를 향한 탐구자였으며 몽상가였다. 그리고 불현듯 피스토리우스가 내게 어떤 존재였든, 무엇을 주었든 간에 그 자신은 그렇게 되지도, 그것을 가질 수도 없었을 거라는 느낌이 강렬히 들었다. 피스토리우스는 나를 길 위로 이끌어 주었다. 그 길이, 내가 인도자인 그를 뒤에 남겨두고 떠나게 될 길임을 알면서도 말이다.

어떻게 그런 말이 나온 건지! 나는 나쁜 의도로 그런 것이 절대 아니었다. 내 말이 어떤 화를 일으킬지 예상조차 못 했다. 내가 말해놓고도 말하는 순간에는 나 자신도 전혀 몰랐다. 뭔가 약간 재치 있고 짓궂은 생각에 빠졌었는데 그것이 운명이 되었다. 내가 무심코 저지른 사소한 만행이 그에게는 심판이 되었다.

아, 차라리 화내고 변명하며 내게 고함이라도 치기를 얼마나 바랐던가! 그가 그렇게 하지 않았으므로 나는 그 모든 것을 속으로 직접 할 수밖에 없었다. 할 수만 있었다면 그는 미소 지었을 텐데, 그러지 않는 것만 봐도 내가 얼마나 깊은 상처를 입혔는지 알 수 있었다.

피스토리우스는 뻔뻔하고 배은망덕한 제자인 나의 공격을 조용히 받아들이고, 묵묵히 내가 옳았다고 인정하며 내 말을 운명으로 받아들임으로써 내가 나 자신을 미워하게 만들었고, 내 경솔함이 천배는 더 커 보이게 만들었다. 공격할 때 나는 강하고 철저히 무장된 사람을 쳤다고 생각했다. 그런데 이제 보니 상대는 얌전하고 연약한 인간, 말없이 순종하는 무방비 상태의 인간이었다.

우리는 꺼져가는 불 앞에 계속 엎드려 있었다. 불 속에서 빛나고 있는 모든 형상과 타올라 재가 되어버린 나무들이 행복하고 풍성하고 아름다웠던 시간들을 상기시키는 한편, 피스토리우스에게 진 빚을 갚아야 한다는 생각을 점점 크게 쌓아 올렸다. 더 이상은 견딜 수가 없었다. 결국 나는 일어나서 떠났다. 혹시 그가 따라오지는 않을까 머뭇대며 방문 앞에서 한참, 어두운 계단에서 한참, 집을 나와 바깥에서도 한참을 서 있었다. 그러고는 계속 걸었다. 도시와 변두리, 공원과 숲을 저녁이 될 때까지 몇 시간이고 헤매 다녔다. 그리고 그때 처음으로 내 이마에서 카인의 표식을 느꼈다.

무슨 일이 있었는지 천천히 기억났다. 생각 속에서 나는 자신을 질타하고 피스토리우스를 변호하려고 마음먹었지만 결론은 그와 정반대였다. 내 경솔한 말을 후회하고 취소하겠다고 천 번이나 다짐했지만 그래도 여전히 그 말은 진실이었다. 이제야 나는 피스토리우스를 이해하고 그의 모든 꿈을 내 앞에 세워볼 수 있었다. 그 꿈은 성직자가 되고, 새로운 종교를 선포하며, 찬양과 사랑, 숭배에 새로운 형식을 부여하고, 새로운 상징을 창조해내는 것이었다. 하지만 이것은 그의 힘으로 이룰 수 있는 것도 아니고, 그의 과제도 아니었다. 피스토리우스는 과거에 머무는 데 너무 열중했고, 예전에 일어났던 일을 너무 정확히 알았으며, 이집트와 인도, 미트라(페르시아 신화에 나오는 빛과 진리의 신. 후에는 태양의 신 – 옮긴이)와 아브락사스에 대해 너무 많이 알았다. 그의 사랑은 세상이 이미 보았던 영상에 묶여 있었지만, 그러면서 속으로는 그도 새로운 것은 진짜 새롭고 달라야 하고, 박물관과 도서관이 아닌 신선한 토양에서 창조되어야 한다는 것을 알고 있었다. 그의 과제는 내게 했던 것처럼 사람들이 자신의 본모습을 찾도록 이끌어 주는 일이었는지 모른다. 사람들에게 엄청난 것, 새로운 신들을 전하는 일은 피스토리우스의 과제가 아니었던 것이다.

그리고 이 부분에서 갑작스러운 깨달음이 예리한 불꽃처럼 내 안에 타올랐다. 누구에게나 '과제'가 있지만 그 과제는 스스로 선택할 수도, 맘대로 결정해서 행할 수도 없다는 것이었다. 새로운 신들을 원하는 것도 잘못이었고, 세상에 무언가를 전하고 싶다는 생각도 완전히 잘못됐다! 깨우침을 얻은 인간에게 의무란 자기 본연의 모습을 찾아, 확신을 가지고 자신의 길이 이끄는 곳이면 어디든 그 길을 따라 앞으로 더듬어 나아가는 것뿐, 그 외에 다른 의무는 절대, 절대, 절대로 없었다. 그 깨달음은 나를 깊이 뒤흔들었다. 그것이 이 체험을 통해 내가 얻은 결실이기도 했다. 가끔 나는 미래를 상상하며 놀았고, 내가 맡게 될지도 모를 역할들을 꿈꾸었다. 그것은 시인이나 예언자일 수도 있고, 화가나 다른 어떤 역할일 수도 있었다. 모두 다

무의미했다. 나는 시를 쓰려고, 설교를 하려고, 그림을 그리려고 존재하는 것이 아니었다. 다른 사람들도 마찬가지였다. 그 모든 것은 부수적 문제에 불과했다. 모든 이에게 진정한 소명은 자신을 찾아가는 일 하나뿐이었다. 어떤 이가 결국 시인이나 광인, 예언자나 범죄자가 되더라도 그가 상관할 바는 아니었다. 어차피 끝에 가서는 아무 의미도 없었다. 그가 관심을 둬야 할 일은 닥치는 대로 사는 것이 아니라 자신만의 운명을 찾는 것, 그 운명을 모두 온전히 살아내는 것이었다. 다른 모든 것은 미완성, 현실도피, 대중적 이상 속으로의 도주였고, 순응이었으며, 자기 내면에 대한 두려움이었다. 새로운 영상이 내 앞에 무섭고도 성스럽게 떠올라 수없이 어른거렸다. 어쩌면 이미 여러 차례 표현되었으나 이제야 내가 체험하는 것일 수도 있었다. 나는 자연에 의해 미지의 세계, 어쩌면 새로운 세계나 무無의 세계 속으로 던져진 존재였다. 이처럼 원시의 깊은 곳으로부터 던져졌다는 사실을 충분히 이해하고, 내 안에 그 의지를 느끼고, 그것을 완전히 내 의지로 삼는 것, 그것만이 내 소명이었다. 그것만이!

나는 이미 고독을 많이 맛보았다. 이제 고독은 더욱 깊어졌고 거기서 벗어날 수 없을 것 같았다.

나는 피스토리우스와 화해하려 하지 않았다. 우리는 여전히 친구였지만 관계는 변해 있었다. 단 한 번 이에 대해 얘기를 나눈 적이 있었다. 사실 얘기한 사람은 피스토리우스 혼자였다. 그는 말했다.

"당신도 알다시피 내 소원은 성직자가 되는 거요. 무엇보다 우리가 수없이 직감했던 그 새로운 종교의 성직자가 되고 싶었소. 하지만 난 그럴 수 없을 거요. 알고 있었어. 완전히 인정하지는 않았지만 오래전부터 말이지. 내게는 오르간으로든 다른 방법으로든 수행해야 할 성직자의 의무가 있소. 하지만 언제나 오르간 음악과 신비주의, 상징과 신화처럼 내가 아름답고 성스럽게 여기는 것이 주변에 있어야만 하오. 나는 그것이 필요하고 포기하지도 않을 거요. 이 점이 바로 나의 약점이라오. 자주 깨달아요, 싱클레어. 그런 소원을 품어선 안 되고, 그런 소원은 사치이자 약점이란 것을. 아무것도 바라지 않고 그저 운명이 시키는 대로 따르는 것이 더 훌륭하고 옳은 일이겠지. 하지만 나는 그럴 수 없소. 그것이 내가 할 수 없는 유일한 일이오. 어쩌면 당신은 언젠가 그렇게 할 수 있을지 모르지만 어려워, 유독 어려운 일이지, 젊은 친구. 그렇게 하는 꿈을 가끔 꾸었지만 그래도 난 할 수 없소. 생각만 해도 몸이 떨려요. 그렇게 완전히 벌거벗은 채 고독하게 서 있을 수 없어요. 나 역시 따뜻함과 음식이 필요하고, 자기와 같은 부류와 친밀하게 교류하고 싶은 불쌍하고 허약한 개에 지나지 않소. 정말로 자기 운명 외에 아무것도 원하지 않는 사람은 더 이상 어울릴 사람도 없이 완전히 혼자 남아 차가운 우주로만 둘러싸이게 돼요. 그것이 바로 겟세마네 동산의 예수지. 십자가에 기꺼이 못 박힌 순교자들이 있었지만 그들은 영웅도 아니었고 자유로워지지도 못했소. 그들도 자신들에게 익숙하고 편안한 것을 원했고, 본보기로 삼는 대상을 가졌으며, 이상을 품고 있었던 거요. 오로지 운명만을 원하는 사람에게는 본보기로 삼을 대상도 이상도 더는 없고 사랑과 편안함도 없어요! 그것이 실제로 우리가 가야 하는 길이지. 나나 당신 같은 사람들은 아주 고독하지만, 그래도 서로 의지하며 보통 사람과 다르며 반항적이고 특별한 것을 원한다는 것에 은밀한 만족을 느껴요. 허나 누군가 그 길을 끝까지 가고 싶다면 그런 것조차 떨쳐버려야 하겠지. 그는 혁명가나 본받을 대상, 순교자가 되려고 해서도 안 돼요. 상상하기도 힘든 일이오."

그렇다. 그것은 상상하기 힘들었다. 하지만 꿈꾸고 예감하고 감지할 수는 있었다. 몇 번인가 완전한 고독에 잠겼을 때 그와 같은 것을 느꼈다. 그러면 나는 자신 속을 들여다보며 눈을 활짝 뜨고 내 운명의 모습을 바라보았다. 눈에는 지혜 혹은 광기가 가득 들어 있었고, 사랑이 빛나거나 사악함이 번득였으며 그것은 모두 하나였다. 그중 어느 것을 선택해서도, 원해서도 안 되었다. 오직 자기 자신, 자신의 운명만이 허락되었다. 피스토리우스는 인도자로서 거기까지 나를 이끌어 주었다.

그 무렵 나는 앞이 안 보이는 듯 이리저리 헤매 다녔다. 내 안에 폭풍이 휘몰아쳤으며 내디딘 걸음은 모두 위태로웠다. 내 앞에는 끝을 알 수 없는 어둠뿐이었고, 지금까지 걸어온 모든 길이 그리로 이어져 사라졌다. 내 안에서 나는 인도자의 영상을 보았다. 그는 데미안과 똑같이 생겼고 눈 속에 내 운명을 담고 있었다.

나는 종이 위에 다음과 같이 썼다.

인도자가 나를 떠났어. 나는 완전한 암흑 속에 서 있어. 혼자서는 한 발자국도 뗄 수 없어. 도와줘!

　이것을 데미안에게 보내고 싶었다. 하지만 그러지 않았다. 그리고 싶을 때마다 어리석고 무의미한 행동처럼 보였기 때문이다. 대신에 나는 그 작은 기도문을 외워두고 자주 속으로 되뇌었다. 그 기도는 매 순간 나와 함께했다. 나는 기도가 무엇인지 깨닫기 시작했다.

　내 학창 시절은 끝났다. 방학 동안 아버지가 계획해놓은 여행을 갔다 오고 나면 대학에 진학해야 했다. 어떤 학과로 가야 할지 아직 몰랐다. 한 학기 동안 철학 강의를 듣기로 했다. 아마 다른 어떤 학과라도 나는 똑같이 만족했을 것이다.

7
에바 부인

방학 중에 막스 데미안이 몇 년 전까지 어머니와 함께 살았던 집을 한번 가보았다. 한 노부인이 정원에서 산책을 하고 있었다. 말을 걸어보니 집주인이었다. 데미안 가족에 대해 물어보니 노부인은 그들을 잘 기억하고 있었다. 하지만 지금 어디에 사는지는 몰랐다. 노부인은 내가 궁금해한다는 것을 알아채고는 나를 집 안으로 데려가 가죽 앨범을 꺼내 데미안의 어머니 사진을 보여주었다. 나는 데미안의 어머니에 대한 기억이 거의 없었다. 하지만 그 작은 사진을 본 순간 심장이 멎는 줄 알았다. 바로 내 꿈속 영상이 아닌가! 그것은 그녀, 즉 아들과 비슷해서 남자처럼 보이기도 하는 키가 큰 여인이었다. 모성애와 엄격함, 깊은 열정을 지녔고 아름답고 매혹적인, 아름답긴 해도 다가갈 수 없는 존재였으며, 데몬이자 어머니, 운명이자 연인이었다. 틀림없이 그녀였다!

내 꿈속 영상이 세상에 살아 있다는 사실을 알게 된 것이 내게 기적이 아니고 무엇이겠는가! 그런 모습을 한, 내 운명의 특성을 지닌 여인이 있었던 것이다! 어디에 있을까? 어디에? 그 여인이 데미안의 어머니였다니!

곧이어 나는 여행을 떠났다. 이상한 여행도 다 있지! 쉼 없이 이곳저곳을 다니며 나는 충동적으로 항상 그 여인을 찾고 있었다. 단순히 마주치는 사람마다 그녀를 떠올렸고, 그 음성이 울리는 듯했고, 그녀를 닮은 것 같기도 했다. 그래서 어떤 날은 마치 복잡한 꿈속에 있는 것처럼 낯선 도시의 거리와 기차역, 열차 안으로 이끌려 들어갔다. 반면에 그렇게 찾아 헤매는 일이 소용없게 느껴지는 날들도 있었다. 그러면 아무 일도 안 하고 공원이나 호텔 정원, 대기실 같은 곳에 앉아서 내 안을 들여다보며 거기 있는 영상을 살아나게 하려고 시도해보았다. 하지만 그 영상은 이제 부끄러워하며 도망쳐버렸다. 나는 도무지 잠을 이룰 수 없었다. 열차 안에서 낯선 풍경을 지나치며 15분 정도 꾸벅거리는 것이 전부였다. 한번은 취리히에서 예쁘고 도도해 보이는 여인이 내 뒤를 따라오고 있었다. 나는 그 여인을 공기 취급하며 돌아보지 않고 계속 걸었다. 단 한 시간 동안이라도 다른 여인에게 관심을 둘 바엔 차라리 그 자리에서 죽는 게 나았다.

내 운명이 나를 끌어당기는 것이 느껴졌다. 이제 그 실현이 다가오고 있다고 느끼면서도 그것을 위해 아무것도 할 수 없어 답답해 미칠 지경이었다. 아마 인스부르크 기차역에서였을 것이다. 막 떠나는 기차의 창문에서 그녀를 연상시키는 모습을 본 나는 이후 며칠간을 실의에 빠져 지냈다. 그러던 어느 날 밤 갑자기 그 모습이 다시 꿈에 나타났다. 나는 내 수색이 쓸데없는 짓이었다는 사실에 창피하고 허탈한 기분을 느끼며 잠에서 깨어났다. 그리고 다음 기차를 타고 곧장 집으로 돌아왔다.

몇 주 후 H 대학에 입학했다. 모든 것이 실망스러웠다. 내가 듣는 철학사 강의는 젊은 학생들이 떨어대는 야단법석만큼이나 평범하고 진부했다. 모든 것은 오래된 양식에 따랐고, 누구나 다른 사람이 하는 대로 했으며, 아직 소년티가 남은 얼굴들에 담긴 과도한 유쾌함은 슬픔이 묻어날 정도로 공허해서 마치 기성품처럼 보였다. 하지만 나는 자유로웠고, 내 하루는 온통 내 차지였다. 성벽 근처의 낡은 집에서 조용하고 평화롭게 지냈으며 책상에는 니체의 책 몇 권을 올려두었다. 나는 니체와 함께 살면서 그 영혼에 깃든 고독을 느꼈고, 그를 냉혹하게 따라다녔던 운명을 감지했다. 니체와 함께 괴로워하며 그토록 집요하게 자신의 운명을 따랐던 사람이 있었다는 사실에 기뻐했다.

어느 날 밤늦게까지 불어오는 가을바람을 맞으며 도시를 쏘다니다가 술집에서 들려오는 학생들의 노랫소리를 들었다. 열린 창문으로 담배 연기가 구름처럼 밀려 나왔다. 풍성한 노랫소리는 크고 흥겨우면서도 단조롭고 밋밋했다.

나는 길모퉁이에 서서 귀를 기울였다. 술집 두 곳에서 때를 어기지 않고 단련된 젊음의 쾌활함이 떠들썩하게 밤공기 속으로 울려 퍼졌다. 도처에 모임과 집회가 있었고, 어디나 운명을 내려놓은 채 군중 곁의 따뜻한 온기 속으로 도망치는 모습뿐이었다!

사내 둘이 내 뒤로 천천히 지나갔다. 그들의 대화가 조금 들렸다.

"흑인 동네의 젊은이들이 사는 집과 똑같지 않아요?" 한 사람이 말했다.

"모든 것이 딱 들어맞습니다. 심지어 문신도 유행이지요. 보세요, 저것이 젊은 유럽의 모습입니다."

그 목소리는 이상하게도 훈계하는 것처럼 들렸으며 귀에 익은 소리였다. 나는 어두운 골목으로 두 사람을 따라갔다. 한 명은 작고 우아하게 생긴 일본인이었다. 미소 띤 그의 누런 얼굴이 가로등 아래에서 빛났다.

그때 다른 한 명이 다시 말을 이었다.

"지금 당신네 일본도 사정이 더 낫지는 않을 겁니다. 무리를 따르지 않는 사람들은 어디에서나 찾기 힘들죠. 여기도 조금 있긴 해요."

모든 말이 내 귀에 꽂힐 때마다 기쁨과 충격을 느꼈다. 말하는 사람은 내가 아는 이였다. 바로 데미안이었다.

그 바람 부는 밤에 나는 어두운 골목으로 데미안과 일본인을 따라가며 그들의 대화를 경청했다. 데미안의 목소리를 듣게 되어 기뻤다. 목소리에는 예전 어조 그대로 지혜롭고 아름다운 확신과 차분함이 배어 있었고 나를 압도하는 힘이 있었다. 이제 모든 것이 잘되었다. 데미안을 찾았으니까.

시 외곽 거리의 끝에서 일본인이 작별 인사를 하고 현관문을 열었다. 데미안은 뒤돌아 걸어 나왔다. 나는 길 한복판에 멈춰서서 기다리며 두근대는 가슴으로 맞은편에서 다가오는 그를 보았다. 데미안은 곧은 자세로 경쾌하게 걸었다. 갈색 비옷을 입었으며 팔에는 얇은 지팡이가 걸려 있었다. 변함없는 발걸음으로 내 앞에 바짝 다가오더니 모자를 벗고 단호한 입매와 이상할 정도로 환한 이마를 지닌 예전 그대로의 밝은 얼굴을 드러냈다.

"데미안!" 내가 외쳤다.

데미안은 내게 손을 내밀었다.

"너구나, 싱클레어! 기다리고 있었어."

"내가 여기 있다는 걸 알고 있었단 말이야?"

"확실히는 몰랐지만 그러기를 바란 것은 맞아. 오늘 밤에야 너를 보았구나. 너는 내내 우리를 따라다녔지."

"그럼 나를 바로 알아본 거야?"

"물론이지. 좀 변하긴 했네. 하지만 넌 표식을 지니고 있잖아."

"표식? 어떤 표식?"

"기억할지 모르겠지만 예전에 우리가 카인의 표식이라고 불렀던 거야. 그것이 우리의 표식이지. 너는 항상 그것을 지니고 있었어. 그것이 내가 네 친구가 된 이유이기도 해. 그런데 이제 표식이 더 분명해졌구나."

"난 몰랐어. 아니, 사실 알고 있었어. 한번은 너를 그렸는데 그 모습이 나하고도 닮아 있어서 깜짝 놀랐지. 그것이 표식이었을까?"

"맞아. 네가 여기 있으니 좋다! 어머니도 기뻐하실 거야."

나는 그 말에 흠칫했다.

"네 어머니? 여기 계셔? 나에 대해 전혀 모르실 텐데…."

"아, 알고 계셔. 네가 누구라고 말하지 않아도 어머니는 너를 알아보실 거야. 너 오랫동안 소식을 끊었더라."

"아, 자주 편지를 보내고 싶었는데 잘 안 됐어. 얼마 전부터 너를 빨리 찾아야 한다고 느꼈지만. 매일 기다렸어."

데미안은 내 팔짱을 끼고 함께 걸었다. 그에게서 차분한 기운이 나와 내 안으로 전해졌다. 우리는 곧 예전처럼 수다를 떨었다. 학창 시절과 견진성사 수업, 방학 때의 그 불편했던 만남을 함께 추억했다. 그러나 우리 사이를 맨 처음 가깝게 이어준 프란츠 크로머와 있었던 이야기는 여전히 꺼내지 않았다.

무의식중에 우리의 대화는 예감으로 가득 찬 이상한 주제로 이어졌다. 데미안이 일본인과 했던 대화와 비슷하게 우리는 학생들이 살아가는 삶에 대해 이야기했고 그런 다음에는 전혀 동떨어져 보이는 화제로 넘어갔다. 하지만 데미안의 말을 듣고 있으면 그 이야기들 간의 밀접한 관계가 확실하게 드러났다.

데미안은 유럽의 정신과 이 시대의 징후에 대해 말했다. 곳곳에 연합과 군집 본능이 팽배해 있지만 자유와 사랑은 어디에도 없다고 했다. 학생 단체와 합창단부터 국가에 이르기까지 이 모든 모임은 불가피하게 형성된 것으로 걱정과 두려움, 불안에서 생겨난 공동체라서 속은 부패하고 낡아 붕괴할 지경이라고도 했다.

"공동체란 아름다운 것이지." 데미안이 말했다. "하지만 도처에 넘쳐나는 모습은 전혀 그렇지 않아. 개개인이 서로 이해할 때 진정한 공동체가 다시 생겨나고, 공동체가 세상을 바꿀 날도 올 거야. 지금의 공동체는 군집 본능으로 생겨난 것에 불과해. 사람들이 서로 달려가 모이는 이유는 서로 두려워하기 때문이지. 부자들끼리, 노동자들끼리, 지식인들끼리! 그런데 왜 두려워하는 걸까? 두려움은 자신 속에 분열이 일어난 경우에만 생겨. 자신에 대해 알고 있는 것이 하나도 없기 때문에 두려운 거야. 사회는 온통 자신 안에 있는 미지의 것을 두려워하는 사람들로 가득해! 사람들은 자신들의 규칙이 더 이상 타당하지 않다고 여겨. 자신들이 오래된 법에 따라 살고 있으며 종교와 도덕 역시 마찬가지라고 느끼고 있어. 그 어떤 것도 현재 우리가 필요로 하는 것에 부응하지 못한다고 느끼지. 100년이 넘는 세월 동안 유럽은 연구하고 공장을 세우는 일만 했어! 사람을 죽이는 데 화약 몇 그램이 필요한지는 정확히 알면서 신에게 기도하는 법은 몰라. 어떻게 해야 한 시간만이라도 행복하게 지낼 수 있는지에 대해서는 전혀 모른다고. 학생들이 드나드는 술집을 좀 봐! 아니면 부자들이 가는 환락가를! 암담하지! 싱클레어, 이 모든 것은 아무짝에도 쓸모가 없어. 겁에 질려 서로 부둥켜안고 있는 이런 사람들은 공포와 적의를 가득 품은 채 다른 사람을 믿지 않아. 더 이상 존재하지 않는 이상에 집착하며 새로운 이상을 세우려는 사람들에게 돌을 던지지. 갈등이 느껴져. 다가오고 있어, 믿어도 돼, 갈등이 곧 닥칠 거라고! 물론 갈등으로 세상이 '향상'되진 않을 거야. 노동자가 기업가를 때려죽이든, 혹은 러시아나 독일이 서로 총부리를 겨누든 바뀌는 것은 소유주일 뿐이지. 그렇더라도 그것이 헛된 일은 아닐 거야. 현재의 이상이 가치 없다는 걸 보여주고 석기시대의 신들을 깨끗이 쓸어버릴 테니까. 세계는 지금 이대로 죽고 싶어 하고 소멸되고 싶어 해. 그리고 그렇게 될 거야."

"그럼 우리는 어떻게 돼?" 내가 물었다.

"우리? 음, 아마 함께 소멸하겠지. 우리 같은 사람들도 때려 죽일 수 있으니까. 단지 우리를 없애는 일이 쉽지 않을 뿐이야. 우리가 남기는 것 또는 우리 중 살아남는 자들 주위로 미래의 의지가 모여들게 돼. 유럽이 기술과 과학으로 축제를 벌이며 외쳐대는 소리에 한동안 파묻혔던 인간의 의지가 드러나게 될 거야. 그렇게 되면 현재 우리가 가진 공동체들, 즉 국가와 민족, 협회와 교회가 인류의 의지와 일치하는 구석이 전혀 없다는 사실이 밝혀지겠지. 하지만 자연이 인간에게 원하는 것은 너와 나처럼 각자 개인의 내면에 쓰여 있어. 예수 안에도 쓰여 있었고, 니체 안에도 쓰여 있었어. 유일하게 중요한 이런 흐름들, 물론 그 양상이 매일 달라 보일 수 있지만, 현재 있는 공동체들이 무너진다면 이 흐름들이 자리 잡을 공간이 마련될 거야."

우리는 밤이 늦어서야 강가의 정원 앞에 멈춰 섰다.

"난 여기에 살아." 데미안이 입을 열었다. "조만간 놀러 와! 우리는 널 몹시 기다렸어."

밤이라 춥긴 했지만 나는 행복한 마음으로 먼 길을 걸어 집으로 돌아왔다. 시내 여기저기에 집을 찾아가는 학생들이 소란을 피우며 비틀거리고 있었다. 가끔씩 그들의 우스꽝스러운 유쾌함과 내 고독한 삶 사이의 극명한 차이를 발견할 때면 무언가 박탈당한 느낌이 들기도 했고, 그들에게 조롱을 퍼붓기도 했다. 하지만 오늘처럼 차분하고 은밀한 힘으로 충만해서 그 세계가 나와 아무 상관 없다고, 멀리 사라져버렸다고 느낀 적은 없었다. 나이 지긋하고 위엄 있는 신사였던 고향 마을의 공무원들이 떠올랐다. 그들은 술에 취해 보낸 대학 시절의 추억에 매달려 그 추억을 숭고한 낙원의 기념품처럼 여겼고, 시인이나 다른 낭만주의 작가들이 유년 시절을 숭배하듯 사라져버린 학창 시절의 '자유'를 숭배했다. 어디나 마찬가지였다! 어디서나 그들은 기억 저편에 놓인 과거에서만 '자유'와 '행복'을 찾아냈다. 자기 고유의 책임이 떠오를까 봐, 자기 고유의 길을 가라는 경고를 받을까 봐 두려웠기 때문이다. 술에 취해 흥청대며 몇 년을 보낸 뒤 그들은 슬그머니 기어 들어와서 국가의 공무를 담당하는 진지한 신사가 되었다. 그래, 우리 사회는 나태하고 썩었다. 학생들의 이런 어리석음은 다른 수많은 경우에 비하면 그나마 덜 멍청하고 덜 사악했다.

멀리 떨어진 숙소에 돌아와 침대에 누우니 이 모든 생각이 사라졌다. 기대에 부풀어 데미안과의 근사한 약속에 마음이 쏠려 있었다. 최대한 빨리, 내일이라도 당장 데미안의 어머니를 만날 작정이었다. 학생들이 술집에 진을 치고 얼굴에 문신을 해도 좋고, 세상이 썩어서 파멸을 기다려도 좋았다. 나와 무슨 상관이란 말인가! 나는 새로운 모습을 한 내 운명과 마주치기만을 기다렸다.

아침 늦게까지 푹 잤다. 어린 시절 크리스마스 이후로 더는 경험해보지 못한 성스러운 축일처럼 새날이 밝아왔다. 내심 잔뜩 긴장하고 있었지만 두렵지는 않았다. 내게 정말 중요한 날이 온 것 같았다. 주변 세상이 기대에 찬, 의미심장하고 엄숙한 모습으로 바뀐 듯 보였다. 조용히 내리는 가을비도 거룩하고 행복한 음악으로 가득 차 아름답고 차분하며 즐거운 분위기를 자아냈다. 처음으로 바깥세상이 나의 내면과 순수하게 일치하는 소리로 울렸다. 그날은 영혼의 축일이었고, 나는 살아 있는 보람을 느꼈다. 집과 가게 유리창, 거리에서 마주치는 얼굴, 그 어느 것 하나 거슬리지 않았다. 모든 것이 있어야 하는 대로 있었고, 여느 날의 따분하고 공허한 모습이 아니라 기대에 부푼 자연의 모습이었다. 모두 경건하게 운명을 맞이할 준비가 되어 있었다. 어릴 적에는 크리스마스와 부활절 같은 큰 명절 아침에 세상이 그렇게 보였다. 이 세상이 여전히 그렇게 아름다울 수 있으리라고 생각도 못 했다. 그동안 나는 내면을 향한 삶에 익숙해지면서 바깥세상의 삶이 내게 아무 의미도 없어졌다는 사실을 받아들였다. 밝은 빛깔들과 그 빛깔에 연결된 유년 시절도 함께 잃어야 한다는 사실과 영혼의 자유와 성숙을 얻는 대가로 그런 소중한 빛은 포기해야 한다는 사실도 받아들였다. 이제 나는 그 모든 것이 단지 어둠에 덮여서 가려져 있었을 뿐이라는 걸 알았다. 자유를 얻고도, 어린아이의 행복을 포기하고 나서도 세상이 빛나는 모습을 바라볼 수 있다는 걸, 아이의 시선으로 바라보며 마음속 흥분을 맛볼 수 있다는 걸 알고 황홀한 기분이 들었다.

전날 밤 막스 데미안과 헤어졌던 시 외곽의 정원을 다시 찾았다. 비에 젖어 잿빛이 된 키 큰 나무들 뒤로 작은 집 한 채가 있었다. 밝고 편안한 분위기였다. 큰 유리벽 뒤에 화초들이 높이 자라 있었고, 반짝이는 창문 너머로 그림과 서가로 장식된 어두운 벽들이 보였다. 대문은 작고 따뜻한 복도로 곧장 이어져 있었다. 검은 옷에 흰 앞치마를 두른 늙고 과묵한 하녀가 나를 안으로 안내하여 외투를 받아주었다.

하녀는 나를 복도에 혼자 두고 돌아갔다. 나는 주변을 둘러보며 곧바로 꿈속으로 빠져들었다. 문 위쪽 짙은 색 나무 벽에 테두리가 검은 유리 액자가 걸려 있었다. 액자 속 그림은 내가 잘 아는 그림이었다. 황금색 매의 머리를 지닌 나의 새가 지구 껍데기를 깨고 밖으로 나오려 하고 있었다. 감격한 나는 그 자리에 멈춰 섰다. 내가 행하고 겪었던 모든 일이 이 순간 대답이 되고 실현이 되어 돌아오는 것 같아 기쁘면서도 마음이 아팠다. 많은 영상들이 내 영혼을 번개처럼 스쳐 지나갔다. 고향집 대문 아치 위쪽에 달린 돌로 된 낡은 문장, 그 문장을 그리고 있는 소년 데미안, 악마 크로머의 못된 손아귀에 잡혀 겁에 질린 소년 시절의 나, 작은 방 책상에 조용히 앉아 내 꿈속의 새를 그리며 자신의 실로 엮은 그물에 영혼을 옭아매던 청소년 시절의 나…. 그리고 이 순간까지 있었던 모든 일들이 내 안에 다시 울렸고, 확인받았으며 답변을 얻었고 인정받았다.

나는 촉촉해진 눈으로 그림을 응시하며 내 마음속을 읽고 있었다. 시선을 내리자 새 그림 아래 열린 문간에 어두운색 옷을 입은 커다란 여인이 서 있었다. 그녀였다. 나는 한마디 말도 할 수 없었다. 그 아름답고 품위 있는 여인은 아들과 똑같이 세월의 흔적도 나이도 없이, 내면의 의지가 가득한 얼굴로 다정한 미소를 지어 보였다. 그녀의 눈길은 실현이었고, 그녀의 인사는 귀향을 의미했다. 나는 말없이 손을 내밀었다. 여인은 양손으로 내 손을 단단하고 따뜻하게 감싸 쥐었다.

"당신이 싱클레어로군요. 바로 알아봤어요. 어서 오세요!"

목소리는 깊고 따스했다. 나는 달콤한 와인처럼 그 목소리에 취했다. 그리고 이제 시선을 들어 차분한 얼굴과 검고 깊은 눈, 붉고 생기로운 입술, 표식을 지닌 환하고 위엄 있는 이마를 바라보았다.

"반갑습니다!" 나는 여인의 손에 입을 맞췄다. "내내 길 위에 있다가 이제야 집에 온 것 같네요."

여인이 어머니처럼 미소를 지어 보였다.

"그 누구도 집에 이를 수 없답니다." 다정한 목소리가 이어졌다. "하지만 친근한 길들이 서로 만나는 지점에서는 온 세상이 잠시 집인 것처럼 보이죠."

그녀는 내가 그녀에게 오는 길에 느꼈던 것을 말한 것이었다. 그 목소리와 말투는 아들과 비슷하면서도 전혀 달랐다. 모든 면에서 더 성숙하고 따뜻하며 자명했다. 오래전에 막스 데미안이 전혀 소년 같아 보이지 않았던 것처럼 그의 어머니도 결코 다 자란 아들을 둔 어머니 같지는 않았다. 얼굴과 머리카락에서 젊고 향긋한 기운이 풍겼고, 황금빛 피부는 팽팽하고 매끄러웠으며, 입은 활짝 핀 꽃 같았다. 꿈에서보다 더 당당한 자태로 내 앞에 서 있었고, 그 곁에서는 사랑의 행복을, 그 눈길에서는 흡족함을 느낄 수 있었다.

이처럼 운명은 내 안에 새로운 모습을 드러냈다. 더 이상 엄격하고 고립된 모습이 아닌 성숙하고 즐거움이 가득한 모습으로! 나는 어떤 결정도 내리지 않았고, 어떤 맹세도 하지 않았다. 나는 목표였던 고지에 도착했고, 그곳에서 앞으로 가야 할 멀고도 웅장한 길을 보았다. 가까이 있는 행복의 나무 꼭대기가 그늘을 드리우기도 하고, 온갖 즐거움을 간직한 그 근처의 정원이 시원하게 식혀주기도 하는 그 길은 약속의 땅을 향해 힘차게 뻗어 있었다. 내게 무슨 일이 일어나도 괜찮았다. 세상에서 이 여인을 알게 되고 그 목소리에 취하고 그 곁에서 숨 쉴 수 있어서 행복했다. 그녀가 내게 어머니이든 연인이든 여신이든 상관없었다. 거기에 있어만 준다면! 내 길이 그녀의 길 옆에 놓여 있기만 하다면!

그녀가 나의 새 그림을 가리켰다.

"저 그림만큼 막스를 기쁘게 한 것은 없었어요." 그리고 생각에 잠겨 말했다. "나도 기뻤지요. 우리는 당신을 기다렸어요. 그림이 도착하자 그제야 당신이 우리에게로 오고 있다는 걸 알았답니다. 싱클레어, 당신이 작은 소년이었을 때 하루는 아들이 학교에서 돌아와 이마에 표식을 지닌 아이가 있으니 친구로 삼아야 한다고 말했어요. 그게 당신이었죠. 당신은 곤란을 겪고 있었지만 우리는 당신을 믿었어요. 방학 때 집에 와서 막스와 다시 만난 적이 있죠. 그 당시 아마 열여섯 살쯤이었을 거예요. 막스가 해준 얘기로는….."

내가 말을 끊었다.

"저런, 당신에게 그 이야기를 하다니! 제가 아주 불행했던 시기였어요!"

"네, 막스가 얘기하더군요. 싱클레어에게 가장 힘든 시련이 찾아왔다고. 당신이 또다시 공동체로 도망치려 하고 술집을 드나들고 있다더군요. 하지만 그런 생활은 당신에게 영향을 미치지 못했을 거예요. 가려져 있는 표식이 몰래 당신을 불타오르게 했으니까요. 그렇지 않았나요?"

"네, 그랬어요, 아주 정확히. 그런 뒤 베아트리체를 발견했고 그다음엔 마침내 또 다른 인도자가 내게로 왔습니다. 이름이 피스토리우스였어요. 그제야 내 어린 시절이 왜 그렇게 막스에게 단단히 묶여 있었는지, 내가 왜 막스에게서 벗어날 수 없었는지 깨달았죠. 부인… 어머니, 그 당시 저는 자꾸만 자살하고 싶은 심정이었습니다. 그 길은 누구에게나 그토록 어려운 건가요?"

여인은 손으로 공기처럼 가볍게 내 머리를 쓰다듬었다.

"태어나는 일은 언제나 어려운 거예요. 당신도 알다시피 새는 알에서 나오려고 투쟁해야 하죠. 돌이켜 물어보세요. 대체 그 길이 그렇게 어려웠나요? 어렵기만 했어요? 아름답기도 하지 않았나요? 더 아름답고 쉬운 길이 있었을까요?"

나는 고개를 저었다.

그리고 꿈꾸듯 대답했다.

"어려웠습니다. 꿈이 찾아올 때까지는 어려웠어요."

그녀는 고개를 끄덕이며 나를 뚫어지게 쳐다보았다.

"네, 사람은 자신의 꿈을 찾아야 하죠. 그러면 길이 쉬워집니다. 하지만 영원한 꿈은 없으니 새로운 꿈으로 대체되기 마련이에요. 어떤 특정한 꿈을 계속 붙들고 있으려 하면 안 돼요."

나는 덜컥 겁이 났다. 그것이 경고였을까? 아니면 방어였을까? 하지만 아무래도 좋았다. 나는 목표도 묻지 않고 그녀가 이끄는 대로 따를 준비가 되어 있었다.

"제 꿈이 얼마나 오래 지속될지 모르겠어요." 내가 말했다.

"영원하면 좋겠습니다. 저 새 그림 아래서 어머니 같기도 하고 연인 같기도 한 운명이 저를 맞아주었죠. 운명 외에 어느 누구도 저를 소유할 수 없습니다."

"꿈이 당신의 운명인 한 당신은 그 꿈에 충실해야 해요." 그녀가 진지한 목소리로 단언했다.

나는 이 황홀한 시간에 죽고 싶다는 간절한 열망과 슬픔에 사로잡혔다. 눈물이(더 이상 울지 않고 지냈던 세월이 얼마였던가!) 주체할 수 없이 솟구치며 나를 제압하는 것 같았다. 나는 몸을 홱 돌려 창가로 갔다. 눈물이 그렁그렁해 희미해진 눈으로 화단 너머 먼 곳을 바라보았다.

뒤에서 여인의 목소리가 들렸다. 차분하면서도 포도주를 끝까지 채운 잔처럼 애정이 가득한 목소리였다.

"어린아이로군요, 싱클레어! 운명은 당신을 사랑한답니다. 당신이 충실하다면 언젠가 운명은 꿈에서처럼 완전히 당신의 것이 될 거예요."

나는 마음을 가라앉히고 다시 그녀에게로 고개를 돌렸다. 그녀가 내게 손을 내밀었다.

"내겐 친구들이 있답니다." 그녀는 미소 지으며 말을 이었다. "정말 몇 안 되지만 가까운 친구들이죠. 그들은 나를 에바 부인이라고 불러요. 원한다면 당신도 그렇게 부르세요."

에바 부인은 나를 이끌고 문 쪽으로 가서는, 문을 열고 정원을 가리켰다.

"막스는 저 밖에 있어요."

키 큰 나무들 아래에서 나는 멍하니 몸을 떨며 서 있었다. 평소보다 더 말똥말똥한 상태인지, 몽롱한 상태인지 알 수 없었다. 나뭇가지에서 빗물이 부드럽게 떨어졌다. 나는 먼 강둑과 나란히 뻗어 있는 정원으로 천천히 걸어 들어갔다. 마침내 데미안을 발견했다. 데미안은 탁 트인 정자 위, 매달려 있는 샌드백을 앞에 두고 웃통을 벗은 채 권투 연습을 하는 중이었다.

나는 놀라서 그 자리에 멈춰 섰다. 넓은 가슴과 견고하고 사내다운 머리, 탄탄한 근육이 불끈 솟아오른 팔을 지닌 데미안의 모습은 멋있었다. 엉덩이와 어깨, 손목의 움직임도 뿜어져 나오는 분수처럼 경쾌했다.

"데미안!" 나는 친구를 불렀다. "거기서 뭐해?"

데미안이 유쾌하게 웃었다.

"연습하고 있어. 그 조그마한 일본인과 권투 시합을 하기로 했거든. 고양이처럼 잽싸고 교활하기까지 한 녀석이지만 나를 이길 순 없을걸. 사소한 굴욕을 당한 적이 있으니 되갚아줘야지."

데미안은 셔츠와 재킷을 입으며 물었다.

"어머니와는 벌써 만났어?"

"응, 데미안. 아주 훌륭한 분이더군! 에바 부인! 어머니와 완벽하게 어울리는 이름이야. 모든 존재의 어머니처럼 보여."

데미안은 잠시 생각에 잠겨 내 얼굴을 바라보았다.

"그 이름을 벌써 알았어? 대단한데, 친구! 어머니가 처음 만난 자리에서 그 이름을 말해준 사람은 네가 처음이야."

그날부터 나는 아들이자 형제처럼, 또 한편으로는 연인처럼 그 집을 드나들었다. 문을 닫고 집 안으로 들어서면, 실은 저 멀리 높이 자란 정원의 나무들이 보이기만 해도 벌써 내 마음은 풍요롭고 행복했다. 밖에는 '현실'이 있었다. 거리와 집, 사람과 단체, 도서관과 강의실이 있었다. 하지만 이 안에는 사랑과 영혼이 있었고 동화와 꿈이 살고 있었다. 그렇다고 해서 우리가 세상과 동떨어져 지낸 것은 아니었다. 생각하고 대화하다 보면 차원만 다를 뿐 우리는 자주 세상 한가운데에 살았다. 우리를 대중에게서 갈라놓는 것은 경계선이 아니라 그저 다른 종류의 시각일 뿐이었다. 우리의 임무는 세상에서 섬이 되어, 어쩌면 본보기가 되어, 어떤 경우가 됐든 삶의 다른 가능성을 제시하는 것이었다. 오랫동안 외롭게 지냈던 나는 완전한 고독을 겪어본 사람들끼리 나눌 수 있는 우정에 대해 배웠다. 두 번 다시 행복한 자들의 식탁과 유쾌한 자들의 축제를 동경하지 않았고, 다른 이들의 모임을 보아도 절대 부러움이나 향수에 젖지 않았다. 그러면서 천천히 '표식'을 지닌 자들의 비밀 속으로 빠져들었다.

표식을 지닌 우리가 세상에서 이상한, 심지어 미치고 위험한 사람 취급을 당하는 것은 당연한 일일지 모른다. 우리는 깨어났거나 혹은 깨어나고 있는 사람들이었고, 언제나 완벽한 인식에 이르기 위해 노력했다. 그런 반면 다른 사람들은 자신들의 생각, 이상과 의무, 사랑과 행복을 집단의 것과 더욱 가까이 일치시키기 위해 노력했고, 그러면서 행복을 추구했다. 그것 역시 노력이었으며 힘과 위대함이 담겨 있었다. 하지만 우리가 보기에 표식을 지닌 우리는 자연의 의지를 새로운 것, 개인과 미래를 향해 표현된 것으로 여긴 반면, 다른 이들은 옛것을 고집하며 살았다. 그들도 우리와 마찬가지로 인류를 사랑하긴 했지만, 그들에게 인류란 유지하고 보호해야 하는 완성품이었다. 반면 우리에게 인류는 우리 모두가 향해 가고 있는 먼 미래로, 아무도 그 모습을 알지 못했고 그 법은 어디에도 쓰여 있지 않았다.

에바 부인과 데미안, 나 외에도 다양한 종류의 많은 탐구자들이 가깝게 혹은 멀게 우리 무리에 속해 있었다. 그들은 대부분 각자 고유의 길을 갔고, 독특한 목표를 지녔으며, 특별한 사상과 의무에 매여 있었다. 그들 가운데는 점성술사와 신비주의자, 톨스토이 백작의 추종자를 비롯해 온갖 섬세하고 소심하고 여린 사람들이 있었다. 또, 새로운 종파의 신봉자, 인도의 고행 수련자, 채식주의자 들도 있었다. 각자가 다른 사람의 비밀스러운 꿈에 존중을 표하는 것 외에 실제로 우리가 그들과 나눈 정신적 교류는 아무것도 없었다. 우리와 가까이 지낸 이들은 과거에 있었던 인류의 신과 새로운 이상을 찾는 일에 관심이 많았고, 그런 연구를 접할 때면 나는 피스토리우스가 자주 떠올랐다. 그들은 책을 가져와서 고대 언어로 적힌 글을 해석해주었고, 고대의 상징과 제례에 관한 그림을 보여주었다. 그리고 지금까지 인류가 품었던 모든 이상이 무의식 속 영혼의 꿈들로 이루어졌다는 것, 그 꿈속에서 인류가 미래 가능성에 대한 예감을 어떻게 더듬어 따라갔었는지를 가르쳐주었다. 그렇게 해서 우리는 천 개의 머리가 얽혀 있는 경이로운 고대 신들로부터 기독교 전환기에 이르기까지 전부 훑어보았다. 고독한 성자의 믿음과 한 민족에서 다른 민족으로 이어진 종교의 변천

사도 배웠다. 그리고 수집한 모든 자료를 보며 우리는 현 시대와 유럽을 비판하지 않을 수 없었다. 엄청난 노력을 쏟아부어 강력하고 새로운 인류의 무기를 만들어냈지만, 결국 영혼은 심각하고 끔찍하게 황폐해지고 말았다. 유럽은 온 세계를 정복했지만 그들 자신의 영혼은 잃었던 것이다.

여기에도 특정한 희망과 구원을 믿고 지지하는 자들이 있었다. 그들은 믿음을 유럽에 전파하고자 하는 불교도들과 톨스토이를 추종하는 자들, 다른 교파를 믿는 자들이었다. 우리는 작은 단위로 모여 이야기에 귀를 기울였지만 이런 가르침은 그저 상징으로밖에 여기지 않았다. 미래의 형성을 염려하는 일은 우리처럼 표식을 지닌 자들의 몫이 아니었다. 그 모든 믿음과 구원의 가르침은 이미 예전에 소멸하여 쓸모없어진 것 같았다. 우리가 의무와 운명으로 삼는 것은 단 한 가지였다. 즉, 우리 모두가 완전한 본래의 모습이 되어 자연이 자신 안에 심어놓은 씨앗의 용도에 맞도록 충실히 사는 것, 그리하여 불확실한 미래에 어떤 일이 일어나더라도 당당히 자연의 의지대로 사는 것이었다.

왜냐하면 새로운 탄생과 현 세계의 파멸이 임박했고 이미 감지되고 있다는 사실을 말하든 않든 우리 모두는 느낌으로 정확히 알고 있었기 때문이다. 데미안은 자주 내게 이렇게 말했다.

"무슨 일이 일어날지는 상상할 수 없어. 유럽의 영혼은 끝없이 오랫동안 갇혀 있던 짐승과 같지. 자유를 얻었을 때 첫 움직임은 그리 아름답지 않을 거야. 하지만 너무나 오랫동안 방해받고 마비되기를 반복해온 영혼의 진정한 욕구가 드러날 수만 있다면, 제대로 가든 돌아서 가든 방법은 중요하지 않아. 그렇게 되면 우리의 날이 올 거고 사람들은 우리를 필요로 하게 돼. 인도자나 새로운 법을 만드는 사람으로서가 아니야. 더 이상 새로운 법이 필요 없을 테니까. 그 대신 운명이 부르는 곳이면 어디든 가서 설 준비와 의지를 갖춘 사람으로서 말이지. 이를테면 자신의 이상이 위협당할 때 사람들은 모두 믿기지 않는 일을 하려고 마음먹지. 하지만 새로운 이상, 새롭고 어쩌면 위험하면서 불길한 충동이 자라나 문을 두드리면 거기에는 아무도 없어. 그때 거기에서 준비하여 함께 나아갈 소수의 사람들이 우리가 될 거야. 그것이 우리가 표식을 지닌 이유거든. 표식을 지닌 카인이 공포와 증오를 일으켜 그 당시 인류를 좁은 전원에서 위험한 광야로 몰아냈던 것처럼 말이지. 인류 역사의 과정을 바꿔놓은 사람들은 하나같이 운명을 받아들일 준비가 되어 있었기에 그런 능력을 발휘하고 영향을 미칠 수 있었던 거야. 모세와 부처, 나폴레옹과 비스마르크가 그런 경우에 해당해. 우리는 어떤 일에 종사하고 어떤 끝을 향해 나아갈지 선택할 권한이 없어. 만약 비스마르크가 사회민주당과 뜻을 같이하여 그들에게 합류했다면 영리한 인물은 되었겠지만, 운명을 따른 인간은 아니었겠지. 나폴레옹, 카이사르, 로욜라 모두 마찬가지였을 거야! 이런 문제는 늘 생물학과 진화론적 관점으로도 고찰해봐야만 해! 지구 표면에 격변이 일어나 수중 동물을 땅으로, 육지 동물을 물속으로 던져버린다면 어떨까? 운명을 맞을 준비가 된 종들은 그동안 들어본 적 없는 새로운 종으로 탈바꿈하고, 자신의 종을 새로운 환경에 적응시켜 구원할 수 있지. 이런 종들이 예전에 보수적이고 현상 유지를 고집했었는지, 아니면 괴짜에 혁명가였는지 우리는 몰라. 하지만 그들은 준비되어 있었고, 그로 인해 자신의 종을 새롭게 진화시켜 구원할 수 있었지. 그것을 안 이상 우리 역시 그렇게 되도록 준비해야 해."

가끔 에바 부인도 그런 대화에 함께했지만 직접 끼어들어 이런 식으로 이야기하지는 않았다. 자신의 생각을 얘기하는 우리에게 부인은 신뢰와 이해로 가득 찬 경청자이며 메아리였다. 모든 생각이 부인에게서 비롯되었다가 부인에게로 되돌아가는 것 같았다. 에바 부인 곁에 앉아 가끔 목소리를 듣고 그 주변의 성숙한 영적 분위기를 공유하는 것이 내게는 행복이었다.

에바 부인은 내 안에 어떤 변화나 혼란, 새로운 진전이 일어나고 있다는 것을 즉시 알아챘다. 자면서 꾸는 꿈들은 에바 부인이 보내는 영감靈感처럼 여겨졌다. 나는 부인에게 자주 꿈에 대해 이야기했다. 부인은 그 꿈들을 충분히 이해하고 자연스럽게 받아들였으며, 세세한 부분까지도 섬세한 감정으로 전부 따라잡았다. 얼마 동안 나는 낮에 했던 대화를 되풀이하는 것 같은 꿈을 꾸었다. 꿈에서 전 세계가 아수라장이었고 나는 혼자혹은 데미안과 함께 초조한 마음으로 거대한 운명을 기다리고 있었다. 운명은 가려져 있긴 했지만 어쨌든 에바 부인의 모습을 하고 있었다. 그녀에게 선택받느냐 버림받느냐, 그것이 운명이었다.

이따금 에바 부인은 미소 띤 얼굴로 이렇게 이야기하곤 했다.
"당신의 꿈은 완전하지 않아요, 싱클레어. 가장 중요한 부분을 잊어버렸군요."

그러면 그 부분이 다시 떠올랐고 어째서 내가 그것을 잊을 수 있었는지 이해할 수 없었다.

가끔 나는 불만을 느끼며 욕망에 시달렸다. 옆에 있는 여인을 안지 못하고 옆에서 바라보기만 하려니 더는 견딜 수가 없었다. 에바 부인도 그런 나를 곧 눈치챘다. 한번은 며칠간 그 집에 발길을 끊었다가 절망에 빠져 다시 찾아간 적이 있었다. 부인은 나를 자신 곁으로 데려가 말했다.

"당신이 믿지 못하는 소망을 욕심 내면 안 돼요. 무엇을 원하는지 알아요. 그 소망을 포기하든가, 그러지 못하겠다면 확신을 갖고 떳떳하게 원해야만 해요. 소원이 이루어질 거라고 확신하면서 간절히 원하면 실제로 이루어질 거예요. 하지만 당신은 지금 원하면서도 다시 후회하고 두려워하고 있지요. 그 모든 것을 극복해야만 해요. 이야기를 하나 해줄게요."

에바 부인은 별과 사랑에 빠진 한 청년의 이야기를 들려주었다. 청년은 바닷가에 서서 손을 뻗어 별에게 기도했다. 별에 대한 꿈을 꾸고 온 생각을 집중했다. 하지만 청년은 별이 인간의 품에 안길 수 없다는 사실을 알았다, 혹은 안다고 생각했다. 청년은 이루어지리란 희망 없이 천체를 사랑하는 것이 자신의 운명이라 여겼다. 이런 생각 끝에 단념에 관한, 그리고 자신을 향상시키고 정화시켜줄 고요하고 참된 고통에 관한 시 한 편을 완성했다. 그러나 그의 꿈들은 여전히 별에게로 향했다. 어느 날 밤 청년은 또다시 바닷가의 높은 벼랑에 서서 별을 바라보며 사랑을 불태우고 있었다. 열망이 절정에 달한 순간 청년은 뛰어올라 별을 향해 공중으로 몸을 던졌다. 그런데 뛰어오르면서 번개처럼 스치는 생각이 있었다. 이건 불가능해! 그러자 청년은 해안으로 떨어져 산산이 부서지고 말았다. 그는 사랑하는 법을 이해하지 못했던 것이다. 뛰어오르는 순간 사랑을 이룰 수 있다고 영혼의 힘을 모아 굳고 확실하게 믿었더라면 그는 위로 날아올라 별과 하나가 되었을 것이다.

"사랑은 애원해도 안 되고 요구해서도 안 됩니다." 부인이 말했다. "사랑은 그 안에 확신하는 힘이 있어야 해요. 그러면 사랑은 더 이상 끌려가지 않고 끌어당기게 되죠. 싱클레어, 당신의 사랑은 내게 이끌리고 있어요. 그 사랑이 나를 끌어당기면 나는 그리로 갈 거예요. 나는 나 자신을 선물로 주고 싶지 않아요. 이끌리기를 원해요."

또 한번은 다른 이야기를 들려주었다. 희망 없는 사랑을 하는 사내가 있었다. 그는 영혼 속에 완전히 틀어박혀 자신이 사랑으로 다 타서 없어질 거라고 생각했다. 세상은 사내를 잊은 채 흘러갔다. 파란 하늘과 초록빛 숲은 더 이상 사내의 눈에 들어오지 않았다. 졸졸 흐르는 개울 소리도 들리지 않았고 하프 소리도 울리지 않았다. 모든 것이 가라앉았고, 사내는 불행하고 비참해졌다. 하지만 그의 사랑은 점점 커졌다. 사내는 사랑하는 아름다운 여인을 포기하느니 차라리 죽어서 사라지고 싶었다. 그때 그는 사랑이 자신 안의 다른 모든 것을 태워 없애버린 것 같다고 느꼈다. 사랑이 강해져 계속 끌어당기니 아름다운 여인은 따라올 수밖에 없었다. 사랑하는 여인이 오자 그는 팔을 활짝 펼치고 서서 여인을 자신에게로 끌어당겼다. 하지만 그의 앞에 선 여인은 완전히 달라져 있었다. 그 모습에서 사내는 자신이 끌어당긴 것이 잃어버린 세계 전체였음을 깨우치며 전율을 느꼈다. 그 세계는 그의 앞에 서서 몸을 맡겼고, 하늘과 숲과 개울 모두가 새로운 빛깔로 신선하고 웅장하게 다가와 그의 소유가 되었으며, 그가 쓰는 언어로 말을 걸었다. 사내는 단순히 한 여인을 얻은 것이 아니었다. 마음에 온 세상을 품었고 하늘에 떠 있는 모든 별이 그의 안에서 빛나며 영혼을 통해 기쁨으로 반짝였다. 사내는 사랑을 했고 그러면서 자신의 본모습을 찾았던 것이다. 그러나 대부분의 사람들은 사랑을 하며 본모습을 잃어버린다.

　에바 부인을 향한 사랑이 내 삶을 가득 채운 것 같았다. 하지만 그녀는 매일 달라 보였다. 내 존재가 끌려가기 위해 안간힘쓰는 대상이 그녀라는 인간 자체가 아니라 나를 내면으로 더 깊이 이끌고 싶어 하는 상징에 불과하다는 확신이 자주 들었다. 가끔 부인이 하는 말은 나를 괴롭히는 다급한 문제들에 대해 내 잠재의식이 내놓는 대답처럼 들리기도 했다. 그러다가 다시 그녀 옆에서 관능적 욕구에 불타오르며 그녀가 만졌던 것들에 입 맞추는 순간이 찾아왔다. 그리고 점차 관능적 사랑과 정신적 사랑, 현실과 상징이 서로 겹치기 시작했다. 그런 뒤 집으로 돌아와 차분하고 고요한 내 방에서 에바 부인을 생각하면 내 손에 그녀의 손길이, 내 입술에 그녀의 입술이 느껴지는 것 같았다. 아니면 곁에서 얼굴을 보고 함께 이야기하며 목소리를 들어도 그것이 현실인지 꿈인지 분간할 수 없었다. 나는 어떻게 하면 사랑을 영원토록 사라지지 않게 소유할 수 있는지 깨

닫기 시작했다. 책을 읽어 새로운 지식을 얻었을 때의 느낌은
에바 부인에게서 받은 입맞춤과 똑같았다. 그녀가 내 머리를
쓰다듬으며 부드럽고 향긋한 온기가 묻어나는 미소를 지어 보
이면 나는 나 자신 안에서 한 걸음 더 나아간 듯한 느낌이 들었
다. 내게 중요한 것, 운명인 것은 모두 에바 부인의 모습으로 나
타났다. 그녀는 내가 하는 모든 생각으로 변신할 수 있었고, 내
모든 생각은 그녀로 탈바꿈될 수 있었다.

나는 부모님 곁에서 보내야 하는 크리스마스 휴가가 걱정이
었다. 2주 동안 에바 부인과 떨어져 지내는 일은 틀림없이 고
통스러울 거라 생각했지만, 전혀 고통스럽지 않았다. 집에 머
물며 그녀를 생각하는 것이 즐거웠다. H 시로 돌아와서도 나는
이틀간 부인을 찾아가지 않은 채, 그 관능적인 모습이 내 앞에
있지 않다는 사실에서 느껴지는 안전함과 자유를 즐겼다. 꿈에
서도 나와 에바 부인의 결합은 새로운 은유적 방식으로 나타났
다. 그녀는 대양이었고, 나는 그 대양으로 흘러들었다. 그녀는
별이었고, 나 역시 별이 되어 그녀에게로 갔다. 그리고 함께 만
나 끌림을 느끼고 영원토록 낭랑한 소리를 내는 작은 원을 그
리며 행복하게 서로 주변을 빙빙 돌았다.

다시 부인을 찾아갔을 때 나는 이 꿈 이야기를 했다.

"아름다운 꿈이네요.."에바 부인이 조용히 말했다. "꿈을 이
루어보세요!"

그해 이른 봄 내가 절대로 잊지 못할 날이 찾아왔다. 현관에
들어섰을 때 창문은 열려 있었고, 미지근한 공기 중에 히아신
스 꽃향기가 짙게 배어 있었다. 사람이 아무도 없기에 계단을

올라가 막스 데미안의 서재로 갔다. 가볍게 문을 두드리고 나서 늘 그랬듯이 대답을 기다리지 않고 안으로 들어갔다.

어두운 방에 커튼이 모두 내려져 있었다. 작은 옆방으로 통하는 문이 열려 있었다. 그곳은 데미안이 화학 실험을 위해 꾸며놓은 방이었다. 그곳에 먹구름을 뚫고 나온 밝고 하얀 봄 햇살이 비치고 있었다. 나는 아무도 없는 줄 알고 커튼을 걷었다.

그 순간 커튼이 드리워진 창가 의자에 막스 데미안이 앉아 있는 것을 보았다. 잔뜩 웅크리고 있었는데 이상하게 전과 달라 보였다. 어떤 느낌이 퍼뜩 스쳐 지나갔다. 저 모습을 예전에 한 번 보았었지! 데미안은 팔을 축 늘어뜨린 채 양손을 무릎에 얹고 있었다. 눈을 뜨고 고개를 살짝 앞으로 숙인 얼굴은 죽은 듯 생기가 없었다. 힘없이 눈을 깜빡일 때마다 유리 조각 같은 눈동자에 작고 눈부신 빛이 반사되었다. 자신 안으로 몰입하여 딱딱하게 굳은 무표정하고 창백한 얼굴이 마치 사원 입구에 있는 고대의 동물 가면 같았다. 숨도 안 쉬는 것 같았다.

기억이 되살아나자 몸이 떨렸다. 여러 해 전 내가 아직 어린 소년이었을 때 보았던 모습과 똑같다. 눈은 내면을 향해 고정되어 있고, 손은 생기 없이 나란히 놓여 있으며, 파리 한 마리가 얼굴에 붙어 기어다니고 있다. 6년쯤 전에도 데미안은 지금과 똑같이 나이 들어 보이면서도 세월의 흔적이 보이지 않는 얼굴을 지녔었다. 주름살 하나도 변함없이 그대로였다.

두려움에 사로잡힌 나는 조용히 방을 나와 아래층으로 내려갔다. 복도에서 창백하고 지쳐 보이는 에바 부인과 마주쳤다. 처음 보는 모습이었다. 창문으로 그늘이 드리워지며 밝고 하얀 햇살이 갑자기 사라졌다.

"막스에게 갔었어요." 내가 다급하게 속삭였다. "무슨 일입니까? 자는 건지, 자기 안에 몰입해 있는 건지 모르겠지만, 전에도 한 번 그런 모습을 본 적이 있어요."

"깨우진 않았죠?" 부인이 재빨리 물었다.

"네, 제 소리를 듣지 못했어요. 저는 곧바로 방에서 나왔어요. 말씀해주세요, 에바 부인. 왜 저러는 겁니까?"

그녀는 손등으로 이마를 쓸었다.

"침착해요, 싱클레어. 아무 문제 없어요. 그 애는 침잠한 겁니다. 오래 걸리지 않을 거예요."

비가 막 내리기 시작했는데도 에바 부인은 일어나서 정원으로 나갔다. 따라가서는 안 될 것 같았다. 나는 복도를 왔다 갔다 하며 후각이 마비될 정도로 짙은 히아신스 꽃향기를 맡기도 하고, 문 위에 걸린 나의 새 그림을 바라보기도 했다. 그러면서 이 아침 집 안을 가득 메운 이상한 그늘에 초조해하며 답답한 숨을 몰아쉬었다. 왜 이런 걸까? 무슨 일이 일어난 거지?

에바 부인은 금방 돌아왔다. 짙은 색 머리에 빗방울이 맺혀 있었다. 그녀는 자신의 안락의자로 가서 앉았다. 지쳐 보였다. 나는 부인에게 다가가 몸을 숙여 머리에 맺힌 빗방울에 입 맞추었다. 부인의 눈은 밝고 차분했지만 빗방울에서는 눈물 맛이 났다.

"막스가 어떤지 살펴볼까요?" 내가 속삭이듯 물었다.

에바 부인은 희미하게 미소 지었다.

"어린애처럼 굴지 마요, 싱클레어!" 그녀는 자신 안의 마법을 풀어버리려는 듯 큰 소리로 타일렀다. "갔다가 나중에 다시 오세요. 지금은 당신과 대화할 수가 없군요."

나는 밖으로 나와 걷기도 하고 뛰기도 하며 도시를 벗어나 산으로 향했다. 가는 비가 비스듬히 내리고 있었다. 구름은 공포에 무겁게 짓눌린 듯 낮게 깔려 지나갔다. 아래쪽에는 바람이 거의 불지 않았지만 고지대에는 폭풍이 부는 것 같았다. 햇살이 종종 푸르스름한 잿빛 구름을 뚫고 나와 잠깐씩 밝고 눈부시게 빛났다.

그러다가 하늘 저편에서 노란 솜털 구름이 흘러와 푸르스름한 잿빛 구름과 충돌했고, 순식간에 바람이 일어 노랗고 파란 구름으로 거대한 새의 형상을 빚어냈다. 그 새는 푸른색 혼돈을 찢고 나와 넓은 날개를 펄럭이며 하늘로 사라졌다. 곧이어 폭풍이 몰려오는 소리가 들렸다. 비와 우박이 섞여 내렸다. 비가 세차게 뿌리고 지나간 풍경 위로 믿기지 않을 정도로 무시무시한 천둥 소리가 짧게 울렸다. 이내 햇살이 다시 구름을 비집고 나왔다. 갈색 숲 위로 보이는 근처 산에 쌓인 창백한 눈이 희미하고 비현실적으로 반짝였다.

몇 시간 후 비에 홀딱 젖은 채 바람에 떠밀려 돌아오자 데미안이 직접 문을 열어주었다.

그리고 나를 데리고 자기 방으로 올라갔다. 실험실에 가스 불꽃이 타오르고 종이들이 주변에 널브러져 있는 것을 보니 실험을 하고 있던 모양이었다.

"앉아." 데미안이 자리를 권했다. "피곤하겠구나. 날씨가 궂었지. 밖에서 꽤 쏘다닌 모양이네. 차가 금방 나올 거야."

"오늘은 뭔가 이상해." 나는 머뭇거리며 말문을 열었다. "날씨뿐만이 아니야."

친구가 살피듯 나를 쳐다보았다.

"무엇을 봤어?"

"응. 구름 속에 잠시 나타난 형상을 똑똑히 봤어."

"어떤 형상?"

"새였어."

"그 매? 그거였어? 네 꿈속의 새?"

"그래, 내 매였어. 노란색에 어마어마하게 컸고 검푸른 하늘로 날아갔어."

데미안이 깊은 한숨을 쉬었다.

문 두드리는 소리가 들리고 늙은 하녀가 차를 가져왔다.

"어서 마셔, 싱클레어. 네가 그 새를 본 것이 우연은 아닌 것 같은데?"

"우연? 그런 것을 우연히 보기도 하니?"

"물론 아니지. 그것은 무언가를 의미해. 너는 뭔지 알아?"

"아니. 운명이 한 걸음을 뗀 것처럼 엄청난 충격을 의미한다는 느낌만 있을 뿐이야. 우리 모두와 관련이 있는 것 같아."

데미안은 격하게 이리저리 서성거렸다.

"운명이 한 걸음을 뗐다!" 데미안이 크게 소리쳤다.

"나도 어젯밤 그런 꿈을 꾸었고, 어머니도 어제 똑같은 예감이 들었다고 말했어. 꿈속에서 나는 나무 기둥인가 탑 같은 데 걸쳐진 사다리를 타고 올라갔지. 꼭대기에 이르자 커다란 평야로 이루어진 어떤 나라의 도시와 마을이 온통 불타고 있더군.

아직 전부 설명할 수는 없어. 모든 것이 아직 분명치가 않아."

"너 자신에 관한 꿈인 것 같아?" 내가 물었다.

"나에 관한 거냐고? 당연하지. 아무도 자신과 관련 없는 꿈은 꾸지 않아. 하지만 네 말대로 나 혼자만 관련된 꿈은 아니야. 나는 자신의 영혼 속 움직임을 보여주는 꿈과 드물게 전 인류의 운명을 암시하는 꿈의 차이를 확실히 구분하거든. 그런 꿈은 거의 꾼 적이 없어. 미래를 예언해서 그대로 이루어졌다고 말할 수 있는 꿈은 하나도 없었어. 해석이 너무 불명확해서 말이야. 하지만 나에게만 해당되는 꿈이 아니었다는 것은 분명해. 사실 그 꿈은 내가 이전에 꾸었던 다른 꿈에 연결되어 이어지고 있어. 이 꿈들을 근거로 예감을 갖게 됐고, 그것을 너에게 얘기한 거야, 싱클레어. 세상이 완전히 썩었다는 사실은 우리 둘 다 알고 있어. 하지만 그 점이 세상의 붕괴나 그와 비슷한 상황을 예측할 수 있는 근거는 되지 않아. 하지만 나는 수년간 꿔왔던 꿈들을 바탕으로 결론을 내렸지. 아니면 느꼈거나. 네가 원하는 대로 생각해도 좋아. 아무튼 그 꿈들로 인해 구세계의 파멸이 다가오고 있다는 걸 느꼈어. 처음에는 아주 약하고 먼 예감이었다가 점점 뚜렷하고 강해졌지. 내가 뭔가 거대하고 끔찍한 일에 휘말리게 되리라는 것 말고는 아직 아무것도 몰라. 싱클레어, 우리가 자주 이야기했던 그 일이 닥칠 거야! 세상은 다시 태어나고 싶어 해. 죽음의 냄새가 나. 죽어야만 새로운 탄생이 가능하니까. 생각했던 것보다 더 끔찍해."

나는 겁에 질려 데미안을 바라보았다.

"네 꿈 이야기를 마저 해줄 수 있어?" 내가 벌벌 떨며 물었다.

데미안이 고개를 저었다.

"아니."

문이 열리고 에바 부인이 들어왔다.

"여기에 함께 앉아 있구나! 얘들아, 설마 슬퍼하는 건 아니
지?"

에바 부인은 더 이상 피곤한 기색이라곤 없이 활기차 보였
다. 데미안이 부인을 향해 미소 짓자 그녀는 겁먹은 아이들에
게 다가오는 어머니처럼 우리에게로 왔다.

"슬프지 않아요, 어머니. 우리는 그저 이 새로운 조짐에 대해
골똘히 생각해보았을 뿐이에요. 하지만 상관없어요. 닥쳐올 일
이 무엇이든 일단 터지고 나면 우리가 알아야 할 것이 무엇인
지 밝혀지겠죠."

하지만 내 기분은 침울했다. 작별을 고하고 혼자 복도를 걸
어 나올 때는 히아신스 꽃향기마저 시들고 퀴퀴한 것이 송장
냄새 같았다. 그림자가 우리 위로 드리워져 있었다.

8
종말의 시작

나는 여름 학기에도 H시에 머물 수 있도록 부모님의 허락을 받아냈다. 우리는 거의 대부분 집 대신 강가 정원에서 시간을 보냈다. 일본인은 권투 시합에서 제대로 패한 뒤 떠났고, 톨스토이의 추종자 역시 사라졌다. 데미안에게는 말이 한 마리 있어, 매일같이 집을 나가 오랫동안 말을 탔다. 나와 데미안의 어머니 둘만 남는 경우가 많았다.

나는 가끔씩 내 삶이 어쩌면 이렇게 평화로울 수 있을까 신기했다. 오랫동안 혼자 지내며 금욕을 실천하고 시련과 힘겹게 씨름해왔던 내가 아닌가. H시에서 보낸 그 몇 달은 마치 아름답고 쾌적한 환경에만 둘러싸여, 편안하고 황홀한 기분으로 지내도록 허락된 상상의 섬에 와 있는 듯했다. 이것이 우리가 상상하는 새롭고 한층 더 진화한 공동체의 느낌일 거라는 생각이 들었다. 그러다가도 불현듯 이 행복은 내 안에 깊은 슬픔을 자아냈다. 행복이 오래가지 않으리란 사실을 잘 알고 있었기 때문이다. 풍성함과 편안함 속에 숨 쉬는 삶은 내 몫이 아니었다. 내게 필요한 것은 고통과 흥분이었다. 언젠가 이 아름다운 사랑의 영상에서 깨어나, 다시 철저히 혼자가 되어 다른 사람들의 냉혹한 세상에 남겨질 것임을 느꼈다. 그곳에서 내게는 고독이나 투쟁만 있을 뿐 평화도 없고 함께 나눌 삶도 없을 것이다.

그런 생각을 하며 에바 부인 옆에 앉아 있자니 애정이 두 배로 샘솟았다. 그리고 내 운명이 여전히 이토록 아름답고 차분한 모습을 지니고 있다는 사실에 기뻤다.

몇 주일간 이어진 여름은 빠르고 편안히 흘러갔다. 학기는 벌써 막바지에 이르렀다. 곧 떠나야 했지만 나는 이별을 생각조차 할 수 없었고 생각하지도 않았다. 그 대신 꿀이 든 꽃에 날아드는 나비처럼 그 아름다운 나날에 집중했다. 지금 생각해보면 그것은 인생에서 처음으로 만족을 느끼고 무리의 일원으로 인정받았던 행복한 시절이었다. 다음은 어떻게 될까? 또다시 투쟁하고, 갈망으로 괴로워하고, 꿈을 꾸며 홀로 남겨지겠지.

이런 예감이 강하게 드는 날이면 에바 부인에 대한 내 사랑도 고통스러울 정도로 확 타올랐다. 맙소사, 얼마 후면 더 이상 부인을 보지도 못하고, 집 안에 울리는 단호하고 멋진 발소리도 못 듣고, 내 책상 위에서 그녀의 꽃을 발견하지도 못하게 된다니! 그럼 내가 이룬 것은 무엇인가? 나는 그녀를 쟁취하고 그녀를 위해 싸우고 영원히 내 곁에 묶어두는 대신 꿈을 꾸며 만족에 겨워했을 뿐이었다! 에바 부인이 순수한 사랑에 대해 내게 했던 모든 말들이 떠올랐다. 수많은 말로 세심하게 타이르고 부드럽게 권유하며 어쩌면 약속을 했던 것도 같았다. 그 말을 듣고 나는 무엇을 했는가? 아무것도 하지 않았다! 아무것도!

나는 방 한가운데 서서 모든 의식을 집중하여 에바에 대해 생각했다. 그녀가 내 사랑을 느끼고 내게 끌려올 수 있도록 내 영혼의 힘을 전부 모으고 싶었다. 에바는 내게로 와서 내 포옹을 갈망해야 했다. 내 입맞춤은 그 농익고 사랑스러운 입술을 끝없이 파고들어야 했다.

나는 손발이 차가워질 때까지 그대로 서서 정신을 집중했다. 내 안에서 힘이 빠져나가는 것 같았다. 얼마 동안 내 안에 있는 무언가가 확실하고 단단하게 조여들었다. 그것은 밝고 차가웠다. 마음속에 수정을 지니고 있다는 느낌이 잠깐 들었다. 나는 그것이 내 자아라는 것을 알았다. 냉기가 가슴까지 올라왔다.

지독한 긴장에서 풀려나자 무언가가 다가오는 느낌이 들었다. 나는 죽을 것처럼 피곤했지만 에바가 눈부시고 황홀한 모습으로 방으로 들어오는 건 얼마든지 볼 준비가 되어 있었다.

긴 도로를 따라 올라오는 말발굽 소리가 들리더니 가까이에서 거세게 울리다가 뚝 멈췄다. 나는 재빨리 창가로 갔다. 데미안이 말에서 내리고 있었다. 나는 아래층으로 달려 내려갔다.

"무슨 일이야, 데미안? 어머니한테는 아무 일도 없는 거지?"

데미안은 내 말에 귀 기울이지 않았다. 안색이 창백했고 땀방울이 이마에서 양 볼을 타고 흘러내렸다. 데미안은 숨이 한껏 차오른 말을 당겨와 고삐를 정원 울타리에 묶어놓은 뒤 내 팔을 잡고 함께 거리를 걸어 내려갔다.

"벌써 들은 거니?"

나는 아무것도 들은 것이 없었다.

데미안은 내 팔을 꽉 쥐더니 고개를 돌려 이상하리만치 어둡고 동정 어린 눈빛으로 나를 바라보았다.

"그래, 친구. 이제 시작하고 있어. 러시아와 심각한 긴장관계에 있다는 사실은 알 테고."

"뭐? 전쟁이야? 전혀 생각도 못 했어."

가까이에 아무도 없는데도 데미안은 나직한 소리로 말했다.

"아직 선포되진 않았어. 하지만 전쟁이 나는 건 확실해. 내가 그 문제로 더 이상 널 성가시게 하지는 않았지만, 사실 그날 이후로 나는 세 번에 걸쳐 새로운 징후를 봤어. 그러니까 징후가 의미하는 것은 세상의 종말도 지진도 혁명도 아닐 거야. 전쟁이겠지. 전쟁이 어떻게 전개될지 두고 봐! 사람들은 전쟁을 즐길 거야. 지금 벌써 모든 사람들이 어서 공격이 시작되기를 고대하고 있어. 삶이 너무 무료해진 거지. 하지만 이것은 시작에 불과해, 싱클레어. 어쩌면 큰 전쟁이 될지도 몰라. 대규모 전쟁 말이야. 그렇다 해도 그것 또한 시작일 뿐이지. 새로운 것이 시작되고 있어. 옛것을 고집하는 사람들에게 그 새로운 것은 끔찍한 일이 될 거야. 넌 어쩔 셈이야?"

나는 어안이 벙벙했다. 모든 말이 낯설고 믿기지 않았다.

"모르겠어. 너는?"

데미안은 어깨를 으쓱했다.

"동원 명령이 떨어지자마자 소집될 거야. 나는 소위거든."

"네가? 전혀 몰랐어."

"그래, 그것이 내 적응 방법 중 하나였어. 알다시피 나는 외부의 이목을 끌기 싫어서 무엇을 하든 항상 무난하게 보이려다가 도를 넘는 경향이 있었지. 일주일 후면 난 전장에 있을 거야."

"맙소사…."

"자, 친구. 감상적으로 생각해선 안 돼. 살아 있는 사람에게 총을 쏘라고 명령하는 일이 좋지는 않겠지만 그건 중요한 게 아니야. 이제 우리 모두가 거대한 수레바퀴 속으로 들어가게 될 거야. 너도 마찬가지고. 틀림없이 징집될 거야."

"그럼 네 어머니는?"

15분 전에 있었던 일이 그제야 다시 떠올랐다. 그사이 세상이 이렇게 변해버리다니! 가장 사랑스러운 영상을 떠올리기 위해 온 힘을 쥐어짜 보았지만, 운명은 갑작스레 무섭고 끔찍한 가면을 쓰고 나타나 나를 바라보았다.

"어머니? 아, 어머니는 걱정할 필요 없어. 안전하니까. 현재 세상에 있는 그 누구보다도 더 안전하지. 어머니를 그렇게나 많이 사랑하는 거야?"

"알고 있었니, 데미안?"

그러자 데미안은 밝고 여유롭게 웃었다.

"이봐 친구! 당연히 알지. 어머니를 사랑하지 않으면서 에바 부인이라고 불렀던 사람은 아무도 없어. 그건 그렇고 무슨 일 있었니? 네가 오늘 어머니나 나를 불렀잖아, 안 그래?"

"그래, 불렀어. 에바 부인을 불렀지."

"어머니가 그걸 감지했어. 너에게 가보라며 갑자기 나를 보내시더군. 마침 어머니에게 러시아에 관한 소식을 전했을 때였지."

돌아오는 길에 이야기를 좀 더 나누었다. 그런 뒤 데미안은 말을 풀어 올라탔다.

방으로 올라와서야 나는 데미안에게 들은 소식으로 인해, 또 그전의 긴장 상태로 인한 피곤함을 느꼈다. 하지만 에바 부인이 내가 부르는 소리를 들었다! 내 생각이 부인의 심장으로 가닿은 것이다. 아무도 없었다면 그녀가 직접 왔을 텐데…. 이 모든 것이 얼마나 이상했는지, 그러면서도 근본적으로는 얼마나 아름다웠는지! 이제 전쟁이 일어날 것이다. 우리가 그토록 자주 이야기했던 일이 이제 서서히 일어날 것이다. 그리고 데미안은 그에 대해 아주 많은 부분을 이미 알고 있었다. 이제 세상의 흐름이 더 이상 우리를 지나쳐 어딘가로 가지 않고 돌연 우리의 심장을 통해 지나갈 것이다. 모험과 사나운 운명이 우리를 부르고 있다. 세상이 우리를 필요로 한다. 변화를 꾀하게 될 순간이 지금 혹은 곧 닥칠 거라니, 얼마나 신기한 일인가. 데미안 말대로 감상적으로 대처할 일이 아니었다. 나 혼자만의 관심사였던 '운명'을 이제 수많은 사람과, 온 세상과 공유하고 함께 겪어나가게 될 거란 사실이 경이로울 따름이었다. 그렇다면 좋다!

　나는 각오가 되어 있었다. 저녁때 시내를 걸으며 보니 여기저기 큰 흥분으로 술렁이고 있었다. 도처에서 '전쟁'이라는 말이 들렸다!

　나는 에바 부인의 집으로 갔다. 우리는 정원에 있는 정자에서 저녁을 먹었다. 손님은 나 하나였다. 아무도 전쟁 이야기를 꺼내지 않았다. 느지막이 내가 떠나기 바로 전에야 에바 부인이 입을 열었다.

　"싱클레어, 오늘 나를 불렀더군요. 왜 내가 직접 가지 않았는지 알지요? 하지만 잊지 마세요. 이제 신호를 알고 있으니 표식을 지닌 자가 필요하면 언제든 다시 부르세요!"

에바 부인은 자리에서 일어나서 황혼이 깃든 정원으로 앞서 걸어나갔다. 신비로움으로 가득 찬 위엄 있는 걸음걸이로 침묵하고 있는 나무들 사이를 성큼성큼 나아가는 에바 부인의 머리 위로 수많은 별들이 조그맣고 은은하게 빛나고 있었다.

내 이야기도 끝나간다. 상황은 빠르게 진전되었다. 곧 전쟁이 발발했다. 군복에 은회색 외투를 걸친 모습이 이상하게 낯설어 보였던 데미안은 전장으로 떠났다. 나는 그의 어머니를 집까지 바래다주었다. 머지 않아 나도 작별 인사를 건넸다. 에바 부인은 내게 입을 맞추고 잠시 나를 품에 안았다. 그녀의 커다란 눈동자가 내 눈동자 속에서 다정하고 강렬하게 타올랐다.

그리고 모든 사람이 형제가 된 것 같았다. 그들은 조국과 명예를 생각했다. 하지만 그것은 운명이었고, 그들 모두는 운명의 맨얼굴을 잠깐 보았던 것이다. 젊은 남자들이 막사에서 나와 기차에 올랐고, 나는 많은 이들의 얼굴에서 표식을 보았다. 우리가 지닌 표식은 아니어도 사랑과 죽음을 의미하는 아름답고 위엄 있는 표식이었다. 또한 처음 보는 사람들에게 얼싸안겼다. 나는 그 행동이 무엇을 의미하는지 이해했으므로 기꺼이 마주 안아주었다. 그들이 그런 행동을 하게 만든 것은 운명의 의지가 아니라 일종의 도취였다. 하지만 그런 도취는 신성했다. 짧게나마 열렬히 운명의 눈을 바라보아 생겨난 도취였기 때문이다.

내가 전장에 배치받았을 때는 벌써 겨울이 다 되어 있었다.

충격이 주는 흥분에도 불구하고 처음에는 모든 것이 실망스러웠다. 예전에 나는 이상을 위해 사는 사람이 왜 그렇게 드문지 곰곰이 생각했었다. 이제는 많은, 아니 모든 사람이 이상을 위해 죽을 수 있다는 사실을 알았다. 단지 그 이상은 개인이 마음대로 선택한 것이어서는 안 되고 누구나 공통으로 받아들일 수 있는 것이어야만 했다.

시간이 흐르면서 내가 인간을 과소평가했었다는 사실을 깨달았다. 임무와 공통의 위험이 사람들을 획일적으로 만들었지만, 그런 와중에도 나는 살아 있는 그리고 죽어가는 많은 이들이 운명의 의지에 의연하게 다가가는 모습을 목격했다. 공격할 때뿐 아니라 매 순간 많은, 아주 많은 사람들이 침착하고 아득해 보이는, 약간 홀린 듯한 눈빛을 띠고 있었다. 목적을 전혀 모른 채, 상상도 할 수 없는 일에 헌신하듯 몸을 내맡겼다는 사실을 표현하는 눈빛이었다. 무엇을 생각하든 무엇을 믿든 그들은 준비가 되어 있었고, 유용하게 쓰였으며, 미래를 형성하는 바탕이 되었다. 그리고 세계가 전쟁과 영웅 심리, 명예와 다른 낡은 이상들에 집착할수록, 인류의 목소리가 점점 더 멀고 희미하게 울릴수록 이 모든 것은 표면에 지나지 않았다. 전쟁의 외부적, 정치적 목적에 대한 질문이 표면에 불과한 것과 마찬가지였다. 저 아래 깊은 곳에서 무언가가 이루어지고 있었다. 그것은 새로운 인류에 가까웠다. 왜냐하면 내가 만난 많은 사람들 중 대다수가 미움과 분노, 살인과 파괴는 그 대상과 아무 관련이 없다는 사실을 절실히 느끼며 내 옆에서 죽어갔기 때문이다. 그렇다, 전쟁의 대상도 목적처럼 우연의 일치였다. 원초적이면서 몹시 난폭하기까지 한 그 감정은 적을 향한 것이 아니었다. 그들이 저지른 학살은 자신 안에서 갈라져 나온 영혼, 즉 내면에서 뿜어져 나온 것일 뿐이었고, 그 영혼은 격분하고 죽이고 파괴하고 소멸함으로써 새로 태어날 수 있기를 원했다. 거대한 새가 알에서 나오려고 투쟁하고 있었다. 알은 세계였고, 그 세계는 산산이 부서져야만 했다.

이른 봄날의 어느 밤, 나는 우리가 주둔하고 있던 농장 건물 앞에서 보초를 서고 있었다. 힘없이 불던 바람이 갑자기 돌풍으로 변하더니 플랑드르 지방의 높은 하늘 위로 구름 떼가 몰려왔다. 달은 구름 뒤 어디엔가 떠 있을 것 같았다. 나는 왠지 모를 불안에 시달리며 온종일 초조해했다. 지금, 어두운 초소에서 나는 이제껏 살아왔던 모습들과 에바 부인과 데미안에 대해 깊이 생각했다. 포플러에 기대서서 움직이는 하늘을 바라보았다. 하늘에서 밝은 부분이 이상하게 꿈틀거리더니 이내 커다랗게 부풀어 일련의 영상으로 변했다. 맥박이 신기할 정도로 약해지고 바람과 비를 맞아도 피부에 감각이 없었다. 정신은 잠이 완전히 깨어 말똥말똥한 상태인 것으로 보아 인도자가 내 주변에 있다는 느낌이 들었다.

구름 속에 큰 도시가 보였다. 거기서 수백만 명의 사람들이 무리 지어 흘러나와 넓은 시골 지역으로 흩어졌다. 그들 가운데 강력한 신의 형상이 걷고 있었다. 머리에 반짝이는 별을 달고 산맥처럼 거대한 그 형상은 에바 부인의 모습을 지니고 있었다. 사람들은 거대한 동굴로 들어가듯 신에게로 들어가 사라졌다. 여신은 땅바닥에 몸을 웅크리고 있었다. 그녀의 이마에 있는 표식이 밝게 빛났다. 꿈에 사로잡힌 듯 보인 여신은 두 눈을 감은 채 고통으로 거대한 얼굴을 일그러뜨렸다. 갑자기 여신이 비명을 질렀고, 이마에서 수천 개의 반짝이는 별이 멋진 포물선을 그리며 튀어 올라 검은 하늘에 반원을 이루었다.

별 하나가 날카로운 소리를 내며 곧장 내게로 날아들었다. 나를 찾으려는 것처럼 보였다. 별은 수천 개의 불꽃으로 요란하게 부서지며 나를 공중으로 들어 올렸다가 다시 땅바닥으로 내동댕이쳤다. 세상이 천둥 소리를 내며 내 위로 무너져 내렸다.

사람들이 포플러 근처에서 많은 부상을 입고 흙으로 덮여 있던 나를 발견했다.

나는 지하실에 누워 있었고, 그 위로 총탄 소리가 윙윙거렸다. 나는 수레에 실려 덜컹거리며 벌판을 가로질러 나갔다. 대부분 잠이 들거나 의식이 없었다. 잠이 깊이 들수록 무언가가 나를 끌어당긴다는 느낌, 나를 장악한 힘에 내가 이끌려 가고 있다는 느낌이 강하게 들었다.

나는 헛간의 건초 위에 누워 있었다. 그곳은 어두웠다. 누군가가 내 손을 밟았다. 하지만 나의 내면은 더 나아가기를 원하면서 나를 더욱 세게 끌어당겼다. 다시 수레에 실렸고 얼마 후 들것 혹은 사다리에 실렸다. 내가 어딘가로 불려가고 있다는 느낌이 점점 더 강해지더니 기어코 그리로 가야겠다는 열망 외에는 아무 생각도 들지 않았다.

목적지에 도착했다. 밤이었고, 나는 의식을 완전히 되찾았다. 그러면서 내 안에 있는 끌어당김과 열망을 강하게 느꼈다. 이제 나는 복도에 놓인 침대에 누워 있었다. 내가 부름을 받은 바로 그곳에 와 있는 것 같았다. 주변을 둘러보니 내 옆 침대에 누군가가 누워 있었다. 그 사람이 몸을 숙여 나를 바라보았다. 이마에 표식이 있었다. 그는 막스 데미안이었다.

나는 말을 할 수 없었다. 데미안 역시 말을 할 수 없는 건지, 하고 싶지 않은 건지 조용히 나를 쳐다보기만 했다. 위쪽 벽에 걸린 전구 불빛이 그의 얼굴을 비추었다. 데미안이 내게 미소 지었다.

끝나지 않을 것처럼 오랫동안 계속해서 내 눈을 들여다보았다. 이윽고 데미안의 얼굴이 천천히 내게로 다가와 거의 맞닿을 지경에 이르렀다.

"싱클레어!" 그가 속삭였다.

나는 눈짓으로 알아들었다는 표시를 했다.

데미안이 다시 미소 지었다. 연민이 어려 있는 것도 같았다.

"꼬마 친구!" 그가 미소를 띤 채 나를 불렀다.

그의 입은 이제 내 입에 아주 가까이 있었다. 데미안이 부드럽게 말을 이었다.

"프란츠 크로머를 아직 기억해?" 데미안이 물었다.

나는 눈을 깜박이고 간신히 미소도 지어 보였다.

"싱클레어, 잘 들어! 난 떠나야 해. 언젠가 크로머나 그 밖에 다른 문제에 부딪히면 너는 다시 내가 필요하게 될지도 몰라. 그때는 네가 나를 불러도 나는 더 이상 말이나 기차를 타고 거침없이 너에게 가지 못할 거야. 그럴 때는 네 안의 소리에 귀 기울여봐. 그럼 내가 네 안에 있다는 것을 깨닫게 될 거야. 알겠지? 그리고 하나 더! 에바 부인이 만일 네가 곤경에 처하면 자신의 입맞춤을 전해달라고 내 편에 부탁했어… 눈을 감아, 싱클레어!"

나는 순순히 눈을 감았다. 좀처럼 멎지 않는 피가 계속해서 조금씩 배어 나오는 내 입술에 가벼운 입맞춤을 느꼈다. 그러고는 잠에 빠져들었다.

아침에 누군가가 붕대를 갈아야 한다며 나를 깨웠다. 마침내 잠에서 완전히 깨어난 나는 재빨리 옆 침대로 고개를 돌렸다. 그곳에는 내가 한 번도 본 적 없는 낯선 사내가 누워 있었다.

붕대를 감는 일은 아팠다. 그때 이후로 내게 일어난 모든 일이 아팠다. 하지만 가끔 열쇠를 찾아내 나 자신 안으로 완전히 기어 내려가면 그곳에 있는 어두운 거울 속에 운명의 영상이 잠들어 있었다. 나는 그 어두운 거울 위로 몸을 숙여 나 자신의 모습을 바라보기만 하면 되었다. 나 자신의 모습은 이제 그와 똑같아져 있었다. 내 친구이면서 인도자였던 그와.

작품 해설

《데미안》, 자아 성찰의 여로를 그리다

– **김선형** (경남대학교 문화콘텐츠학과 교수)

D

e

m

i

a

n

《데미안》, 자아 성찰의 여로를 그리다

《데미안》의 시작

헤르만 헤세는 자신의 작품 《데미안》을 '에밀 싱클레어의 청년 시절 이야기'라는 부제를 달아 1919년 에밀 싱클레어라는 익명으로 출판했다. 그 후 약 1년이 지나서 《데미안》을 쓴 진짜 저자의 이름이 밝혀진 후에는 헤세의 이름으로 출간되었다. 그런데 이 에밀 싱클레어라는 이름의 출처는 어디서 찾을 수 있을까? 에밀 싱클레어는 실존 인물로, 소설 《히페리온》의 저자인 프리드리히 횔덜린의 친구로 알려져 있으며 뷔르템베르크 선제후에 대항했다가 반역죄 소송에 연루됐던 투쟁적인 공화주의자다. 헤세는 이 '에밀 싱클레어'를 말하려 했던 것일까? 그는 이에 대해서는 언급하지 않고, 다만 이 작품이 어떤 결과를 가져올지 두려웠으며, 유명 저자의 이름이 주는 이점을 포기하고자 익명으로 발표했다고만 밝혔다.

1904년 첫 장편소설 《페터 카멘친트》를 출간하고 작가로서 명성을 얻었던 헤세지만, 그 후 오랫동안 공적으로나 사적으로나 인생에서 가장 어려운 시기를 보내야 했다. 당시 그는 1914

년 11월 3일 스위스 신문인 〈노이에 취리히 차이퉁〉에 전쟁을 반대하는 글을 기고했다가 '비겁자', '조국을 팔아먹은 자'라는 비판을 공공연히 받았다. 1916년에는 세 살 난 어린 아들 마르틴이 뇌막염을 앓았고, 첫 번째 아내 마리아 베르누이의 정신병 악화와 불우한 결혼 생활 등 개인적 문제로 어려움을 겪었다.

헤세는 1916~1917년 동안 스위스 정신과 의사 카를 구스타프 융의 제자인 요제프 베른하르트 랑 박사에게 상담 치료를 받으며 이러한 삶의 위기를 극복했고, 융의 심리학을 《데미안》속에서 전개했다.

헤세의 '영혼의 전기傳記'라고 평가받는 《데미안》은 일인칭 소설로, 작품은 각각 〈두 세계〉, 〈카인〉, 〈도둑〉, 〈베아트리체〉, 〈새는 알에서 나오려고 투쟁한다〉, 〈야곱의 씨름〉, 〈에바 부인〉, 〈종말의 시작〉이라는 제목을 가진 8개의 장으로 구성되어 있다. 또 이 작품은 주인공 에밀 싱클레어가 열 살부터 스무 살이 될 때까지의 10년 동안, 주위 세계와의 갈등을 통해 성장해 나가는 과정을 연대기적으로 묘사한 성장소설이다. 주인공의 성장은 장소의 변화를 통해 단계별로 나뉘는데, 1~3장까지가 싱클레어가 고향에서 보내는 어린 시절, 4~6장은 김나지움에서 보내는 소년 시절, 7~8장은 대학에 진학하고 데미안의 집에 다니면서 보내는 청년 시절로 구분할 수 있다.

싱클레어의 유년기: 크로머 그리고 '그림자'

열 살의 싱클레어에게 처음으로 고통을 주는 인물은 힘세고 난폭한 불량소년 프란츠 크로머다. 헤르만 헤세는 아버지와 어머니의 밝은 세계를 어두운 세계에 속하는 크로머와 대립시킨다. 어린 싱클레어가 크로머의 마음에 들기 위해 과수원 사과를 훔쳤다고 거짓말하자, 크로머는 돈을 가져오지 않으면 싱클레어의 도둑질을 과수원 주인에게 알리겠다고 위협한다.

이때 헤세는 크로머를 싱클레어에게 공포를 주는 존재인 동시에 싱클레어 안에 존재하는 어두운 내면의 세계를 상징하는 '그림자'로 표현한다. 이 그림자의 의미는 융의 심리학에서 찾을 수 있는데, 융은 이 용어를 "인간 본성의 열등하고 무가치하며 유치한 측면들"로 정의하고 있다.

크로머로 인해 고통을 겪는 싱클레어는 이런 자신의 상황을 모르고 다른 사소한 일로 야단치는 아버지에게 "가시가 잔뜩 박힌 사악하고 날카로운" 느낌, 즉 경멸감을 느끼고 그로 인해 자신이 아버지보다 우월하다고 생각하게 된다. 이렇게 싱클레어는 아버지라는 어린 시절 의지했던 기둥에 금이 가는 과정을 거쳐, 자신이 부모님이나 누이들 등 이제까지 친근했던 대상으로부터 분리되기 시작함을 인식한다.

이후 싱클레어는 의지가 강하고 처세에 능한 신비한 소년 막스 데미안의 도움으로, 크로머로 구체화되는 어두운 세계에서 구원된다. 갑작스레 밝은 세계로 다시 돌아오게 된 싱클레어는 괴로웠던 과거와 자신의 조력자이자 구원자인 데미안을 빠른 속도로 잊어간다. 하지만 다시 데미안과 이야기를 나누기 전까지도 그 특별한 존재가 싱클레어 안에 남아 있었음을 알 수 있다.

싱클레어의 유소년기: 카인과 도둑들

처음 싱클레어와 만났을 때, 데미안은 성경 속에서 아벨을 죽인 카인에 대해 단순히 동생을 죽인 악인의 대명사가 아니라 "용기와 자기들만의 특성을 지닌" 인물이라고 평한다. 또 카인을 어떻게 용감하고 남다른 인간으로 해석할 수 있는지 설명하며, 이제까지의 기독교적 종교관에 의문을 제시한다. 데미안은 싱클레어에게 이런 '카인'처럼 되라고 말하며, 종교나 성경에 의존하지 않는 독자적인 생각을 가지도록 종용한다. 싱클레어는 이런 데미안에 대해 불안과 경탄을 동시에 느낀다. 데미안은 불안에 떠는 싱클레어를 크로머에게서 구해주었지만, 크로머와는 다른 의미에서 싱클레어를 유혹해 "악하고 나쁜 세계"로 이끄는 또 하나의 존재인 것이다.

카인의 경우처럼, 데미안은 성경에 나오는 두 도둑에 대해서도 새롭게 해석한다. 크로머와의 일 이후 몇 년 뒤에 싱클레어는 데미안과 다시 가까이 지내게 되는데, 이때 데미안은 십자가에 못 박힌 예수 옆에 함께 매달렸던 두 도둑 중, 참회하지 않은 도둑을 "우직한 개성을 지닌 인물"로 해설한다. 데미안은 싱클레어로 하여금 "종교적 이야기들과 신조들을 좀 더 자유롭고 개인적이며 흥미롭고 상상력 넘치는 방법으로 바라보고 해석하도록" 이끌어준 것이다.

싱클레어는 성경에 나오는 카인과 두 도둑에 대한 데미안의 새로운 해석을 들으며, 선과 악으로 구분하는 기독교의 이원론적인 해석에 대해 회의한다. 그리고 이제까지 접할 수 없었던 대립의 극복, 모든 대립을 조화롭게 포괄하는 '양극적 전일사상全一思想'을 접하게 된다.

데미안이 라틴어 학교를 떠나고 싱클레어는 중등 교육기관인 김나지움에 진학한다. 그곳에서 싱클레어는 다시 데미안을 통해 지금까지와는 다른 새로운 세계를 경험하며, 자신만의 삶을 찾아야 하는 어려움을 깨닫는다.

헤세는 1954년 2월 15일 할데그라트 자라신 부인에게 보내는 편지에서 데미안을 "사람이 아니고 하나의 원칙"으로 형상화된, 싱클레어 옆에서 도움을 주는 불멸의 인간으로 묘사하고 있는데, 이처럼 싱클레어가 어린 시절에 만난 데미안은 구원자이며 유혹자이고 또한 진정한 자아를 찾도록 촉구하는 상징적인 존재인 것이다.

싱클레어의 소년기: 새와 신 아브락사스

'새' 혹은 '매'는 특별한 의미를 가진 상징으로, 2장 〈카인〉에서 데미안이 싱클레어의 집 출입문 아치에 새가 새겨진 문장紋章에 대해 말하며 처음 등장한다. 또 4장 〈베아트리체〉 마지막 부분에는 싱클레어가 그 출입문에 그려진 새의 의미를 찾아가는 과정이 묘사되고 있다. 김나지움 학생 싱클레어는 데미안과 잠시 만났다 헤어진 뒤, 그와의 예전 추억을 상기하면서 꿈을 꾼다. 꿈속에서 데미안은 싱클레어에게 문장에 새겨진 새를 먹이려 한다. 그러나 새는 오히려 싱클레어를 안에서부터 먹어 치우려 했고, 싱클레어는 죽을 듯한 두려움에서 깨어나 문장의 새를 그리기 시작한다. 싱클레어는 지구라는 거대한 알을 깨고 나와, 푸른 하늘을 향해 날아가려는 황금색 머리의 매 그림을 완성해 데미안에게 보낸다. 그리고 5장 〈새는 알에서 나오려고 투쟁한다〉의 앞부분에서 싱클레어는 자신의 책갈피에 꽂혀 있는 데미안의 답장을 발견하고, 처음으로 아브락사스라는 신의 이름을 알게 된다.

> 새는 알에서 나오려고 투쟁한다. 알은 세계다. 태어나려는 자는 한 세계를 파괴해야만 한다. 새는 신에게 날아간다. 신의 이름은 아브락사스다.

이후 싱클레어는 폴렌 선생님의 수업 시간에 양면적인 특성을 지닌 아브락사스라는 신의 이름을 다시 듣는다.

헤르만 헤세는 고대 그노시스 철학에 몰두한 융과 랑 박사를 통해 아브락사스를 알게 되었는데, 융은 아브락사스에 대한 연구가 담긴 《죽은 자에 대한 일곱 개의 설교》를 헤세에게 보냈다. 이 책에서 아브락사스는 "어둡고, 악마적이고 사악한 원칙을 밝은 빛의 세계와 결합시킬 수 있는 태양의 신"이다. 그노시스 철학의 아브락사스 신화가 고대이집트의 호루스 신화와 연관이 깊다는 사실을 안 헤세는 아브락사스 신화와 호루스 신화를 결합한다. 그노시스파의 신 아브락사스가 인간의 몸에 수탉의 머리를 지닌 것으로 묘사되듯, 고대이집트에서 태양신 호루스는 매의 얼굴을 한 신이며 죽음과 부활을 뜻하는 불사조는 그의 상징이다. 불사조는 이름 그대로 영원한 삶이 허용되는 새로서, 죽음이 가까워지면 향나무 가지로 둥우리를 틀고는 거기에 불을 붙여 스스로 자기 몸을 태워 죽는다. 그리고 그 재에서 다시 새로운 불사조가 탄생하는 것이다. 새가 아브락사스 신을 향해 날아가고, 이 새는 호루스의 상징인 매(이자 불사조)를 뜻한다. 즉 아브락삭스와 호루스, 매와 불사조는 모두 하나의 상징인 것이다.

싱클레어의 청소년기: 베아트리체 그리고 위대한 어머니

4장 〈베아트리체〉에서 김나지움에 다니던 싱클레어는 공원에서 한 젊은 여인을 보게 된다. 싱클레어는 이 여성을 마음속에서 '베아트리체'라고 부르는데, 베아트리체는 시성詩聖 알리기에리 단테의 이상적 여인이자 완벽한 순수함을 지닌 여성의 이름으로 알려져 있다.《데미안》에서의 베아트리체는 성모마리아의 모습을 지니고 있으며, 싱클레어에게 어두운 세계를 극복할 힘을 주는 존재다. 싱클레어가 만난 베아트리체의 모습은 "키가 크고 날씬했으며 옷차림도 우아한 데다 총명하고 소년 같은 인상"이라 묘사된다. 이런 베아트리체의 자웅동체적 모습은 후에 에바 부인에게서도 찾을 수 있다.

7장 〈에바 부인〉에서 대학에 입학한 싱클레어는 데미안의 집에 찾아가 그의 어머니 에바 부인을 만난다. 앞서 싱클레어는 데미안 가족이 살았던 옛집에서 에바 부인의 사진을 보고 그녀가 자신이 항상 꿈꾸어 오고 추구했던 꿈속 영상임을 알게 된다. 동시에 싱클레어에게 에바 부인이라는 어머니의 형상은 무의식과 결합하여, 융이 말하는 구원과 파멸의 '위대한 어머니'를 상징한다. '위대한 어머니'는 양면적인 신 아브락사스처럼 남성적인 동시에 여성적이며, 악마적이면서도 순수하며 이 대립하는 모든 것들을 결합하는 일종의 신성神性인 것이다. 싱클레어는 에바 부인과의 대화 속에서 자신의 비밀을 털어놓기도 하고, 그녀에 대한 감각적 사랑을 자신의 꿈속에서 발산하기도 한다. 그 꿈속에서 에바 부인은 거대한 바다였고 싱클레어는 그 안으로 흘러들어 가고 있었다. 에바 부인은 모든 대상을 자신의 내부에 구현하는 신 아브락사스인 것이다. 싱클레어는 에바 부인을 통하여 감각과 의지의 양면성을 체험한다. 그녀는 아들 데미안과 마찬가지로 싱클레어에게 카인처럼 "표식을 지닌 자"로 각성한 자이며, 싱클레어의 스승으로서 그로 하여금 내면으로 향할 수 있도록 길을 인도한다.

융의 원형 이론에서 영향을 받은 헤르만 헤세는 이렇듯 작품 속 에바 부인을 영원히 창조하고 보호하는 삶의 원칙인 대모신 Magna Mater 혹은 근원모Urmutter로 표현하여, "세월의 흔적도 나이도 없이" 존재하는 형상으로, "모든 존재의 어머니"로 묘사하고 있는 것이다.

싱클레어의 청년기: 전쟁과 죽음, 새로운 시작
데미안과 다시 만난 대학생 싱클레어는 첫 여름 학기까지 에

바 부인과 함께 보낸다. 그리고 그 여름이 끝나는 시점에 전쟁이 발발하고, 데미안과 싱클레어는 군인이 된다. 둘은 전쟁을 운명으로 받아들이고 열광한다. 전쟁이 일어날 것을 알게 된 싱클레어에게 데미안은 곧 다가올 전쟁에 대해 다음과 같이 이야기한다.

> (…) 살아 있는 사람에게 총을 쏘라고 명령하는 일이 좋지는 않겠지만 그건 중요한 게 아니야. 이제 우리 모두가 거대한 수레바퀴 속으로 들어가게 될 거야. (…)

또한 싱클레어의 자아 발견은 전쟁터에서 벌어지는 파괴의 도취 속에서 이루어지고 있다. 8장 〈종말의 시작〉에 다음과 같은 묘사가 있다.

> (…) 원초적이면서 몹시 난폭하기까지 한 그 감정은 적을 향한 것이 아니었다. 그들이 저지른 학살은 자신 안에서 갈라져 나온 영혼, 즉 내면에서 뿜어져 나온 것일 뿐이었고, 그 영혼은 격분하고 죽이고 파괴하고 소멸함으로써 새로 태어날 수 있기를 원했다. (…)

평화주의자인 헤르만 헤세가 마지막 장인 〈종말의 시작〉에서는 전쟁터에서의 죽음을 이상화시키고, 파괴를 희생적 죽음으로 변용시키고 있다는 것은 놀랄 만한 점이다. 앞서 헤세는 5장 〈새는 알에서 나오려고 투쟁한다〉에서 "태어나려는 자는 한 세계를 파괴해야만 한다"라고 태어나기 위해 투쟁하는 새의 모습을 파괴라는 단어와 결합시켰다. 또 탄생과 몰락의 결합은 〈종말의 시작〉의 배경인 전쟁터에서도 삶의 희망과 죽음의 예감이 결합되는 것으로 표현된다. 개인의 자유에 대한 탄생과 몰락의 상징적 형상이 사회를 향한 변화의 상징이 되면서, 헤세는 잔혹한 전쟁에 참여한 데미안과 싱클레어의 열정을 정당화시키고 있다. 헤세는 전쟁이 모든 것을 파괴하는 부정적인 면이 있지만, 많은 사회문제를 지닌 당시 독일에게 있어 다시 새롭게 시작할 수 있는 기회라고 여겼기 때문이다. 사실상 헤세는 전쟁의 격동에서 정신적·도덕적 혁신을 보았고, 그 속에서 개개인을 위한 몰락이 정해진 사회를 극복할 하나의 기회를 찾았던 것이다. 즉, 평화주의자 헤세가《데미안》에서 표현한 전쟁에 대한 열정은 그 시대의 많은 지식인과 함께 느꼈던, 히틀러의 등장이 만든 혼란과 여러 사회문제 등으로 인해 몰락이 정해진 사회에 대한 불편한 마음에서 그 근거를 찾을 수 있다.

《데미안》, 자아의 발견

이른 봄의 어느 날, 보초를 서던 싱클레어는 전쟁의 상황을 초현실적으로 보게 된다.

구름 속에 큰 도시가 보였다. 거기서 수백만 명의 사람들이 무리 지어 흘러나와 넓은 시골 지역으로 흩어졌다. 그들 가운데 강력한 신의 형상이 걷고 있었다. 머리에 반짝이는 별을 달고 산맥처럼 거대한 그 형상은 에바 부인의 모습을 지니고 있었다. 사람들은 거대한 동굴로 들어가듯 신에게로 들어가 사라졌다. (…) 이마에서 수천 개의 반짝이는 별이 멋진 포물선을 그리며 튀어 올라 검은 하늘에 반원을 이루었다.

전쟁터로 진격하는 군인들과 폭탄이 터지는 상황이 에바 부인의 이마에서 튀어나오는 별의 형상과 겹쳐진다. 그리고 수천 개의 불꽃이 된 별 중 하나가 싱클레어에게 향했고, 그는 상처를 입고 지하실에 눕게 된다. 그리고 자신을 부르는 어떤 힘을 느끼며 다른 곳으로 계속 옮겨진 싱클레어는 마침내 옆 침대에 누운 데미안과 만난다. 데미안은 싱클레어가 문제에 부딪혀 자신을 필요로 하게 되면 "네 안의 소리에 귀 기울여봐"라고 말하며 죽는다. 데미안의 죽음으로 싱클레어는 "나 자신의 모습"을 찾게 된다. 여기서 데미안이 말하는 것은 독일의 철학자 프리드리히 니체가 말한 '자주성이 없이 무리를 좇는 인간 Herdenmensch'이 되는 것을 거부하라는 것이다.

헤르만 헤세는 전통적 규범과 세계의 표상이 주는 구속력을 거부하고, 내면으로 향하는 것만이 자신, 그리고 나아가 인간 개인의 문제를 해결할 수 있으리라 믿었다. 헤세가 1943년 마지막 소설 작품《유리알 유희》에 이르러 이상적인 사회를 제시해 문제가 있는 세계(히틀러가 지배한 당시 독일뿐만 아니라 그가 보기에 언제 어디서나 문제가 일어날 수 있는 세계)를 극복할 수 있는 현실과의 연관성을 되찾을 때까지,《데미안》부터

1930년《나르치스와 골드문트》에 이르는 그의 중기 작품에는 자기 자신에게 도피처를 제공하는 내면의 비이성적 목소리에 스스로를 맡긴다는 특징이 있다. 중기의 특징인 이러한 절대적 주관주의는 이후 아폴론의 이성적인 정신성과 디오니소스의 감각성, 종교적 믿음과 지적인 회의 사이에서의 긴장을 보다 확대된 의식으로 통합할 수 있게 했다.

싱클레어는 꿈꾸고 명상하면서 무의식의 세계, 즉 '내면으로의 길'로 들어가려 한다. 융은 진정한 자아를 찾아가는 과정을 '개성화 과정Individuationsprozess'이라 표현하며, 이 개념을 인간의 무의식과 의식이 통합되고, 개인이 개별적인 단일체 혹은 전체가 되어 가는 과정이라고 설명한다. 싱클레어는 신화적 기호인 아브락사스, 베아트리체 그리고 에바 부인이라는 양면성 있는 원형적 상징을 통해 분열된 내면을 결합하고 통합하면서 융이 말하는 '개성화 과정'을 완성하고 진정한 자아를 발견한다.

이처럼《데미안》은 융의 심리학을 바탕으로 한 인간 내면의 양면성에 대한 깊이 있는 통찰과 참된 자아에 대한 헤세의 철학이 녹아 있는 작품이다. 진정한 자기 자신이 되기 위해 한 소년이 겪는 방황과 고통 그리고 구원은 내면의 목소리에 귀 기울이기 힘든 고독한 현대인들에게 따뜻한 위로와 희망의 메시지를 전하고 있다.

옮긴이 **이미영**

성신여자대학교에서 독어독문학을 전공했다. 글밥 아카데미에서 출판 번역 과정을 수료했고, 현재 '바른번역' 소속 전문 번역가로 활동 중이다. 문화도 다르고 언어도 다른 외국 작품의 의미와 감동을 최대한 자연스럽게 국내 독자에게 전달하고자 늘 고민하고 있다. 역서로는 《에드거 앨런 포 소설 전집·공역》이 있다.

해설 **김선형**

고려대학교 문과대학 독어독문학과를 졸업한 후, 동 대학원에서 문학박사 학위를 받았다. 독일 슈투트가르트대학교에서 수학하고, 독일 뉘른베르크 – 에어랑엔대학교에서 연구교수를 지냈으며, 현재 경남대학교 문화콘텐츠학과 교수로 재직하고 있다. 〈헤세의 이탈리아 형상 연구 –『페터 카멘친트』를 중심으로〉, 〈화가 헤세와 그의 그림세계〉, 〈헤세의『싯다르타』에 나타난 깨달음의 과정 – 소설 텍스트와 영화 매체 작업의 비교 분석을 덧붙여〉 등의 헤세 관련 논문을 발표했다. 저서로는 《나 역시 아르카디아에 있었노라!》, 《헤르만 헤세의『유리알 유희』 읽기》, 《헤세, 힐링을 말하다》, 《르네상스 예술에서 괴테를 읽다》가 있으며, 역서로는 《수고양이 무르의 인생관》, 《지성인의 결혼》 등이 있다.

데미안 스페셜 에디션 홀로그램 은장 양장본

1판 1쇄 2024년 6월 25일

지은이 헤르만 헤세
옮긴이 이미영
해설 김선형
펴낸이 하진석
펴낸곳 코너스톤
주소 서울시 마포구 독막로3길 51
전화 02-518-3919
ISBN 979-11-90669-58-0 03850